Jenny Nimmo

Charlie Bone

und das Geheimnis der sprechenden Bilder

Aus dem Englischen von
Cornelia Holfelder-von der Tann

Ravensburger Buchverlag

Bibliografische Information Der Deutschen Bibliothek

Die Deutsche Bibliothek verzeichnet diese Publikation in der Deutschen Nationalbibliografie; detaillierte bibliografische Daten sind im Internet über **http://dnb.ddb.de** abrufbar.

1 2 3 07 06 05

LIMITIERTE SONDERAUSGABE

Die Originalausgabe erschien 2002 unter dem Titel
„Midnight for Charlie Bone“

Umschlagillustration: Regina Kehn
Redaktion: Ulrike Metzger

ISBN 3-473-34472-9

Prolog

Vor langer, langer Zeit tauchte im Norden ein König auf. Sie nannten ihn den Roten König, weil er einen scharlachroten Umhang trug und eine flammend rote Sonne als Schildwappen führte. Es hieß, er komme aus Afrika. Dieser König war zugleich ein großer Magier, und jedes seiner zehn Kinder erbte etwas von seiner Zauberkraft. Als dann eines Tages die Gemahlin des Königs starb, stellten fünf seiner Kinder ihre Kräfte in den Dienst des Bösen. Die anderen fünf aber verließen, um der Bosheit ihrer Geschwister zu entkommen, für immer das Schloss ihres Vaters.

Gebrochenen Herzens verschwand der Rote König in den Wäldern, die die Königreiche des Nordens bedeckten. Er zog jedoch nicht allein davon, sondern in Begleitung seiner drei treuen Katzen – Leoparden, genauer gesagt. Diese Katzen sollten wir niemals vergessen!

Die vielfältigen, wundersamen Gaben des Roten Königs vererbten sich auf seine Nachkommen weiter und tauchten oft ganz unerwartet bei jemandem auf, der keine Ahnung hatte, wo sie herkamen. So geschah es auch bei Charlie Bone und einigen jener Kinder, die er hinter den tristen, grauen Mauern der Bloor-Akademie kennen lernte.

Charlie hört Stimmen

An einem Donnerstagnachmittag, gleich nach dem Tee, sah Charlie Bone Rauch. Er guckte zufällig aus dem Fenster, als eine dunkle Wolke über den herbstbunten Bäumen emporquoll. Der Wind blies die Wolke nach Süden, und sie trieb am Himmel dahin wie ein riesiger Walfisch.

Irgendwo auf der anderen Seite der Stadt brannte es. Charlie hörte ein Feuerwehrauto in Richtung der Rauchwolke rasen.

Der Junge ahnte nicht, dass eine geheimnisvolle Verbindung zwischen diesem Brand und seinem eigenen Leben bestand und dass er sich bald an dem Ort wiederfinden würde, an dem das Feuer ausgebrochen war.

Charlie schlief gut, stand am nächsten Morgen auf und ging zur Schule. Nach dem Unterricht gingen er und sein Freund Benjamin Brown wie üblich zusammen nach Hause. Der Rauch war verschwunden, aber am Himmel ballten sich dunkle Unwetterwolken. Heftiger Wind wirbelte rote und goldene Blätter die Filbert Street entlang.

Benjamin ging über die Straße zum Haus Nummer zwölf, während Charlie Nummer neun ansteuerte.

Die meisten Bewohner von Nummer neun beschwerten sich über den großen Kastanienbaum vor dem Haus: dass er ihre Zimmer so dunkel mache, dass er die Feuchtigkeit anziehe, dass er ständig ächze und knacke und eines Tages vermutlich aufs Dach krachen und sie alle im Schlaf erschlagen werde. Wobei aber natürlich niemand in Nummer neun je etwas gegen den Baum unternahm. Sie beschwerten sich und dabei blieb es. Das war typisch für diese Familie.

Als Charlie die Eingangstreppe hinaufrannte, ächzte der Baum und ließ eine Hand voll Kastanien herabhageln. Zum Glück dämpfte Charlies dickes, strubbeliges Haar das Bombardement. Dickes Haar hatte durchaus seine Vorteile, wenn auch nicht viele. Charlie wurde ständig ermahnt, sich ordentlich zu kämmen – eine unerfüllbare Aufgabe für jemanden mit einem solchen Haargestrüpp.

„Bin wieder da, Grandmas!“, rief Charlie, als er in die Diele trat.

In Haus Nummer neun gab es zwei Großmütter: Grandma Jones war die Mutter von Charlies Mutter und Grandma Bone die Mutter von Charlies Vater. Grandma Jones war mollig, fröhlich und energisch, während Grandma Bone den Mund nur aufmachte, um zu nörgeln. Sie lächelte kaum und zum Lachen war sie erst recht nicht zu bringen. Sie hatte dickes, weißes Haar und trug immer lange, steife Kleider in Schwarz-, Grau- und Brauntönen (niemals jedoch in Rosa, was Maisies Lieblingsfarbe war). Grandma Jones wollte Maisie genannt werden, aber Grandma Bone bei ihrem Vornamen Grizelda zu nennen, hätte Charlie sich nie getraut. Grandma Bone erinnerte die Leute gern daran, dass sie, ehe sie Mr Bone geheiratet hatte, eine Darkwood gewesen war. Die Darkwoods waren eine sehr alte Familie, und ihr Stammbaum strotzte von Künstlern und Menschen mit ungewöhnlichen Gaben wie Hypnose, Gedankenlesen oder Willensbeeinflussung.

Charlie wusste, dass er Grandma Bone enttäuscht hatte, weil er normal war. Und schlimmer noch, weil er ganz zufrieden damit war, normal zu sein. Wenn Charlie aus der Schule kam, war es immer Maisie, die ihm einen feuchten Kuss auf die Wange drückte und ihm etwas zu essen vorsetzte. Heute prangte auf Maisies Stirn eine dicke Beule. „Die verflixte Kastanie", erklärte sie Charlie.

Grandma Bone saß immer in einem Schaukelstuhl neben dem Herd und krittelte an Maisies Kochkünsten oder an Charlies Haar herum. Heute war der Schaukelstuhl leer.

Das war das erste ungewöhnliche Ereignis an diesem Nachmittag.

Am Samstag war Benjamins zehnter Geburtstag, und Charlie hatte beschlossen, ihm eine Geburtstagskarte zu basteln, statt einfach nur eine zu kaufen. Er hatte dafür ein Foto gemacht, von Benjamins Hund Runnerbean, auf dem er lächelte oder jedenfalls seine langen, unglaublich gelben Zähne zeigte.

Charlie hatte seine Mutter gebeten, auf dem Rückweg von der Arbeit das Foto beim Kwik-Fotoservice vergrößern zu lassen. Er hatte vor, über Runnerbeans Kopf eine Sprechblase zu kleben, in der „Alles Gute zum Geburtstag, Benjamin!" stand.

Doch gleich sollte das zweite ungewöhnliche Ereignis eintreten.

Um fünf nach vier kam Charlies Mutter herein, mit einer Kiste voller überreifer Äpfel und Rhabarber.

„Das gibt einen feinen Kuchen“, sagte sie, stellte die Kiste rechts neben Charlies Teller ab und küsste ihren Sohn auf den Strubbelkopf.

Amy Bone arbeitete halbtags in einem Obst- und Gemüseladen, sodass es in Nummer neun nie an Vitaminen mangelte.

Charlie drehte sich von dem gammligen Obst weg. „Hast du mein Foto, Mum?“, fragte er.

Amy Bone kramte in ihrer Einkaufstasche und förderte einen großen orangeroten Umschlag zu Tage. Sie legte ihn links neben Charlies Teller.

Charlie öffnete den Umschlag und fand – nicht Runnerbean, ja nicht einmal etwas Hundeähnliches. In dem Moment erschien Grandma Bone. Sie stand in der Tür, befingerte ihren Hals, betatschte ihr silberweißes Haar, zupfte an ihrem steifen, schwarzen Rock. Irgendwie wirkte sie, als warte sie auf den Ruf des Schicksals. Was in gewisser Weise auch stimmte, wenngleich man sich fragen konnte, ob sie mit ihren fünfundsechzig Jahren nicht etwas spät dran war.

Das Foto, das Charlie nun in der Hand hielt, zeigte einen Mann mit einem Baby auf dem Schoß. Der Mann saß in steifer Haltung auf einem Stuhl. Er hatte schütteres, schon etwas graues Haar und ein langes, trauriges Gesicht. Sein zerknitterter Anzug war schwarz, und durch die dicken Brillengläser wirkten seine blassgrauen Augen irgendwie starr und leblos.

Statt das Foto wieder in den Umschlag zu stecken, guckte Charlie wie gebannt darauf. Er konnte den Blick einfach nicht losreißen. Er fühlte sich merkwürdig benommen, und in seinen Ohren hallten seltsame Geräusche wie rauschende, knatternde Radiostimmen, wenn man den Sender nicht richtig reinkriegt. Was war das bloß? Charlie wunderte sich.

„Oh“, sagte er. „Äh, was ...?“ Seine eigene Stimme klang weit weg wie durch eine Nebelwand.

„Was ist denn, Charlie?“, fragte seine Mutter.

„Ist was?“ Grandma Bone pirschte sich näher heran. „Tante Eustacia hat mich angerufen. Sie hatte eine von ihren Vorahnungen. Bist du am Ende doch ein echter Darkwood?“

Maisie funkelte Grandma Bone grimmig an, während Charlie an seinen Ohren zerrte und den Kopf schüttelte. Wenn doch nur dieses grässliche Rauschen wegginge. Er musste schreien, um seine eigene Stimme hören zu können. „Die haben da im Laden was verwechselt. Wo ist Runnerbean?“

„Kein Grund, so zu brüllen, Charlie.“ Seine Mutter guckte ihm über die Schulter. „Du liebe Güte, das ist allerdings kein Hund.“

„Auuu!“, jaulte Charlie. Doch plötzlich hörte das Rauschen auf, und die Stimmen wurden ganz deutlich.

Zuerst war da eine sanfte Frauenstimme, die Charlie nicht kannte: **Ich wollte, du würdest es nicht tun, Mostyn.**

Ihre Mutter ist tot. Ich habe keine andere Wahl. Das war unverkennbar eine Männerstimme.

Die hättest du sehr wohl.

Willst du sie etwa doch nehmen?, sagte die Männerstimme.

Du weißt, dass ich's nicht kann, erwiderte die Frau.

Charlie sah seine Mutter an. „Wer war das?"

Sie guckte verdutzt. „Wer war was, Charlie?"

„Ist hier ein Mann im Haus?", fragte er.

Maisie kicherte. „Keiner außer dir, Charlie."

Charlie spürte, wie sich plötzlich Klauenfinger in seine Schulter gruben. Grandma Bone beugte sich über ihn. „Sag mir, was du hörst", befahl sie.

„Stimmen", sagte Charlie verwirrt. „Ich weiß, es klingt komisch, aber es ist, als ob sie aus dem Foto kämen."

Grandma Bone nickte. „Was sagen sie?"

„Guter Gott, Grizelda, sei doch nicht albern", sagte Maisie.

Grandma Bone bedachte Maisie mit einem vernichtenden Blick. „Ich bin *nie* albern."

Charlie merkte, dass seine Mutter ganz still geworden war. Sie zog einen Stuhl heran und setzte sich hin. Ihr Gesicht war blass und sie sah ängstlich aus.

Maisie begann lautstark mit Töpfen zu klappern und murmelte: „Du solltest das nicht noch fördern. Ist doch alles Quatsch. Ich lasse nicht zu ..."

„Sch-sch!", zischte Charlie. Er konnte das Baby weinen hören.

Die unbekannte Frau sprach jetzt wieder. **Du hast sie erschreckt. Guck in die Kamera, Mostyn. Und bitte versuch zu lächeln. Du siehst todunglücklich aus.**

Was erwartest du?, fragte der Mann.

Der Fotoapparat klickte.

Das war's. Soll ich noch eins machen?

Mach, was du willst.

Du wirst es mir eines Tages danken, sagte die Frau hinter der Kamera. **Wenn du das wirklich tust, wird das hier deine einzige Erinnerung an sie sein.**

Hm.

Charlie bemerkte, dass hinter dem Stuhl des Mannes eine Katze hervorlugte. Sie hatte eine ungewöhnliche Farbe, ein glühendes Kupferrot wie eine Flamme.

Von fern hörte Charlie die Stimme seiner Mutter. „Soll ich das Foto zurückbringen, Charlie?"

„Nein", murmelte Charlie, „noch nicht."

Aber es schien, als hätte das Foto nichts mehr zu sagen. Das Baby quengelte noch einen Moment, war dann still. Der düstere Mann starrte stumm in die Kamera, und die Katze ...? War das ein Schnurren? Maisie veranstaltete mit ihren Töpfen ein solches Getöse, dass alles andere unterging.

„Psst!", befahl Grandma Bone. „Charlie kann nichts hören."

„Ist doch alles Quatsch", brummelte Maisie. „Ich verstehe nicht, Amy, wie du einfach dasitzen und deine närrische Schwiegermutter solche Dinge sagen lassen kannst. Der arme Charlie. Er ist doch noch ein Junge. Er hat doch mit diesen verrückten Darkwoods nichts zu tun."

„Er hat ihr Blut", sagte Charlies Mutter leise. „Dagegen kommt man nicht an."

Nicht einmal Maisie. Sie kniff die Lippen zu einem Strich zusammen.

Charlie war total verwirrt. Heute Morgen war er noch ein ganz normaler Junge gewesen. Niemand hatte ihn mit einem Zauberstab berührt und er hatte sich auch nicht den Kopf angehauen. Er hatte keinen elektrischen Schlag gekriegt, war nicht aus dem Bus gefallen und hatte, soweit er wusste, auch keinen vergifteten Apfel gegessen. Und doch hörte er jetzt plötzlich Stimmen aus einem Stück Fotopapier. Was hatte das alles zu bedeuten?

Um seine Mutter zu beruhigen, sagte Charlie: „Ich glaube nicht, dass da wirklich was war. Hab's mir nur eingebildet."

Grandma Bone beugte sich noch näher heran und flüsterte ihm ins Ohr: „Horch heute Nacht noch mal. Nach Mitternacht geht so etwas besser."

„Da schläft er längst, das kann ich dir versichern", knurrte Maisie, die so gute Ohren hatte wie ein Kaninchen. „Ist doch alles Quatsch."

„Ha!", fauchte Grandma Bone. „Wart's ab!"

Sie rauschte hinaus und hinterließ eine Wolke von Mottenkugel- und Pfefferminzgeruch.

„Ich hab nichts gehört", sagte Charlie, als sie weg war.

„Bestimmt nicht?", fragte seine Mutter ängstlich.

„Ehrlich. Ich wollte Grandma Bone doch nur veräppeln."

Charlie versuchte es nicht nur seiner Mutter, sondern auch sich selbst einzureden, dass überhaupt nichts passiert war.

„Charlie! Du schlimmer Junge!", drohte Maisie fröhlich, während sie mit dem Fleischklopfer auf einen großen Suppenknochen eindrosch.

Charlies Mutter schien erleichtert und schlug die Abendzeitung auf. Charlie steckte das Foto in den Umschlag zurück. Er war irgendwie erschöpft. Ein bisschen Fernsehen würde ihm vielleicht gut tun. Doch ehe er sich davonstehlen konnte, klingelte es an der Tür, und Grandma Bones Stimme polterte: „Benjamin Brown, wenn ich mich nicht irre. Charlie ist in der Küche. Und dieses räudige Vieh von Runnerbone kannst du draußen lassen."

„Bean, nicht Bone", hörte man Benjamins Stimme, „und ich kann ihn nicht draußen lassen. Es ist so ekliges Wetter."

„Unsinn. Hunde lieben ekliges Wetter", behauptete Grandma Bone.

Benjamin und sein Hund kamen in die Küche. Benjamin war ein kleiner, blasser Junge, und sein Haar hatte die Farbe von feuchtem Heu. Runnerbean war ein großer, langschnäuziger Hund, und sein Fell hatte ebenfalls die Farbe von feuchtem Heu.

Aus irgendeinem Grund hackten die anderen Jungen immer auf Benjamin herum. Sie klauten ihm Sachen, stellten ihm Beine, lachten ihn aus. Charlie versuchte seinem Freund zu helfen, aber manchmal war Benjamin einfach nicht zu helfen. Ja, manchmal dachte Charlie sogar, dass er gar nicht merkte, was er alles mit sich machen ließ. Benjamin lebte in seiner eigenen Welt.

Runnerbean, der den Fleischknochen roch, sauste auf kürzestem Weg zu Maisie und leckte ihr die Fußgelenke.

„Verschwinde!“, rief sie und gab ihm eins auf die Nase.

„Du kommst doch zu meiner Geburtstagsparty, oder?“, fragte Benjamin.

„Klar“, sagte Charlie schnell und bekam sofort ein schlechtes Gewissen wegen der Geburtstagskarte.

„Gut, ich kriege nämlich ein Spiel, das man nur zu zweit spielen kann.“

Charlie ging auf, dass sonst niemand zu Benjamins Geburtstagsparty kommen würde. Das verstärkte sein schlechtes Gewissen noch. Runnerbean begann zu winseln, als ahnte er, dass er nicht auf der Geburtstagskarte sein würde.

„Ich komme“, sagte Charlie fröhlich. Er hatte noch kein Geschenk gekauft. Er würde losflitzen und etwas besorgen müssen, ehe er sich auf die Suche machte. Auf welche Suche denn? Charlies Gedanken schienen irgendwie ferngesteuert.

„Kommst du mit, Runner ausführen?“, fragte Benjamin hoffnungsvoll.

„Okay.“

Als Charlie und Benjamin aus der Haustür traten, rief ihnen Maisie noch irgendetwas wegen des Abendessens hinterher, aber der Wind pfiff ihnen um die Ohren und ein Donnerschlag krachte so laut, dass sie nichts verstehen konnten. Runnerbean jaulte auf, als ihm eine Kastanie auf die Nase ploppte, was Benjamin endlich ein Lächeln entlockte.

Als die beiden Jungen und der Hund gegen den Wind anrannten, flogen ihnen Blätter ins Gesicht und hefteten sich an Fell und Kleider. Im Freien ging es Charlie wieder besser. Vielleicht hatte ihm seine Fantasie ja wirklich nur einen Streich gespielt. Er hatte gar keine Stimmen gehört. Er hatte sich das alles nur eingeredet, und Grandma Bone hatte ihn noch ermutigt, nur um Maisie zu ärgern und seine Mutter zu erschrecken.

„Yep!", rief Charlie fröhlich. „Alles nur blödes Zeug!"

„Und Laub", sagte Benjamin, in dem Glauben, dass Charlie den Müll meinte, der massenhaft die Straße entlangwirbelte.

„Und La-aub", sang Charlie. Er sah eine alte Zeitung auf sich zufliegen und wollte sie mit dem Fuß abfangen. Aber die Zeitung wurde von einer jähen Bö emporgetragen und wickelte sich um seine Taille. Als er sie abpellte, sprang ihm ein Foto auf der Titelseite ins Auge.

Ein ziemlich fies aussehender Junge stand auf der Eingangstreppe eines grauen Gebäudes. Er hatte ein schmales, längliches Gesicht und auf seiner Oberlippe spross ein mickriges Bärtchen. Sein dunkles, fettiges Haar war in der Mitte gescheitelt und zu einem Pferdeschwanz zurückgebunden.

„Was ist das?", fragte Benjamin.

„Nur ein Junge", sagte Charlie und hatte gleichzeitig das Gefühl, dass das nicht einfach irgendein Junge war.

Benjamin beugte sich über Charlies Arm und las vor: „Manfred Bloor, siebzehn, wurde gestern aus einem brennenden Turm der Bloor-Akademie gerettet. Manfred erklärte, er sei dankbar dafür, noch am Leben zu sein."

„Stimmt nicht", stieß Charlie atemlos hervor.

„Was heißt ‚stimmt nicht'?", fragte Benjamin einigermaßen irritiert.

„Das hat er gar nicht gesagt", murmelte Charlie und rutschte plötzlich mit dem Rücken die Hauswand hinunter, bis er auf dem Gehweg saß. Er hielt die Zeitung auf Armeslänge von sich, geschockt von den Worten, die aus dem Foto herauskrochen.

Dafür wird jemand bezahlen.

„Woher ...?", hob Benjamin an.

„Ruhe, Ben!", rief Charlie. „Ich muss horchen."

„Worauf denn?"

„Sch-sch!"

Als Charlie weiter auf das Foto starrte, war da plötzlich ein lautes Stimmengewirr, dann eine Frauenstimme, die den Rest übertönte: **Soll das eine Beschuldigung sein, Manfred?**

Was denn sonst?, sagte eine heisere Stimme, die offenbar dem Jungen gehörte.

Wieso glauben Sie, dass das kein Unfall war?

Wieder die heisere Stimme: **Weil ich nicht blöd bin, darum.**

Ein Mann sagte: **Die Feuerwehr hat erklärt, höchstwahrscheinlich sei eine brennende Kerze umgefallen. Glauben Sie das nicht?**

GENUG JETZT! Diese Stimme war so durchdringend und eiskalt, dass Charlie die Zeitung fallen ließ. Sie wirbelte davon und landete im Rinnstein.

„Charlie, was ist?", fragte Benjamin.

Charlie seufzte. „Ich höre Stimmen."

„Oh.“ Benjamin setzte sich neben ihn und Runnerbean setzte sich neben Benjamin. „Was für Stimmen denn?“

Benjamin sagte nie: „So ein Quatsch.“ Er nahm alles im Leben für bare Münze, was nicht immer das Schlechteste war.

Charlie erzählte Benjamin von dem Foto von Runnerbean, das mit dem Bild von dem Mann mit dem Baby vertauscht worden war. „Es sollte eine Überraschung für dich werden, eine Geburtstagskarte, und jetzt geht's nicht. Tut mir Leid.“

„Macht nichts“, sagte Benjamin. „Erzähl weiter.“

Charlie erklärte, dass da plötzlich Stimmen gewesen waren, als er auf den Mann und das Baby geguckt hatte. Und sogar das Weinen des Babys und vielleicht auch das Schnurren der Katze.

„Krass“, flüsterte Benjamin.

„Ich hab mir eingeredet, dass das alles nur Einbildung war“, sagte Charlie, „aber gerade eben, als ich auf die Zeitung geguckt hab, ist es wieder passiert. Ich hab Reporter mit dem Jungen auf der Titelseite reden hören. Und dann auch seine Stimme. Er klang irgendwie fies und heimtückisch. Und dann hat noch jemand ‚Schluss jetzt‘ gesagt, und das war die gruseligste Stimme, die ich in meinem ganzen Leben gehört hab.“

Benjamin erschauerte und Runnerbean, der ein sehr aufmerksamer Hund war, winselte mitfühlend.

Die Jungen saßen nebeneinander auf dem feuchten Bürgersteig und wussten nicht recht, was tun. Der Wind bewarf sie mit Blättern und in der Ferne grollte Donner.

Es fing an zu regnen. Runnerbean stupste Benjamin an und jaulte. Er hasste es, nass zu werden. Und dann, während eines besonders lauten Donnerschlags, stand plötzlich ein Mann vor den Jungen. Er trug einen langen, dunklen Regenmantel und das nasse Haar klebte ihm in breiten, schwarzen Strähnen auf der Stirn.

„Es regnet", verkündete der Mann. „Noch nicht gemerkt?"

Charlie sah auf. „Onkel Paton!"

Paton war Grandma Bones Bruder. Er war zwanzig Jahre jünger als sie, und die beiden verstanden sich überhaupt nicht. Paton führte sein eigenes Leben, an dem er niemanden teilhaben ließ. Er aß nicht einmal mit den anderen und er ging nie bei Tageslicht aus dem Haus.

„Du wirst zu Hause verlangt", erklärte er Charlie.

Charlie und Benjamin standen auf und schüttelten die verkrampften Beine. Das war das dritte außergewöhnliche Geschehnis an diesem Tag. Normalerweise hätte sich Paton nie aus dem Haus gewagt, solange es noch nicht richtig dunkel war.

Charlie fragte sich, was in aller Welt *so* dringend sein konnte.

Tantenbesuch

Es war ganz schön schwer, mit Onkel Paton Schritt zu halten. Er fegte durch Wind und Regen, als hätte er Siebenmeilenstiefel an.

„Ich hab deinen Onkel noch nie bei Tag draußen gesehen", keuchte Benjamin. „Er ist ein bisschen komisch, oder?"

„Ein bisschen", sagte Charlie, der seinen seltsamen Onkel eher fürchtete. Er legte einen Spurt ein, da Paton bereits die Eingangstreppe von Nummer neun erreicht hatte.

Benjamin fiel zurück. „Irgendwas ist bei euch los", rief er Charlie atemlos hinterher. „Hoffentlich kannst du trotzdem zu meinem Geburtstag kommen."

„Ich komme, ganz gleich, was passiert", keuchte Charlie, der jetzt seinen Onkel eingeholt hatte.

„Keine Hunde", sagte Onkel Paton, als Benjamin und Runnerbean angerannt kamen.

„Oooch, bitte", sagte Benjamin.

„Heute nicht. Das ist eine Familienangelegenheit", sagte Paton streng. „Geht nach Hause."

„Na gut. Also bis dann, Charlie." Benjamin zockelte davon und Runnerbean folgte ihm mit hängenden Ohren und eingezogenem Schwanz.

Onkel Paton dirigierte Charlie in die Küche und verschwand dann nach oben.

Charlie sah seine Mutter und seine beiden Großmütter am Küchentisch sitzen. Maisie wirkte ziemlich mürrisch, aber um Grandma Bones schmale Lippen spielte ein verstohlenes Lächeln. Charlies Mutter rührte nervös in einer Tasse Tee. Charlie konnte sich nicht erklären warum. Seine Mutter nahm doch nie Zucker.

„Setz dich, Charlie“, sagte Grandma Bone, als sei er hier der Ehrengast.

„Lass dich von den Darkwoods nicht einwickeln!“, wisperte Maisie. Sie ergriff Charlies Hand und tätschelte sie.

„Was ist denn los?“, wunderte sich Charlie.

„Die Darkwood-Tanten kommen nachher“, sagte seine Mutter.

Die Darkwood-Tanten waren eigentlich seine drei Großtanten, Grandma Bones unverheiratete Schwestern. Charlie sah sie sonst nur an Weihnachten, und er hatte das Gefühl, dass er in ihren Augen eine einzige Enttäuschung war. Sie hinterließen bei jedem ihrer glücklicherweise seltenen Besuche seltsame Geschenke: Malkästen, Musikinstrumente, Verkleidungen und Umhänge, ja einmal sogar einen Chemiekasten. Lauter Sachen, mit denen Charlie absolut nichts anfangen konnte. Er mochte Fußball und Fernsehen und das war's auch so ziemlich.

Grandma Bone beugte sich über den Tisch. Ihre Augen funkelten merkwürdig. „Meine Schwestern kommen, um dich einem Eignungstest zu unterziehen, Charlie. Und wenn sie dich für tauglich befinden – für so begabt, wie ich vermute –, dann werden sie das Geld zur Verfügung stellen, um dich auf die Bloor-Akademie zu schicken."

„Mich? Aufs Bloor?" Charlie war völlig verdattert. „Das ist doch nur für Genies."

„Keine Sorge, Schatz. Du wirst die Prüfung nicht bestehen", sagte Maisie zuversichtlich. Sie stand auf und murmelte: „Um die Vorbereitungen für den hohen Besuch darf sich mal wieder die olle Maisie kümmern, was? Ich weiß nicht, warum ich dieses Theater mitmache."

Es würde ein Essen für die Tanten geben, erklärte Charlies Mutter. Sie würden das gute Silber, die feinen Kristallgläser und das sorgsam gehütete Festtagsgeschirr aus dem Keller holen und den Tisch im Esszimmer decken, einem ungemütlich kalten Raum, der nur benutzt wurde, wenn die Darkwood-Tanten kamen. Maisie war schon dabei, Huhn und Fisch und noch alles mögliche andere Zeug im Schnellverfahren aufzutauen.

Charlie hätte sich Sorgen gemacht, wenn er sich nicht sicher gewesen wäre, dass er den Test der Tanten nie bestehen würde. Er dachte daran, wie er einmal versucht hatte, ein Bild für sie zu malen, und kläglich gescheitert war. Wie er sich vergeblich mit der Geige, der Flöte, der Harfe und dem Klavier abgemüht hatte. Er hatte auch die Kostüme angezogen: Tiere, Clowns, Cowboys und Astronauten. Aber er hatte es nie geschafft, etwas anderes darzustellen als Charlie Bone. Schließlich hatten alle einsehen müssen, dass er keinerlei Begabungen hatte.

Deshalb war Charlie, während er auf die Tanten wartete, nicht so beunruhigt, wie er hätte sein sollen.

Benjamin hingegen war äußerst beunruhigt. Charlie war sein Freund, sein bester Freund. Was Charlie widerfuhr, würde indirekt auch ihm widerfahren. Finstere Dinge kamen auf seinen Freund Charlie zu. Benjamin saß an seinem Zimmerfenster und beobachtete Charlies Haus. Als es dunkel wurde, gingen die Straßenlaternen an, und in dem Haus hinterm Kastanienbaum wurden Lichter an- und ausgeknipst: im Keller, auf dem Speicher und in allen Zimmern. Was ging dort drüben vor sich?

Der Wind wurde stärker. Es blitzte und donnerte gleichzeitig, was hieß, dass das Gewitter direkt über ihnen war. Benjamin umklammerte Runnerbean, und der große Hund vergrub den Kopf in Benjamins Armbeuge.

Die Straße war leer gefegt, bis auf drei schemenhafte Gestalten. Sie kamen immer näher. Eine Front von schwarzen Regenschirmen verbarg alles außer drei dunklen Mantelsäumen und sechs Stiefeln: vier schwarzen und zwei roten. Trotz des Sturms bewegten sie sich seltsam rhythmisch, als tanzten die Gestalten unter den mächtigen Regenschirmen. Die Gestalten machten, wie Benjamin befürchtet hatte, bei der Kastanie Halt und stiegen dann die Eingangstreppe zu Charlies Haus hinauf.

Zum ersten Mal im Leben war Benjamin froh, dass er nur Benjamin war und *nicht* Charlie Bone.

In Nummer neun war der Esstisch gedeckt und im Kamin schwelten feuchte Holzscheite. Als es klingelte, musste Charlie aufmachen.

Die drei Großtanten segelten herein, traten sich die Stiefel (vier schwarze und zwei rote) auf dem Fliesenboden ab und schüttelten die nassen Schirme aus. Ihre schweren Mäntel flogen durch die Diele und landeten auf Charlie, als wäre er ein Garderobenständer.

„Aufheben, Junge“, kommandierte Tante Lucretia, als Charlie sich unter den nassen Sachen hervorkämpfte. „Das sind echte Englischledermäntel, nicht irgendwelche Lumpen.“

„Sei nicht so grob, Lucretia“, sagte Tante Eustacia. „Charlie hat uns etwas mitzuteilen, nicht wahr, mein Kleiner?“

„Ähm …“, machte Charlie.

„Nicht so schüchtern.“ Tante Venetia, die Jüngste, kam mit wiegenden Hüften auf ihn zu. „Wir möchten es wissen. *Alles*.“

„Hier herein, Schwestern! Kommt rein!“, rief Grandma Bone aus dem Esszimmer.

Die drei Schwestern segelten durch die Tür. Lucretia, die Älteste, zuerst, Venetia, die Jüngste, als Letzte. Sie schnappten Grandma Bone die gefüllten Sherrygläser aus der Hand, scharten sich um das kümmerliche Feuer, schüttelten ihre feuchten Röcke und betatschten ihr üppiges Haar, Tante Lucretia das schneeweiße, Eustacia das stahlgraue, Venetia das schwarze, das aussah wie angelegte Rabenflügel.

Charlie drückte sich rückwärts zur Tür hinaus und flüchtete in die Küche, wo Maisie und seine Mutter am Herd zugange waren.

„Bring die Suppe rein, sei so lieb, Charlie“, sagte seine Mutter.

Charlie wollte nicht mit den Großtanten allein sein, aber seine Mutter wirkte verschwitzt und erschöpft, also tat er, wie ihm geheißen.

Die Suppenterrine war ungeheuer schwer. Charlie fühlte, wie ihm stechende Darkwood-Blicke um den langen Esstisch folgten. Er ließ die Terrine auf einen Untersetzer plumpsen und lief schnell die Schälchen holen, ehe sich Grandma Bone über den übergeschwappten Klecks Suppe beschweren konnte.

Als alles so weit war, schwang Grandma Bone ein Glöckchen, was Charlie ziemlich albern fand. Alle sahen doch, dass angerichtet war.

„Wozu brauchen wir die Glocke?“, fragte er.

„Tradition“, schnappte Grandma Bone. „Und außerdem hat Paton keinen Geruchssinn.“

„Aber Onkel Paton isst doch nie mit.“

„Heute“, sagte Grandma Bone nachdrücklich, „wird er’s tun.“

„Und basta“, feixte Maisie mit einem Grinsen, das sofort verschwand, als die vier Schwestern sie grimmig anfunkelten.

Onkel Paton kam mit gerunzelter Stirn herein und das Mahl konnte beginnen.

Maisie hatte ihr Bestes gegeben, aber zehn Minuten Vorwarnzeit waren doch ziemlich wenig, um ein Essen für gehobene Ansprüche zu zaubern. Die Suppe war versalzen, das Huhn trocken, und der Biskuitpudding sah traurig und matschig aus. Aber niemand beschwerte sich. Sie langten herzhaft zu und aßen in großer Eile.

Maisie und Charlies Mutter räumten ab. Paton und Charlie halfen mit. Und dann war es auch schon Zeit für den Eignungstest. Nun stellte sich heraus, dass Charlies Mutter nicht dabei sein durfte.

„Ich geh da auf keinen Fall ohne dich rein!“, sagte er. „Mach ich nicht.“

„Du musst, Charlie“, sagte seine Mutter. „Die Darkwoods sitzen auf dem Geld und bestimmen, was gemacht wird. Ich habe gar nichts zu sagen.“

„Ich begreife nicht, warum du Charlie auf diese alberne Akademie schicken willst“, sagte Maisie.

„Seinem Vater zuliebe“, antwortete Amy.

Maisie machte „Tss“ und sagte nichts mehr.

Charlies Vater war tot, warum war es dann so wichtig? Seine Mutter wollte es ihm nicht sagen. Sie schubste ihn sachte in Richtung Wohnzimmer, und schon war er drinnen.

„Ich will meine Mum dabeihaben, oder ich mach's nicht“, sagte Charlie.

„Ach Gottchen, der Kleine kann nicht ohne seine Mutter sein“, flötete Tante Venetia.

„Ein Junge, der immer seine Mami dabeihaben muss, ist ein Baby“, sagte Tante Lucretia streng. „Schluss mit dem Kinderkram, Charlie. Das hier ist eine Darkwood-Angelegenheit. Da können wir keine Ablenkung brauchen.“

An diesem Punkt versuchte Onkel Paton, sich unauffällig zu verdrücken, aber seine älteste Schwester rief ihn zurück. „Paton, du wirst gebraucht. Tu *ein Mal* deine Pflicht.“

Onkel Paton schlüpfte widerstrebend auf den Stuhl, den sie ihm anwies.

Charlie musste sich an die eine Längsseite des Tisches setzen, den vier Schwestern gegenüber. Onkel Paton saß an der Schmalseite.

Charlie fragte sich, wie der Eignungstest wohl ablaufen würde. Da lagen, soweit er sehen konnte, nirgends Musikinstrumente, Verkleidungen oder Pinsel. Er wartete. Sie musterten ihn.

„Wo hat er bloß dieses Haar her?“, fragte Tante Lucretia.

„Aus der mütterlichen Linie“, sagte Grandma Bone. „Ein halber Waliser.“ Sie redete, als wäre Charlie gar nicht da.

„Aha!“ Die drei Großtanten seufzten abfällig.

Tante Lucretia kramte in einer großen Ledertasche. Schließlich zog sie ein Päckchen heraus, das mit einem schwarzen Band verschnürt war. Sie löste das Band, das Packpapier ging auf und zum Vorschein kam ein Stapel uralt aussehender Fotos.

Grandma Bone schubste das Päckchen zu Charlie hinüber und die Fotos fächerten sich auf dem Tisch auf.

„Was soll ich damit machen?“, fragte Charlie, der sich ziemlich genau vorstellen konnte, was er damit machen sollte.

Die Großtanten lächelten ermutigend.

Charlie betete, dass nichts passieren würde, dass er die verstaubte Fotosammlung kurz überfliegen und dann weggucken könnte, bevor er Stimmen hörte. Aber schon der erste kurze Blick sagte ihm, dass die Leute auf den Fotos einen Mordslärm machten. Sie spielten Instrumente: Cello, Klavier, Geige. Sie tanzten, sangen, lachten. Charlie tat, als hörte er nichts. Er versuchte, die Fotos zu Tante Lucretia hinüberzuschieben. Sie schob sie zurück.

„Was hörst du, Charlie?“, fragte Grandma Bone.

„Nichts“, nuschelte Charlie.

„Komm schon, Charlie, versuch’s“, sagte Tante Venetia.

„Und nicht lügen“, drohte Tante Lucretia.

„Sonst gibt’s Tränen statt Vergnügen“, zischte Tante Eustacia.

Das machte Charlie wütend. Ihn würde niemand zum Weinen bringen.

„Ich hör kein Garnichts“, sagte er und schob energisch die Fotos weg.

„*Gar nichts*“, schnaubte Tante Lucretia und schob sie wieder zurück. „Du hörst *gar nichts*. Nicht *kein Garnichts*. Sprachlicher Ausdruck, Junge. Hat dich das niemand gelehrt?“

„Er hätte die Akademie wohl wirklich nötig“, sagte Tante Eustacia.

„Guck sie dir einfach noch mal an, Charlie, sei ein lieber Junge“, flötete Tante Venetia. „Nur ein Minütchen, und wenn dann nichts passiert, werden wir dich in Ruhe lassen und uns ...“ Sie wedelte mit den langen weißen Fingern. „... in Luft auflösen.“

„Meinetwegen“, brummelte Charlie.

Er dachte, er könnte sich durchmogeln: einfach nur auf die Fotos gucken und die Geräusche ausblenden. Aber es klappte nicht. Cello- und Klaviermusik, Sopranstimmen und laute Lachsalven barsten ihm entgegen, füllten den Raum. Die Großtanten sprachen mit ihm, er sah, wie ihre schmalen Lippen sich bewegten, konnte aber bei dem schrecklichen Krach der Fotos kein Wort verstehen.

Schließlich packte Charlie die Fotos und schmiss sie mit der Bildseite nach unten auf den Tisch. Die jähe Stille war eine Wohltat. Die Großtanten starrten ihn triumphierend an.

Tante Venetia ergriff als Erste das Wort. „Na, war doch gar nicht so schlimm, oder, Charlie?"

Charlie begriff, dass er ausgetrickst worden war. In Zukunft würde er sich vor Tante Venetia hüten müssen. Sie war offenbar raffinierter als ihre Schwestern. „Wer sind die ganzen Leute überhaupt?", fragte er kleinlaut.

„Deine Verwandten, Charlie", sagte Tante Lucretia. „Sie hatten allesamt Darkwood-Blut in den Adern. Wie du auch, mein lieber, kluger Junge." Ihr Verhalten hatte sich völlig verändert. Aber die nette Tante Lucretia war genauso unheimlich wie die fiese Tante Lucretia.

„Du kannst jetzt gehen, Charlie", sagte Grandma Bone. „Wir haben noch einiges zu besprechen, was deine Zukunft angeht."

Charlie war mehr als froh, dass er gehen durfte. Er sprang auf und eilte zur Tür. Im Vorbeigehen sah er Onkel Paton kurz ins Gesicht. Sein Onkel schien traurig und weit, weit weg, und Charlie fragte sich, warum er die ganze Zeit kein Wort gesagt hatte. Paton lächelte Charlie flüchtig an und drehte sich dann weg.

Charlie lief schnell in die Küche, wo Maisie und seine Mutter gespannt auf das Prüfungsergebnis warteten.

„Ich glaub, ich hab bestanden“, erklärte er finster.

„Ach, du grüne Neune“, sagte Maisie. „Ich dachte, du könntest dich rausmogeln, Charlie. War es das mit den Stimmen?“

Charlie nickte jämmerlich.

„Diese verflixten Darkwoods!“ Maisie schüttelte den Kopf.

Charlies Mutter schien gar nicht so unglücklich. „Die Akademie wird dir gut tun“, tröstete sie ihn.

„Nein, wird sie nicht“, sagte Charlie. „Ich will da nicht hin. Das ist eine olle, verstaubte Anstalt für Genies. Ich passe da nicht hin. Es ist am anderen Ende der Stadt, und ich kenne da keinen. Und wenn ich mich einfach weigere, Mum?“

„Wenn du dich weigerst, dann ... wird es das alles hier vielleicht nicht mehr geben“, sagte seine Mutter und machte eine vage Handbewegung in Richtung Küchenschränke.

Charlie war verblüfft. Waren seine Großtanten etwa ausgewachsene Hexen, die nur ihren Zauberstab oder vielleicht auch ihren Regenschirm zu schwenken brauchten, um ganze Häuser verschwinden zu lassen?

„Meinst du, das Haus könnte sich einfach in Luft auflösen?“, fragte er.

„Nicht direkt“, sagte seine Mutter. „Aber unser Leben würde sich ändern. Maisie und ich haben nichts. Keinen Hosenknopf. Als dein Vater Lyell starb, waren wir auf die

Darkwoods angewiesen. Sie haben für alles gesorgt. Sie haben das Haus gekauft, die Rechnungen bezahlt. Tut mir Leid, Charlie, du musst aufs Bloor gehen, wenn sie es wollen."

Charlie fühlte sich plötzlich ganz müde. „Okay", sagte er. „Ich geh jetzt ins Bett."

Er hatte den orangeroten Umschlag ganz vergessen, aber als er in sein Zimmer kam, lag das Ding auf seinem Kopfkissen. Seine Mutter musste es vor dem ganzen Essen und dreckigen Geschirr gerettet haben.

Charlie beschloss, nicht noch einen Blick auf den Mann und das Baby zu riskieren. Gleich morgen würde er das Foto zum Kwik-Fotoservice zurückbringen und vielleicht Runnerbean dafür kriegen.

Als seine Mutter zum Gutenachtsagen heraufkam, bat er sie, sich auf sein Bett zu setzen und ihm ein paar Fragen zu beantworten. Er fand, dass es ihm zustand, mehr über sich zu erfahren, ehe er auch nur einen Fuß in die Bloor-Akademie setzte.

„Zuerst will ich wissen, was wirklich mit meinem Vater passiert ist", sagte Charlie. „Erzähl's mir noch mal."

„Ich habe es dir doch schon so oft erzählt, Charlie. Es war neblig, er war müde. Er ist von der Straße abgekommen, und der Wagen ist in einen Steinbruch gestürzt, hundert Meter tief."

„Und warum gibt es hier nirgends Fotos von ihm? Kein einziges?"

Ein leiser Schatten huschte über das Gesicht seiner Mutter. „Es gab ja welche", sagte sie, „aber eines Tages, während ich außer Haus war, sind sie alle verschwunden. Sogar das winzige Bild in meinem Medaillon."

Das war Charlie neu. „Warum?", fragte er.

Und schließlich erzählte ihm seine Mutter die Wahrheit über die Darkwoods: wie entsetzt sie gewesen waren, als Lyell sich in sie verliebt hatte – in Amy Jones, ein ganz normales Mädchen ohne außergewöhnliche Fähigkeiten. Ohne besondere Gaben.

Die Darkwoods hatten ihm die Heirat untersagt. Ihre Familiengesetze waren uralt und streng. Die Frauen konnten heiraten, wen sie wollten, aber ein männlicher Darkwood durfte nur ein Mädchen mit einer Gabe zur Frau nehmen. Lyell hatte das Gesetz gebrochen. Er und Amy Jones waren nach Mexiko durchgebrannt.

„Wir hatten wunderschöne Flitterwochen", seufzte Charlies Mutter. „Aber als wir nach Hause kamen, merkte ich, dass Lyell Angst hatte. Er war ihnen doch nicht entkommen. Er guckte sich auf der Straße ständig um, fühlte sich verfolgt. Und dann, als du zwei warst, kam bei Nacht und Nebel dieser Anruf. Ein Befehl. Grandma Bone sei krank, er müsse sofort zu ihr kommen. Also stieg er ins Auto und ... stürzte in den Steinbruch."

Sie starrte einen Moment in die Ferne und murmelte gedankenverloren: „Er war an diesem Abend nicht er selbst. Irgendwas musste passiert sein. Er wirkte fast wie in Trance."

Sie wischte sich eine winzige Träne weg. „Ich glaube nicht, dass Grandma Bone auch nur ein Fünkchen Liebe im Leib hat", sagte sie. „Für die Darkwoods war Lyells Tod nur das Ende einer unseligen Episode. Aber an dir waren sie interessiert, Charlie. Angenommen, es stellte sich heraus, dass du eine Gabe hast? Sie wussten, dass sie sich um dich kümmern mussten, bis es klar war. Also kauften sie mir ein Haus und ließen Maisie mit einziehen. Und dann kam Grandma Bone. Um uns zu beobachten. Und kurz danach kam auch Onkel Paton, weil ... na ja, ich schätze, weil er sonst nirgends hinkonnte.

Ich war dankbar für alles, bis dann plötzlich die Fotos verschwanden. Das war mir unbegreiflich. Grandma Bone bestritt natürlich, sie auch nur angerührt zu haben."

Charlie hörte seiner Mutter zu und zählte zwei und zwei zusammen. „Ich weiß, warum die Fotos verschwunden sind", murmelte er. „Grandma Bone wollte nicht, dass ich höre, was mein Vater zu sagen hatte."

„Aber, Charlie, da warst du doch erst zwei", sagte seine Mutter. „Sie wusste doch nicht, dass du die Gabe hast, Stimmen zu hören."

„Sie hat's geahnt", erwiderte Charlie. „Liegt wahrscheinlich in der Familie."

Seine Mutter lächelte, weil er so ein ernstes Gesicht machte. Sie gab ihm einen Gutenachtkuss und sagte, er solle sich wegen der Darkwoods keine Gedanken machen. „Und auch nicht wegen der Bloor-Akademie. Schließlich war dein Vater auch dort."

„Und hatte er eine Gabe?", fragte Charlie.

„Oh ja", sagte seine Mutter, schon in der Zimmertür. „Aber nicht so wie du, Charlie. Er hatte eine andere Art von Begabung. Er war Musiker."

Als sie gegangen war, konnte Charlie nicht einschlafen. Zu viel ging ihm im Kopf herum. Es war beunruhigend, aus einer so seltsamen Familie zu kommen. Er wollte mehr wissen. Viel mehr. Aber wo anfangen? Vielleicht konnte ihm Onkel Paton ja ein paar Antworten geben. Er schien nicht so herzlos zu sein wie seine Schwestern.

Das Gewitter hatte sich verausgabt. Der Regen hörte auf. Der Wind legte sich und die Kirchturmuhr der Kathedrale schlug Mitternacht. Beim zwölften Schlag fühlte sich Charlie plötzlich ganz komisch. Irgendetwas ging mit ihm vor. Es war, als schwebte er für einen Augenblick zwischen Leben und Tod. Er dachte an Lyell, den Vater, an den er sich nicht erinnern konnte.

Dann war der Augenblick vorüber, und Charlie war auf einmal hellwach und unruhig. Ein paar Minuten später hörte er Onkel Paton die Treppe hinunterstapfen, zur Küche, auf einen kleinen Mitternachtsimbiss. Charlie war es inzwischen gewohnt, dass sein Onkel nachts umhergeisterte. Er wurde immer davon wach. Normalerweise drehte er sich nur um und schlief weiter. Heute Nacht aber sprang er aus dem Bett und zog sich schnell an.

Als sein Onkel das Haus verließ, schlich Charlie nach unten und folgte ihm. Er hatte das schon oft tun wollen, sich aber nie getraut. Heute Nacht war das anders, er fühlte sich selbstsicher und entschlossen. Paton ging schnell. Als Charlie die Haustür ganz leise hinter sich zugezogen hatte, bog sein Onkel bereits um die Ecke. Dicht an den Hauswänden entlang huschte Charlie hinter ihm her.

Paton blieb stehen und guckte sich um. Charlie drückte sich ins Schattendunkel. Die Straße, in die sie eingebogen waren, hatte kleine, glockenförmige Straßenlaternen, die einen sanften Lichtschein auf das nasse Pflaster warfen. Hier standen die Bäume dichter, waren die Mauern höher. Es war eine stille, geheimnisvolle Gegend.

Paton Darkwood ging weiter, aber sein zügiges Ausschreiten war jetzt in ein zielloses Schlendern übergegangen. Charlie huschte von Baum zu Baum und war bald nur noch ein paar Schritte hinter seinem Onkel.

Ein kalter Wind biss Charlie in die Ohren, und er fragte sich schon, ob diese mitternächtliche Beschattungsaktion etwas bringen würde. Onkel Paton hatte sich weder in einen Vampir noch in einen Werwolf verwandelt. Vielleicht fühlte er sich im Dunkeln ja einfach nur wohler.

Charlie wollte gerade umkehren und sich wieder nach Hause schleichen, als sein Onkel plötzlich anhielt. Er stand nur etwa einen Meter von einem Laternenpfahl entfernt und ein seltsames Summen ging von ihm aus. Es war eigentlich kein richtiges Summen, denn Charlie konnte es nicht wirklich hören. Es war eher ein Summgefühl, als ob die Luft rings um seinen Onkel von unhörbarer Musik vibrierte.

Das Licht der Straßenlaterne wurde heller, so grell, dass Charlie kaum noch hingucken konnte. Dann gab es einen kleinen Knall, das Glas zersprang, und glitzernde Scherben regneten auf den Bürgersteig herab.

Charlie schnappte nach Luft. Er rieb sich die Augen. Vielleicht war es ja nur Zufall, dass sein Onkel gerade an dieser Stelle stand, während eine Überspannung die Laterne so grell und heiß werden ließ, dass das Glas zerbarst.

Paton schlenderte wieder los und Charlie huschte weiter von Baum zu Baum. Auf Höhe eines weiteren Laternenpfahls verlangsamte Paton seinen Schritt. Das Licht wurde wieder grell, aber diesmal ging sein Onkel weiter, ehe das Glas zerspringen konnte. Und dann sagte er plötzlich, ohne sich umzudrehen: „Warum verfolgst du mich?“

Die Feuerkatzen

Charlie erstarrte. Sein Onkel konnte ihn doch unmöglich gesehen haben.

Aber da kam die Frage wieder: „Warum verfolgst du mich, Charlie?“

Charlie trat hinter dem Baum hervor. „Wie hast du's mitgekriegt?“, flüsterte er.

Paton drehte sich zu ihm um. „Ich habe keine Augen im Hinterkopf, falls du das dachtest.“

„Nein, *das* hab ich nicht gedacht“, sagte Charlie. „Aber wie dann?“

„Ich habe dich gesehen, mein Lieber, als ich um die Ecke gebogen bin. Um ehrlich zu sein, ich hatte schon fast damit gerechnet. Es hätte mich erstaunt, wenn du schlafen könntest, nach so einem grässlichen Abend“, sagte Paton mit einem grimmigen Grinsen.

„Ist das deine Gabe, Onkel Paton?“, fragte Charlie. „Das elektrische Licht hochzujagen?“

„Jämmerlich, was? Wozu soll das gut sein? Ich wollte, du hättest es nicht mitgekriegt.“ Paton musterte seine schlanken Finger. „Komm, lass uns nach Hause gehen; für heute Nacht habe ich genug unternommen.“ Er hakte Charlie unter und sie machten sich auf den Heimweg.

Charlie sah seinen Onkel mit ganz neuen Augen. Allein durch ihre Anwesenheit den Strom in einer Lampe hochjagen, das konnten nicht viele Leute. Ja seines Wissens hatte das überhaupt noch niemand gemacht.

Lichter spielten im Nachtleben einer Stadt eine wichtige Rolle. Onkel Paton konnte ganz schön einen draufmachen dort im Zentrum, wo an jedem Fleckchen Hauswand Lichter blinkten und funkelten.

„Hast du jemals – ich meine, hast du das, was du da eben gemacht hast, schon mal mit ganz vielen Lichtern gemacht?", fragte Charlie. „In einer Gegend mit lauter Theatern und Kinos und Diskos und so?"

Zuerst dachte Charlie, Paton würde nicht antworten. Vielleicht hätte er nicht fragen sollen. Aber dann murmelte sein Onkel: „Einmal, vor langer Zeit. Für ein Mädchen, das ich kannte."

„Wow! War sie beeindruckt?"

„Sie ist weggerannt", schüttelte Paton traurig den Kopf, „und hat nie wieder mit mir gesprochen."

„Ach. Aber wär's denn nicht besser für dich, tagsüber rauszugehen, Onkel Paton? Ich meine, da brennen doch nicht so viele Lichter."

„Ha! Du Witzbold", schnaubte sein Onkel. „Jedes Schaufenster ist doch heutzutage beleuchtet. Und überhaupt alles. Und bei Tag sehen mich die Leute. Außerdem habe ich mich inzwischen daran gewöhnt. Ich mag einfach kein Tageslicht und werde mich ihm nicht aussetzen."

Sie waren jetzt bei Nummer neun angelangt, und Charlie verschwand schnell wieder ins Bett, ehe jemand aufwachte. Charlie schlief fast augenblicklich ein und träumte, dass Onkel Paton das Licht der Sterne hochjagte, bis sie alle miteinander explodierten wie ein Riesenfeuerwerk.

Beim Aufwachen war ihm ganz flau. Ob er wollte oder nicht, er würde bald auf die Bloor-Akademie gehen. Schon bei dem Gedanken wurde ihm richtig schlecht. Er brachte mit Mühe eine Scheibe Toast hinunter. Das Rührei mit Speck, das Maisie ihm vorsetzte, rührte er nicht an.

„Er ist ganz durcheinander. Stimmt's, mein Schätzchen?", sagte Maisie besorgt. „Diese elenden Darkwoods. Warum solltest du auf diese grässliche Riesenschule gehen? Wir bringen dir Schokolade mit, wenn wir einkaufen gehen. Das wird dich ein wenig aufheitern."

Grandma Bone war nicht da. Sie frühstückte immer auf ihrem Zimmer. Und Paton aß, soweit Charlie wusste, sowieso nur nachts.

Er sah zu seiner Mutter hinüber. Die schien meilenweit weg, in eine Art Tagtraum versunken.

„Muss ich dort eine besondere Uniform tragen?"

Seine Mutter schrak auf. „Einen blauen Umhang", sagte sie. „Die Musiker tragen blau. Saphirblau, eine hübsche Farbe."

„Ich bin aber kein Musiker", warf Charlie ein.

„Eigentlich nicht", gab seine Mutter zu. „Aber für deine Art von Begabung haben sie dort sicher keinen eigenen Schulzweig, Charlie. Du kommst zu den Musikern wie dein Vater. Nimm deine Schulblockflöte mit. Das reicht bestimmt."

„Sicher?" Charlie war skeptisch. Er war nie gut in Musik gewesen und flötete nur, wenn man ihn dazu zwang. „Wann muss ich hin?"

„Gleich nach den Herbstferien", erklärte ihm seine Mutter.

„Mitten im Schuljahr? Noch vor Weihnachten?"

„Tut mir Leid, Charlie", sagte seine Mutter bedauernd. „Die Darkwoods halten es für das Beste. Sie sagen, wir dürfen keine Zeit verlieren, jetzt, wo du ... wo sie sicher sind."

„Armes Kerlchen", murmelte Maisie.

Es regnete wieder, und Maisie zog einen knallrosa Regenmantel über. Charlies Mutter schnappte sich energisch einen Schirm vom Garderobenständer. Sie hasste Regenmäntel.

„Wir brauchen sicher nicht lange zum Einkaufen", erklärte sie Charlie. „Soll ich das Foto zurückbringen?"

Benjamins Geburtstagskarte. Die hatte Charlie ganz vergessen. Aus irgendeinem Grund wollte er das Foto jetzt noch nicht hergeben.

„Nein", sagte er. „Aber könntet ihr eine Geburtstagskarte für Benjamin kaufen? Ich glaube, ich nehme doch nicht Runnerbean."

Als Maisie und seine Mutter weg waren, lief Charlie nach oben, um den orangeroten Umschlag zu holen. Als er ihn gerade geöffnet und das Foto herausgenommen hatte, klingelte es an der Tür. Niemand reagierte. Grandma Bone war offenbar nicht im Haus, und Onkel Paton ging tagsüber nicht mal ans Telefon.

Das Foto noch in der Hand, ging Charlie aufmachen.

Vor der Tür stand ein höchst merkwürdiger Mann. Noch merkwürdiger aber waren die drei Katzen, die ihm um die Beine strichen.

„Onimous und Flammen", sagte der Mann mit einer Verbeugung. „Schädlingsbekämpfung." Er zog eine Karte aus der Innentasche seines Pelzmantels.

„Omnibus?", sagte Charlie.

„Nicht doch", sagte der Mann. „Onimous, mein Junge. Orvil. Orvil Onimous." Er schenkte Charlie ein breites Lächeln, das spitze, strahlend weiße Zähne enthüllte. „Ich glaube, es gibt hier im Haus ein Problem. Mäuse?" Mit einem komischen kleinen Satz landete er neben Charlie.

„Ich weiß nicht", sagte Charlie.

Sie hatten ihn ermahnt, auf keinen Fall fremde Leute ins Haus zu lassen. Aber dieser fremde Mann war schon drin.

„Hat Sie jemand gerufen?"

„*Etwas* hat mich gerufen. Ich kann dir nicht sagen, was. Noch nicht. Du würdest mir vermutlich nicht glauben."

„Ach?" Charlie wusste nicht, was er davon halten sollte.

Die Katzen waren Mr Onimous gefolgt und sausten jetzt durch die Diele. Es waren höchst ungewöhnliche Katzen. Die eine war kupferrot, die zweite knallorange und die dritte leuchtend gelb. Die kupferfarbene Katze schien Charlie zu kennen. Sie stellte sich auf die Hinterpfoten und rüttelte an der Klinke der Küchentür.

„Geduld, Aries", sagte Mr Onimous. „Lernst du das nie?" Aries hatte es geschafft, die Türklinke zu drücken. Die Tür schwang auf, und Aries rannte in die Küche, gefolgt von den anderen beiden Katzen.

„Tut mir Leid“, sagte Mr Onimous. „Ist ein stürmischer Bursche, der Aries. Leo ist auch ein bisschen ungestüm, aber Sagittarius hat gute Manieren. Entschuldige, aber ich habe besser ein Auge auf sie.“

Ehe Charlie sich auch nur umdrehen konnte, war Orvil Onimous schon an ihm vorbei in die Küche geschlüpft, wobei er rief: „Enttäuscht mich nicht, ihr Flammen. Macht es ordentlich.“

Alle drei Katzen strichen jetzt um die Speisekammertür. Charlie dachte an das gammlige Obst, und ehe die Katzen sich wieder selbst Zutritt verschaffen konnten, öffnete er die Tür und ließ sie hinein.

Wildes Fauchen, Poltern und Quieken setzte ein. Offenbar war die Speisekammer voller Mäuse. Aber nicht mehr lange. Die Katzen erledigten Maus um Maus und reihten die grauen Leichen säuberlich am Fuß der Wand auf.

Charlie wich zurück. Er hatte gar nicht gewusst, dass da überhaupt Mäuse in der Speisekammer waren. Warum hatten Maisie und seine Mutter das nicht gemerkt? Vielleicht waren die Mäuse ja alle erst heute Morgen gekommen, angelockt vom Geruch des gammligen Obstes? Charlie mochte Mäuse eigentlich ganz gern und wünschte, er müsste nicht mit ansehen, wie die Reihe der grauen Mäusekörper immer länger wurde.

Als die Strecke fünfzehn Mäuse betrug, schienen die Katzen ihren Job als getan zu betrachten. Sie setzten sich hin und putzten sich energisch das makellose Fell.

„Es gibt nicht zufällig ein Tässchen Kaffee?“, fragte Mr Onimous. „Ich bin ziemlich erschöpft.“

Soweit er mitbekommen hatte, dachte Charlie, hatte Mr Onimous kaum einen Finger gerührt, geschweige denn etwas getan, was ihn hätte erschöpfen können. Die ganze Arbeit hatten die Katzen erledigt. Aber Mr Onimous saß jetzt am Küchentisch und beäugte sehnsüchtig die Kaffeedose, und Charlie brachte es nicht fertig, ihn zu enttäuschen. Er hatte immer noch das Foto in der Hand, also legte er es jetzt hin und ging den Wasserkocher füllen.

„Aha", sagte Mr Onimous. „Da haben wir's ja. Das erklärt alles."

„Was?" Charlie sah auf das Foto, das Mr Onimous jetzt ins Licht hielt.

Mr Onimous zeigte auf die Katze am unteren Bildrand. „Das ist Aries", sagte er. „Es ist schon ein paar Jährchen her, aber er vergisst nichts. Er wusste, dass du ihn gesehen hast. Deshalb hat er mich hierher geführt."

„Wie bitte?" Charlie fühlte sich schwach. Er setzte sich hin. „Wollen Sie sagen, dass Aries", er zeigte auf die kupferfarbene Katze, „dass Aries mitgekriegt hat, dass ich das Foto hier angeguckt habe?"

„Ganz so nicht." Mr Onimous kratzte sich den fellartig behaarten Kopf. Charlie fiel auf, dass seine spitzen Fingernägel dringend geschnitten gehörten. Maisie hätte nie jemanden mit so langen Fingernägeln herumlaufen lassen.

Das Wasser kochte und Charlie brühte den Kaffee für Mr Onimous auf.

„Wie dann?", fragte er und stellte die Tasse vor den Besucher hin.

„Drei Löffel Zucker, bitte", sagte Mr Onimous.

Ungeduldig klatschte Charlie drei Löffel Zucker in den Kaffee.

Mr Onimous strahlte. Er nahm einen Schluck, strahlte wieder, beugte sich dann dicht zu Charlie herunter und raunte: „Er wusste, dass du eine Verbindung hast, unser Aries. Und das stimmt ja auch, du hast ja das Foto. Das sind keine normalen Katzen. Sie wissen vieles. Sie haben mich ausgesucht, weil ich ein Händchen für Tiere habe. Sie führen mich dahin und dorthin, um Böses wieder gutzumachen, und ich folge ihnen einfach und helfe, wo ich kann. Das hier", – sein Zeigefinger tippte auf den Mann mit dem Baby – „ist einer der schlimmsten Fälle. Aries war immer schon furchtbar wütend wegen dieser Sache. Er hat mehrfach versucht, sie in Ordnung zu bringen, aber dafür brauchten wir dich, Charlie."

„Mich?"

„Du hast doch besondere Gaben, nicht wahr?" Mr Onimous sprach ganz leise, als wäre das ein Geheimnis, das man nicht laut erwähnen durfte.

„Angeblich schon", sagte Charlie. Er konnte nicht anders, als auf das Foto zu gucken, wo Mr Onimous' Zeigefinger so vorwurfsvoll auf das Gesicht des Mannes tippte. Und kaum dass er hinsah, hörte er wieder das Baby weinen.

Aries kam angerannt, legte Charlie die Pfoten auf die Knie und stieß ein markerschütterndes Miauen aus. Sofort fielen der orangerote Leo und der gelbe Sagittarius ein. Das Geräusch war so unerträglich, dass Charlie sich die Ohren zuhalten musste.

„Psst!“, zischte Mr Onimous. „Der Junge denkt nach.“

Als das Miauen verstummt war, sagte Mr Onimous: „Siehst du. Du *hast* eine Verbindung, Charlie. Also erzähl es mir jetzt ganz genau.“

Bei aller Sonderbarkeit wirkte Mr Onimous doch nett und vertrauenswürdig, und Charlie musste dringend mit jemandem reden. Er erzählte Mr Onimous von den vertauschten Fotos, den Stimmen, den schrecklichen Darkwood-Tanten, ihrem Eignungstest und ihrem Beschluss, ihn auf die Bloor-Akademie zu schicken. „Aber ich will da nicht hin“, schloss Charlie. „Ich glaube, lieber sterbe ich.“

„Aber, Charlie, Junge, dort ist sie doch“, sagte Mr Onimous. „Die verschwundene Kleine. Jedenfalls glauben das die Katzen. Und die irren sich nie.“ Er stand auf. „Kommt, ihr Flammen, wir müssen los.“

„Sie meinen, das Baby auf dem Foto ist verschwunden?“, sagte Charlie. „Wie kann denn ein Baby verschwinden?“

„Es ist nicht an mir, dir das zu sagen, Charlie“, sagte Mr Onimous geheimnisvoll. „Bring das Foto dahin, wo es hingehört, vielleicht erfährst du's ja dort.“

„Aber ich weiß doch nicht, wo es hingehört“, erwiderte Charlie, den jetzt Panik überkam. Mr Onimous wollte sich verdrücken, ohne ihm auch nur das kleinste bisschen geholfen zu haben.

„Streng deinen Grips an, Charlie. Das hier ist eine Vergrößerung, richtig? Finde das Original, und du wirst auch einen Namen und eine Adresse finden.“

„Bestimmt?“

„Ganz bestimmt." Mr Onimous strich seinen Pelzmantel glatt, stellte den Kragen hoch und marschierte zur Haustür.

Charlie stand auf, verwirrt und den Kopf voller Fragen. Als er an der Haustür war, sah er nur noch eine blitzschnell entschwindende Gestalt mit einer Art Kometenschweif aus glühenden Farben.

Charlie machte die Haustür zu und rannte nach oben. Er nahm den orangefarbenen Umschlag und schüttelte ihn, und heraus fiel ein kleines Foto: das Original der Vergrößerung, die unten in der Küche lag. Er drehte es um, und tatsächlich, da standen ein Name und eine Adresse in kräftigen, eleganten Druckbuchstaben: MISS JULIA INGLEDEW, CATHEDRAL CLOSE 3.

Wo war Cathedral Close, und wie kam man dahin? Er musste gehen, ehe Maisie und seine Mutter zurückkamen. Sie würden ihn nie allein losziehen lassen, in eine Gegend, die er nicht kannte. Und wenn er nicht auf der Stelle handelte, würde er womöglich nicht rechtzeitig zu Benjamins Geburtstagsparty zurück sein. Aber er musste eine Nachricht hinterlassen, sonst würde sich seine Mutter Sorgen machen.

Charlie konnte sich nicht erinnern, je im Zimmer seines Onkels gewesen zu sein. An seiner Tür hing tagein, tagaus ein Schild: BITTE NICHT STÖREN. In letzter Zeit hatte sich Charlie schon gefragt, was Paton den ganzen Tag dort drinnen machte. Manchmal hörte man ein leises Trommeln. Aber meistens war es still.

Heute würde Charlie das Schild missachten müssen.

Er klopfte an, zuerst zögernd, dann kräftiger.

„Was ist?“, knurrte es von drinnen.

„Onkel Paton, kann ich mal reinkommen?“, fragte Charlie.

„Warum?“, wollte Paton wissen.

„Weil ich wohin muss und du’s bitte Mum erklären musst.“

Ein tiefes Seufzen. Charlie traute sich nicht, die Tür zu öffnen, bis sein Onkel mit strenger Stimme sagte: „Komm rein, wenn es denn sein muss.“

Charlie drehte den Türknauf und spähte hinein. Was er sah, verblüffte ihn. Das Zimmer seines Onkels ertrank in Papier. Papier quoll aus Regalen, tropfte von Stapeln auf der Fensterbank, überschwemmte Patons Schreibtisch und leckte wie Wellen an seinen Knöcheln. Wo war das Bett? Unter einer Decke aus Büchern, vermutete Charlie. Bücher säumten die Wände vom Boden bis zur Decke und türmten sich in wackligen Stapeln rings um den Schreibtisch.

„Nun?“, sagte Paton und sah von einem Berg Papier auf.

„Kannst du mir bitte sagen, wo Cathedral Close ist?“, fragte Charlie nervös.

„Wo schon? Bei der Kathedrale natürlich.“ Bei Tag war Paton ein anderer Mensch. Eisig und streng.

„Oh“, sagte Charlie und kam sich dämlich vor. „Tja, da muss ich jetzt hin. Könntest du’s bitte Mum sagen? Sie will’s bestimmt wissen, und ...“

„Ja, ja“, brummte Paton und wedelte Charlie unwirsch hinaus.

„Danke“, sagte Charlie und machte, so leise er konnte, die Tür zu.

Er ging in sein Zimmer, zog sich schnell den Anorak über und steckte den Umschlag samt Fotos in die Tasche. Dann ging er aus dem Haus.

Durch sein Zimmerfenster sah Benjamin Charlie mit entschlossener Miene vorbeimarschieren.

Benjamin öffnete sein Fenster. „Wo willst du hin?“

Charlie sah hoch. „Zur Kathedrale“, sagte er.

„Können wir mit, ich und Runnerbean?“, fragte Benjamin.

„Nein. Ich will dein Geburtstagsgeschenk kaufen. Das soll eine Überraschung sein.“

Benjamin schloss das Fenster. Er fragte sich, was für ein Geschenk Charlie wohl in einer Kathedrale kaufen wollte. Einen Kugelschreiber mit dem Namen der Kathedrale drauf? Benjamin hatte massenhaft Kugelschreiber.

„Macht mir aber nichts aus“, erklärte er Runnerbean. „Solange er nur zu meiner Geburtstagsparty kommt.“

Runnerbean klopfte mit dem Schwanz auf Benjamins Kopfkissen. Er lag, wo er nicht liegen sollte: auf Benjamins Bett. Zum Glück wusste das nur Benjamin.

Die Kathedrale lag in einem alten Stadtviertel. Hier waren die Straßen eng und mit Kopfsteinen gepflastert. Die Läden waren klein und in den sanft beleuchteten Schaufenstern lagen teure Kleidungs- und Schmuckstücke auf Unterlagen aus Samt und Seide. Irgendwie wirkte das alles sehr privat, und Charlie fühlte sich fast schon als Eindringling.

Als er die alte Kathedrale vor sich aufragen sah, gingen die Geschäfte in eine Reihe alter Fachwerkhäuser über. Cathedral Close Nummer drei war jedoch ein Buchladen. Auf einem Schild über der Tür stand in altmodischer Schrift BUCHHANDLUNG INGLEDEW. Die Bücher im Schaufenster wirkten alt und staubig. Manche waren ledergebunden, mit Goldschnitt.

Charlie holte tief Luft und trat ein. Ein Türglöckchen bimmelte und durch eine Vorhangtür hinter dem Ladentisch kam eine Frau. Sie war nicht so alt, wie Charlie erwartet hatte, etwa im Alter seiner Mutter. Sie hatte dickes, kastanienbraunes Haar, das sie hochgesteckt hatte, und freundliche braune Augen.

„Ja?“, fragte die Frau. „Kann ich etwas für dich tun?“

„Ich glaub schon“, sagte Charlie. „Sind Sie Julia Ingledew?“

„Ja.“ Sie nickte.

„Es geht um Ihr Foto“, sagte Charlie.

Die Frau schlug die Hand vor den Mund. „Guter Gott! Hast du’s gefunden?“

„Ich glaube ja“, sagte Charlie und reichte ihr den orangefarbenen Umschlag.

Die Frau öffnete ihn und die beiden Fotos fielen auf den Ladentisch. „Oh, danke. Ich kann dir gar nicht sagen, wie froh ich bin, diese Bilder wiederzuhaben.“

„Haben Sie meine gekriegt?“, fragte Charlie. „Ich heiße Charlie Bone.“

„Komm mit.“ Miss Ingledew bedeutete Charlie, ihr durch die Vorhangtür zu folgen.

Charlie ging vorsichtig um den Ladentisch herum und durch den Vorhang in der Bücherwand. Er gelangte in einen Raum, der dem Ladenraum ziemlich ähnlich war. Wieder überall Bücher in Regale gezwängt und auf sämtlichen waagrechten Flächen gestapelt. Trotzdem war es hier gemütlich; es roch nach warmen, gehaltvollen Wörtern und tiefen Gedanken. In einem kleinen gusseisernen Ofen brannte ein Feuer und Tischlämpchen mit pergamentfarbenen Schirmen spendeten weiches Licht.

„Hier", sagte Julia Ingledew und zog aus einer Schublade einen orangefarbenen Umschlag.

Charlie öffnete ihn rasch.

„Ja, das ist tatsächlich Runnerbean, der Hund von meinem Freund. Daraus will ich eine Geburtstagskarte basteln."

„Eine wunderbare Idee", lobte Miss Ingledew. „Ist doch viel persönlicher. Ich hab's immer gern persönlich. Das zeigt doch, dass einem wirklich etwas an jemandem liegt, stimmt's?"

„Ja", sagte Charlie unsicher.

„Tja, ich bin dir wirklich sehr dankbar, Charlie Bone", sagte sie. „Ich finde, du hast eine Belohnung verdient. Ich habe nicht viel Bargeld hier, aber vielleicht ..."

„Macht nichts", sagte Charlie verlegen, obwohl er schon ein bisschen Geld hätte brauchen können, für das Geschenk für Benjamin.

„Doch, doch. Ich glaube, du bist genau der Richtige. Ja, ich habe sogar das Gefühl, dass das hier eigens auf dich gewartet hat."

Sie zeigte in eine Ecke, und Charlie merkte, dass der erste Eindruck getrogen hatte. Der Raum war doch nicht ganz voller Bücher. Auf einem Tisch in der Ecke stapelten sich alle möglichen Behältnisse: Holzkisten, Metallkästen und große Pappkartons.

„Was ist da drin?“, fragte Charlie.

„Das sind die Hinterlassenschaften meines Schwagers“, sagte sie. „Alles, was von ihm geblieben ist. Er ist letzte Woche gestorben.“

Charlie spürte plötzlich einen Kloß in der Kehle. Er räusperte sich: „Ähm ...“

„Ach, herrje. Nein, nicht seine Asche, Charlie“, sagte Miss Ingledew. „Das sind seine – wie soll ich sagen – Erfindungen. Sind erst gestern gekommen. Er hat sie per Kurierdienst geschickt am Tag vor seinem Tod. Weiß der Himmel, warum er sie mir hinterlassen hat.“ Sie holte einen Karton, klappte den Deckel auf und nahm einen roboterhaft aussehenden Metallhund heraus. „Ich kann damit nichts anfangen. Möchtest du ihn?“

Charlie dachte an Runnerbean, dann an Benjamin. „Macht er irgendwas?“, weil Erfindungen normalerweise irgendwas machten.

„Natürlich. Lass mal sehen.“ Sie zog am Schwanz des Hundes. Der Hund bellte zweimal, dann sagte eine Stimme: „Ich bin Nummer zwei. Du hast mich bereits am Schwanz gezogen, also weißt du jetzt, wie das Abspielen geht. Zum Vorspulen drücke auf mein linkes Ohr. Zum Zurückspulen drücke auf mein rechtes Ohr. Zum Aufnehmen drücke auf meine Nase. Zum Stoppen hebe meine rechte Vorderpfote.

Um die Kassette zu wechseln, klappe meinen Bauch auf." Die Stimme, die diese Anweisungen gab, kam Charlie bekannt vor.

„Kannst du ihn brauchen?", fragte Miss Ingledew. „Oder möchtest du noch die anderen Sachen sehen?"

„Der ist echt toll", sagte Charlie. „Super. Aber die Stimme, ist das Ihr ...?"

„Mein Schwager, ja. Dr. Tolly. Das war eine seiner ersten Erfindungen, aber er hat sich nie die Mühe gemacht, sie zu verkaufen.

Wenn er erst mal etwas fertig hatte, vergaß er es sofort. Er war ein fauler Mensch, Charlie. Intelligent, aber faul."

„Er ist der Mann auf dem Foto, oder?" Charlie behielt es für sich, dass er die Stimme wiedererkannt hatte. Wie hätte er es auch erklären sollen?

„Ja, das ist Dr. Tolly. Er hat mal etwas Schreckliches getan." Miss Ingledews Mund schloss sich zu einem strengen Strich.

„Warum wollen Sie dann ein Foto von ihm?", fragte Charlie.

Die Buchhändlerin sah ihn prüfend an. „Mir geht es um das Baby", sagte sie schließlich. „Das Foto ist alles, was mir von ihr geblieben ist." Und plötzlich erzählte ihm Miss Ingledew, wie ihre Schwester Nancy gestorben war, kurz vor dem zweiten Geburtstag ihrer kleinen Tochter, und wie ein paar Tage darauf Nancys Mann, Dr. Tolly, die Kleine weggegeben hatte.

„Ich wusste nicht, dass man Kinder einfach weggeben darf", entfuhr es Charlie entsetzt.

„Das darf man auch nicht“, sagte Miss Ingledew. „Ich musste absolutes Stillschweigen schwören. Ich hätte sie zu mir nehmen sollen, weißt du. Aber ich war egoistisch und verantwortungslos. Ich dachte, ich wäre dem nicht gewachsen. Seither ist kein Tag vergangen, an dem ich meine Entscheidung nicht bereut hätte. Ich habe versucht herauszufinden, wem er sie gegeben hat, wo sie geblieben ist, aber Dr. Tolly wollte es mir nicht sagen. Ihre Spur hat sich in einem Netz aus Lügen, Tricks und Fälschungen verloren. Sie müsste jetzt zehn sein, und ich würde alles dafür geben, sie zurückzubekommen.“

Charlie fühlte sich ziemlich unwohl. Er wurde da in etwas hineingezogen, was ihm gar nicht gefiel. Wenn er nur die Stimmen aus dem Foto nicht gehört hätte. Wie sollte er Miss Ingledew erklären, dass drei Katzen glaubten, das verschwundene Baby befinde sich in der Bloor-Akademie. Sie würde ihm nie glauben.

In einer dunklen Ecke schlug eine alte Standuhr zwölf und Charlie sagte: „Ich glaube, ich muss jetzt nach Hause. Mum macht sich sonst Sorgen.“

„Natürlich. Aber nimm den Hund mit, Charlie, und ...“ Sie flitzte wieder zu dem Tisch und zog einen länglichen silbernen Kasten unter einem Stapel hervor, „das hier auch, ja?“

Ohne eine Antwort abzuwarten, versenkte sie den Kasten in einer Tragetasche mit der Aufschrift BUCHHANDLUNG INGLEDEW.

Sie hielt Charlie die Tragetasche hin: „Den Hund kannst du dazustecken. Da ist Platz genug.“

Die Tasche war unglaublich schwer. Vorsichtig legte Charlie den Karton mit dem Hund oben auf den Metallkasten. Dann wankte er zur Tür, wobei er sich fragte, wie in aller Welt er die schwere Tasche nach Hause schleppen sollte.

Julia Ingledew half ihm die Stufe hinauf und öffnete ihm die Ladentür, die dabei wieder melodiös klimperte.

„Entschuldigen Sie bitte", sagte Charlie, „aber was ist in dem Kasten?"

Die Antwort war ziemlich verblüffend. „Ich weiß nicht", sagte Miss Ingledew. „Und ich bin mir nicht sicher, ob ich's wissen möchte. Das da hat Dr. Tolly im Tausch für sein Baby bekommen. Was immer da drin ist – ein Baby kann es doch nicht aufwiegen, oder?"

„N-nein", gab Charlie zu. Er stellte die Tragetasche ab.

„Bitte, nimm es mit, Charlie. Du scheinst mir genau der Richtige. Ich muss es aus dem Haus kriegen, verstehst du?" Sie senkte die Stimme und guckte die Straße entlang. „Und dürfte ich dich bitten, das Ganze vorerst für dich zu behalten?"

„Das ist ein bisschen schwer", sagte Charlie, der jetzt erst recht zögerte, den schweren Kasten mitzunehmen. „Darf ich's nicht mal meinem besten Freund sagen?"

„Sag es niemandem, dem du nicht dein Leben anvertrauen würdest", beschwor ihn Miss Ingledew.

Dr. Tollys Geheimnis

Noch ehe Charlie eine Antwort einfiel, winkte ihm die Buchhändlerin kurz zu und schloss dann ihre Ladentür. Er stand allein auf der düsteren Straße mit einem geheimnisvollen Ding, das für ein Baby eingetauscht worden war.

Warum hatte Miss Ingledew den Kasten nicht geöffnet? Was mochte da drin sein? Charlie murmelte halblaut vor sich hin, während er seine Last über das Kopfsteinpflaster schleppte, und etliche Leute sahen ihn argwöhnisch an. Vielleicht dachten sie ja, er hätte die Tragetasche geklaut. Er bog um eine scharfe Ecke und fiel fast über einen großen, zotteligen Hund.

„He!", rief Charlie und ließ die Tragetasche fallen. „Ach, du bist's, Runnerbean!"

Runnerbean sprang auf der Tragetasche herum und leckte Charlies Gesicht.

„Runter da!", befahl Charlie. „Das ist wertvoll."

Benjamin kam auf sie zugerannt. „Tut mir echt Leid", keuchte er. „Ich konnte ihn nicht halten."

„Seid ihr mir nachgegangen?", fragte Charlie, der ziemlich froh war, Benjamin zu treffen.

„Nicht absichtlich. Ich wollte nur mit Runnerbean rausgehen. Er muss wohl deine Spur gerochen haben." Benjamin starrte auf die imposante schwarze Tragetasche. „Was ist da drin?"

„Dein Geburtstagsgeschenk", sagte Charlie, „aber du musst mir helfen, die Tasche zu tragen. Die wiegt eine Tonne."

„Wow. Was …? Nein, ich darf ja nicht fragen", stammelte Benjamin schüchtern.

Charlie weihte ihn ein, dass in der Tragetasche noch ein zweites geheimes Etwas war, aber nachdem er kurz gelinst hatte, erklärte Benjamin, es mache ihm nichts aus, nur den kleinen Karton zu kriegen und nicht den großen Metallkasten.

„Komischer Ort, um ein Geschenk zu kaufen", bemerkte Benjamin und schaute noch einmal zur Kathedrale zurück.

„Ich wusste nicht, dass ich eins finden würde", sagte Charlie. „Hergekommen bin ich wegen dem Foto von Runnerbean." Er erzählte Benjamin von der merkwürdigen Buchhändlerin und dem geheimnisvollen Kasten, den ihr der faule Erfinder geschickt hatte.

Jeder an einem Henkel, schleppten die beiden Jungen die Tragetasche heimwärts. Sie merkten nicht, dass sie verfolgt wurden. Hätten sie sich umgeguckt, wäre ihnen vielleicht aufgefallen, dass sich ein rothaariger Junge, der jämmerlich schlecht als alter Mann verkleidet war, in Hauseingänge drückte, um dann wieder verstohlen hinter ihnen herzuhuschen.

Runnerbean knurrte leise und stupste mit der Nase gegen die Tragetasche, um die Jungen anzutreiben. Für den

Hund war das alles äußerst beunruhigend. Da war etwas Verdächtiges hinter ihnen und etwas noch Verdächtigeres in der Tasche.

Als Charlie und Benjamin in die Filbert Street bogen, warf sich Runnerbean herum und rannte wild bellend auf den heimlichen Verfolger zu. Der rothaarige Junge erschrak und flüchtete die Straße hinauf.

„Was sollte das denn?“, wunderte sich Benjamin.

Runnerbean konnte es natürlich nicht erklären.

Vor Nummer zwölf fragte Charlie, ob Benjamin die Tragetasche mit zu sich nehmen könne. Er wollte verhindern, dass Maisie oder Grandma Bone die Nase hineinsteckten.

Benjamin guckte skeptisch. „Ich weiß nicht. Wo soll ich sie denn hin tun?“

„Unters Bett oder so. Bitte, Benjamin. Meine Großmütter schnüffeln dauernd in meinem Zimmer herum, aber dich belästigt doch nie jemand.“

„Okay“, willigte Benjamin ein.

„Pack das Geschenk nicht aus, eh ich wieder da bin“, bat Charlie. „Ich muss erst nach Hause, sonst gibt es Ärger.“

Charlie wollte gerade gehen, als plötzlich ein hohles Klopfgeräusch aus der Tragetasche kam. Benjamin guckte ziemlich verdattert, aber Charlie tat, als hätte er nichts gehört, und rannte die Stufen hinunter. Er ging nach Hause und in die Küche, wo seine Großmütter heftig stritten. Als Charlie auftauchte, funkelten ihn beide böse an.

„Charlie Bone!“, schrie Maisie. „Wie konntest du? Du schrecklicher Junge. Wie ist das passiert?“ Sie zeigte auf die toten Mäuse. Die hatte Charlie ganz vergessen.

Er erzählte, wie Mr Onimous und die Katzen einfach ins Haus gewitscht waren, ehe er sie hatte aufhalten können. „Und dann musste ich lossausen, das Foto umtauschen." Er wedelte mit dem orangefarbenen Umschlag. „Tut mir Leid, dass ich die Mäuse vergessen hab."

„Gelbe Katzen, rote Katzen?", fragte Grandma Bone mit komischer Stimme. Charlie hätte schwören können, dass sie Angst hatte.

„Na ja, sie haben ihre Sache ja offenbar gut gemacht", lenkte Maisie ein, die Charlie bereits zu verzeihen begann. „Dann räume ich die kleinen Dinger wohl besser mal weg."

Grandma Bone war nicht in Versöhnungslaune. „Ich hab's doch gewusst", knurrte sie. „Du hast sie angelockt, du unseliger Junge. Du bist wie ein Magnet. Schlechtes Blut, gemischt mit begabtem. Das geht nie gut. Ich werde keine Ruhe haben, ehe du nicht im Bloor sicher verwahrt bist."

„Verwahrt? Heißt das, ich komm da nicht raus?"

„Übers Wochenende", fauchte Grandma Bone. „Leider." Sie rauschte hinaus und ihre Stiefelabsätze trommelten über den Fußboden.

„Ich wusste nicht, dass ich dort eingesperrt bin", jammerte Charlie.

„Ich auch nicht, Schätzchen", empörte sich Maisie, die jetzt eifrig den Fußboden mit Desinfektionsmittel wischte. „Was weiß ich schon von so piekfeinen Schulen? Deine Mutter sollte nicht so viel Obst und Gemüse mitbringen. Es ist mir schleierhaft, woher der Kammerjäger das wusste. Ich hatte niemanden bestellt."

„Die Katzen", sagte Charlie. „Die wussten es."

„Demnächst erzählst du mir noch, dass Katzen fliegen können", brummelte Maisie.

Diese Katzen vielleicht schon, dachte Charlie. Aries, Leo und Sagittarius waren keine gewöhnlichen Katzen, so viel stand fest. Und Charlie hatte den Verdacht, dass Grandma Bone das wusste. Aber warum hatte sie Angst vor ihnen?

Er ging auf sein Zimmer, um die Geburtstagskarte zu basteln. Aber es fiel ihm schwer, sich zu konzentrieren. Die Karte wurde schief, er vergaß das „r" in „Geburtstag", und dann rutschte auch noch die Sprechblase über Runnerbeans Ohr. Charlie schmiss die Schere hin. Seit er gemerkt hatte, dass er Fotos hören konnte, stand seine Welt Kopf. Wenn er das mit den Stimmen doch nur für sich behalten hätte. Dann brauchte er nicht auf diese schreckliche Schule zu gehen, wo er eingesperrt sein würde mit einem Haufen komischer Kinder, die seltsame Sachen machten.

Er hörte seine Mutter ins Haus kommen und Maisie etwas zurufen. Wenn doch nur jemand auf seiner Seite wäre und es mit den Darkwoods aufnehmen würde. Aber sie schien Angst vor ihnen zu haben. Irgendwie würde Charlie wohl selbst mit ihnen fertig werden müssen.

Maisie hatte Spaghetti mit Gemüsesoße zum Mittagessen gemacht. Charlie musste an die Mäuse in der Speisekammer denken, behielt es aber für sich. Seine Mutter hatte ihm einen saphirblauen Umhang mitgebracht, den er anprobieren musste, sobald die Spaghetti aufgegessen waren. Der Umhang ging Charlie fast bis an die Knie. Er hatte Armschlitze an den Seiten und hinten eine Kapuze.

„Mit diesem Ding gehe ich nicht auf die Straße“, jammerte Charlie. „Kommt nicht in Frage. Da lachen mich ja alle aus.“

„Aber Charlie, da werden noch andere Kinder mit Umhängen sein“, tröstete ihn seine Mutter. „Manche auch mit violetten oder grünen.“

„Nicht hier in unserer Gegend“, sagte Charlie und zog ihn aus. „Die kommen bestimmt alle aus den Heights.“

Die Heights waren ein Wohnviertel an einem bewaldeten Hang mit Blick auf die Stadt. Die Häuser dort waren groß und sehr vornehm und die Leute, die dort wohnten, hatten viel Geld. Die großen Gärten waren voller Blumen, die das ganze Jahr zu blühen schienen.

„Ich weiß ganz sicher, dass nicht alle Kinder aus den Heights sind“, sagte Charlies Mutter. „Da ist ein Mädchen, das wohnt nur zwei Straßen weiter, Olivia Vertigo, die war in der Zeitung. Sie ist auf dem Schauspielzweig, also wird sie einen violetten Umhang tragen.“

„Ha!“, knurrte Charlie. „Falls du die Dragon Street meinst, die ist genauso hochvornehm wie die Heights.“

Er beschloss insgeheim, das peinliche Kleidungsstück unter seinem Anorak zu verstecken, bis er in der Akademie war.

Doch selbst Maisie schien sich zusehends für die Schuluniform zu begeistern. „Sieht wirklich nett aus. So eine hübsche Farbe.“

Brummelnd nahm Charlie den Umhang mit auf sein Zimmer und stopfte ihn in eine Schublade. (Später sollte seine Mutter heraufkommen und ihn ordentlich in den

Schrank hängen.) Dann steckte er die Geburtstagskarte für Benjamin in den orangefarbenen Umschlag und rannte nach unten.

„Ich geh jetzt zu Benjamins Geburtstag", rief er seiner Mutter zu.

Runnerbean empfing ihn mit lautem Gebell. Er wollte Charlie nicht einmal durch die Haustür lassen.

„Was ist denn mit Runner los?", rief er, als Benjamin die Treppe herabgerannt kam.

„Liegt an dem Kasten, den du dagelassen hast", sagte Benjamin. „Er kann ihn nicht ausstehen. Ich hab ihn unters Bett geschoben, wie du gesagt hast, aber Runner hat die ganze Zeit geknurrt und ihn wieder rausziehen wollen. Er hat die Tragetasche zerkaut und den Kastendeckel zerkratzt."

Charlie gelang es, sich durch die Tür zu quetschen, während Benjamin Runnerbean wegzog. Schließlich rannte der Hund laut jaulend den Gang entlang und stürmte durch die Hundeklappe in der Hintertür in den Garten hinaus.

Jetzt, wo Charlie da war, wollte Benjamin sein Geschenk auspacken. Er lief nach oben, um es zu holen.

„Sieht echt aufregend aus!" Benjamin schüttelte den Karton. „Komm, wir gehen ins Wohnzimmer."

Auch hier nichts, was auf eine Party hindeutete.

Benjamin setzte sich auf den Fußboden und öffnete den Karton.

„Wow! Ein Hund!", staunte er.

Charlie zog den Metallhund am Schwanz und Dr. Tollys Stimme sagte die Gebrauchsanweisung auf.

Benjamin konnte vor lauter Begeisterung kaum sprechen. Schließlich brachte er heraus: „Danke, Charlie. Vielen Dank. Wow, danke!"

„Ich hätte dir eine Kassette dazu kaufen sollen", sagte Charlie, „dann hättest du ..."

Runnerbean unterbrach ihn, indem er wild bellend hereinstürmte. Er umschlich den Metallhund, starrte ihn grimmig an und fing dann an zu winseln.

„Er ist eifersüchtig", stellte Benjamin fest. „Weiter nichts." Er umschlang Runnerbean und sagte: „Ich hab dich lieb, Runner. Das weißt du doch. Ohne dich könnte ich nicht leben."

Der große Hund leckte Benjamins Gesicht. Für Benjamin war er alles auf einmal: Mutter, Vater, Bruder, Großvater und Großmutter. Er war immer da, wenn Benjamins Eltern weg waren. Und der Junge konnte überall hingehen, zu jeder Tages- und Nachtzeit. Solange Runnerbean bei ihm war, konnte ihm nichts passieren.

Charlie gab Benjamin seine Geburtstagskarte. „Hab's doch noch geschafft", brummelte er.

Benjamin bemerkte Charlies Pfusch überhaupt nicht. Er guckte auf das Bild und erklärte, das sei die schönste Geburtstagskarte, die er in seinem ganzen Leben bekommen habe. Und dann starrte Runnerbean plötzlich an die Decke und jaulte. Tock! Tock! Tock! Schwach, aber eindeutig. Benjamins Zimmer war direkt über ihnen.

„Das ist der Metallkasten", flüsterte Benjamin. „Kannst du ihn nicht wegbringen? Könnte doch eine Bombe oder so was drin sein."

„Miss Ingledew sah nicht gerade wie eine Terroristin aus", meinte Charlie. „Und Dr. Tolly auch nicht."

„Woher willst du das wissen? Terroristen verstehen was von Tarnung. Komm, wir gucken mal nach."

Runnerbean folgte den Jungen leise knurrend nach oben. Diesmal wollte er das Zimmer gar nicht erst betreten.

Charlie zog die Tragetasche unterm Bett hervor, und gemeinsam zerrten die Jungen den Metallkasten heraus. Das Klopfen hatte aufgehört. Charlie versuchte die Schnappverschlüsse zu öffnen, aber sie bewegten sich nicht. Der Kasten war abgeschlossen und da war kein Schlüssel.

„Hat dir diese Frau nicht gesagt, was da drin ist?", fragte Benjamin.

Charlie schüttelte den Kopf. „Sie hat gesagt, sie will's nicht wissen. Das, was da drin ist, war die Bezahlung für ein Baby. Ihre eigene Nichte."

„Ein Baby?" Benjamin klappte die Kinnlade herunter. „Das ist ja schrecklich."

Charlie bekam wieder ein schlechtes Gewissen. „Wir tun ihn in die Besenkammer unter der Treppe", schlug er vor. „Da hörst du's nicht. Und dann geh ich noch mal zu Miss Ingledew und frag sie nach dem Schlüssel."

Sie schleppten die Tragetasche nach unten und versteckten sie hinter einem Haufen alter Kleider, die Benjamins Mutter in der Kammer lagerte. Als sie die Tür zumachten, stimmte Runnerbean neben der Treppe ein jämmerliches Geheul an. Benjamin konnte es nur abstellen, indem er ganz laut „Gassi!" rief.

Es wurde schon dunkel, aber Benjamins Eltern waren immer noch nicht da. Benjamin wirkte eher resigniert als sauer. „Ich backe mir meinen Geburtstagskuchen selbst", verkündete er. Und tat es auch. Es war ein Schokoladen-Eischneekuchen. Benjamin steckte zehn Kerzen darauf, dann sangen er und Charlie „Happy Birthday". Der Kuchen war ein bisschen krümelig, aber sehr gut.

Als Charlie auf die Uhr guckte, war es halb sieben. Er wusste, er musste eigentlich nach Hause, aber er wollte Benjamin nicht allein lassen, nicht an seinem Geburtstag. Also blieb er noch eine Stunde, und sie spielten mit Runnerbean Verstecken, ein Spiel, in dem der Hund Meister war.

Um halb neun waren Benjamins Eltern immer noch nicht zurück, also beschloss Charlie, seinen Freund zum Abendessen bei sich zu Hause einzuladen. In Benjamins Kühlschrank waren nur noch ein Ei und ein halber Liter Milch.

„Na, wie war die Geburtstagsparty?", fragte Maisie, als die beiden Jungen und der Hund hereinkamen.

„Toll", behauptete Charlie, „aber wir haben immer noch ein bisschen Hunger."

„Da war so ein seltsamer Junge hier, vor zwei Stunden etwa", sagte Maisie. „Er hatte sich als alter Mann verkleidet, aber man sah schon von weitem, dass er noch ein Junge war. Er sagte, du hättest da eine falsche Tragetasche erwischt, mit einem Kasten, der ihm gehöre, und den wolle er zurückhaben. Na ja, ich habe oben in deinem Zimmer geguckt, aber da war nur eine Tragetasche mit Schuhen.

Der Junge war sehr aufgebracht. Er wollte mir nicht glauben. Ein unangenehmes Früchtchen. Geht jetzt und vergnügt euch noch ein bisschen, während ich etwas zu essen mache."

Draußen vor der Küchentür flüsterte Charlie: „Sag keinem was von der Tragetasche und schon gar nicht von dem Kasten."

„Warum nicht?", flüsterte Benjamin zurück.

„Weil sie ihn mir geschenkt hat und ich mich irgendwie dafür verantwortlich fühle", sagte Charlie. „Ich finde, wir sollten ihn sicher aufbewahren, bis wir mehr drüber wissen." Er beschloss, Benjamin nichts von Mr Onimous und den Katzen zu erzählen. Noch nicht.

In dem Moment erschien Grandma Bone oben an der Treppe. „Was macht dieser Hund hier?", zischte sie und starrte grimmig auf Runnerbean herab.

„Aber heute ist doch Benjamins Geburtstag", bettelte Charlie.

„Na, und?", sagte sie kalt.

Runnerbean bellte sie an, und ehe sie noch mehr sagen konnte, zog Charlie Benjamin wieder in die Küche.

„Grandma Bone ist schlechter Laune", erklärte er seiner anderen Großmutter.

„Ist sie doch immer, oder?", schnappte Maisie. „Sie wird sich schon beruhigen, wenn du erst auf dem Bloor bist."

Charlie hatte es Benjamin nicht gerade an seinem Geburtstag beibringen wollen, aber jetzt war es draußen und er fühlte sich wie ein Verräter.

Benjamin starrte ihn vorwurfsvoll an. „Was ist das Bloor?"

„Eine große Schule in der Nähe der Heights", erklärte Charlie. „Ich will da nicht hin, Ben."

„Dann geh nicht hin."

„Er muss, Herzchen. Seine Mum hat ihm schon eine Uniform gekauft." Maisie stellte zwei Teller mit gebackenen Bohnen und Würstchen auf den Küchentisch. „Kommt jetzt essen. Du siehst aus, als wärst du am Verhungern, Benjamin Brown."

Benjamin setzte sich hin, aber ihm war der Appetit vergangen. Er steckte Runnerbean ein Stück Würstchen zu, als Maisie gerade nicht guckte.

„Ich geh erst nach den Herbstferien", beruhigte Charlie seinen Freund.

„Oh." Benjamin starrte mit unbewegter Miene auf seinen Teller.

Unglücklicherweise wählte Charlies Mutter gerade diesen Moment, um mit seinen Schlafanzügen hereinzukommen.

„Keine geflickten Schlafanzüge mehr, Charlie", sagte sie. „Die Darkwoods stellen dir eine komplett neue Garderobe für die Bloor-Akademie."

„Schlafanzüge?" Benjamin sah auf. „Musst du auch dort schlafen?"

„Übers Wochenende komme ich nach Hause."

„Oh." Benjamin schaufelte sich ein paar Bohnen in den Mund und stand dann auf. „Ich geh jetzt lieber heim. Mum und Dad sind sicher schon da."

„Soll ich mitkommen ...?“, hob Charlie an.

„Nein. Ist schon okay. Ich hab ja Runner.“

Ehe Charlie noch etwas sagen konnte, trotteten Benjamin und Runnerbean hinaus. Schwanz und Ohren des Hundes hingen herunter, immer ein Zeichen, dass sein Herrchen niedergeschlagen war.

„Komischer Junge“, bemerkte Maisie.

„Ich glaube, ich sollte mal gucken, ob alles okay ist“, sagte Charlie. „Schließlich ist heute sein Geburtstag.“

Als er die Haustür aufmachte, sah er gerade noch Onkel Paton davonmarschieren. Und das brachte Charlie auf eine Idee.

„Onkel Paton, kann ich mitkommen?“, rief Charlie und rannte hinter seinem Onkel her.

„Warum?“ Paton war stehen geblieben, um einen dicken Packen Briefe in einen Briefkasten zu stecken.

„Weil ... weil ...“ Charlie holte seinen Onkel ein. „Na ja, ich wollte dich bitten, mit mir wohin zu gehen.“

„Wohin denn?“

„In eine Buchhandlung. Sie liegt bei der Kathedrale und ich will nicht allein hingehen – ist ein bisschen unheimlich dort.“

„Eine Buchhandlung?“ Das interessierte Paton, genau wie Charlie gehofft hatte. „Aber, Charlie, um diese Zeit haben doch selbst Buchhandlungen zu.“

„Schon, aber ich glaube, da ist trotzdem jemand im Laden, auch wenn er schon zu hat“, sagte Charlie und schon hatte er seinem Onkel alles von Miss Ingledew und dem verschlossenen Kasten erzählt. Jemandem musste er sich doch anvertrauen, und ein Instinkt sagte ihm, dass Paton auf seiner Seite war, Darkwood hin oder her.

In Patons Augen konnte man ein seltsames Glitzern sehen. „Und du willst also, dass dir diese Buchhändlerin den Schlüssel gibt? Sag mal, Charlie, wo ist dieser Kasten?“

Charlie zögerte. „Das soll niemand wissen“, sagte er. „Es war schon jemand da und hat danach gesucht. Aber wenn du versprichst …“

Paton hob die Hand. „Es ist klug von dir, es für dich zu behalten, Charlie. Weih mich erst ein, wenn du es für richtig hältst. Und jetzt lass uns in diese Buchhandlung gehen.“

Sie wanderten durch schmale Seitengässchen, wo Patons Gabe, das Licht hochzujagen, nicht so auffiel. Als sie in die verlassenen Straßen bei der Kathedrale kamen, begannen die Laternen sofort rhythmisch zu flackern, heller, dunkler, heller, dunkler, als seien sie Teil einer blinkenden Lichterkette.

Hinter der Glasscheibe in der Tür der Buchhandlung hing ein Schild GESCHLOSSEN, aber im Schaufenster brannte sanftes Licht, das die uralten Lederbände erhellte. Paton betrachtete sie begierig. „Ich sollte öfter mal rausgehen“, murmelte er.

Charlie drückte auf den Klingelknopf.

Eine ferne Stimme sagte: „Wir haben geschlossen. Kommen Sie morgen wieder.“

„Ich bin's, Charlie Bone“, rief Charlie. „Könnte ich Sie mal kurz sprechen, Miss Ingledew?“

„Charlie?“ Miss Ingledew klang überrascht, aber nicht allzu ärgerlich. „Ist doch schon ziemlich spät.“

„Es ist dringend, Miss Ingledew – wegen dem Kasten."

„Ach?" Ihr Gesicht erschien hinter der kleinen Glasscheibe in der Ladentür. „Augenblick, Charlie."

Im Laden ging Licht an. Eine Kette klapperte, Riegel glitten zurück und die Tür öffnete sich mit dem vertrauten Klimpern.

Charlie trat ein, dicht gefolgt von seinem Onkel.

„Oh!", stieß Miss Ingledew hervor und wich ein Stück zurück. „Wer ist das?"

„Mein Onkel Paton", sagte Charlie, und als er seinen Onkel ansah, wurde ihm klar, warum Miss Ingledew ein bisschen geschockt schien. Paton war sehr groß und mit seinen dunklen Haaren und seinem langen, schwarzen Mantel war er eine ziemlich finstere Erscheinung.

„Ich hoffe, ich habe Sie nicht erschreckt", sagte Paton und streckte ihr die Hand hin. „Paton Darkwood, wenn Sie gestatten."

Miss Ingledew gab ihm die Hand und sagte nervös: „Julia Ingledew."

„Julia", wiederholte Paton. „Sehr hübsch. Mein Neffe bat mich, ihn zu begleiten."

Charlie wusste nicht recht, ob sein Onkel aufgeblasen oder schüchtern klang. Vielleicht beides.

„Es geht um den Schlüssel, Miss Ingledew", erklärte er. „Den Schlüssel zu dem Kasten, den Sie mir mitgegeben haben."

„Schlüssel? Schlüssel?" Sie schien verwirrt. „Oh, ich glaube, der war, äh ... Ich sehe mal nach. Wir gehen besser nach hinten, in mein, äh ... Sonst glauben die Leute, wir hätten wieder offen." Sie lachte nervös und verschwand durch den Vorhang hinterm Ladentisch.

Charlie und sein Onkel folgten ihr. Der kleine Raum hinterm Ladenraum war voller sanfter, warmer Farben und Patons Blick glitt erregt über die Bücherrücken. Miss Ingledew war offenbar gerade beim Lesen gewesen, als sie geklingelt hatten, denn auf ihrem Tisch lag ein großes, aufgeschlagenes Buch.

„Die Inkas", sagte Paton, als er die Kapitelüberschrift studiert hatte. „Ein faszinierendes Thema."

„Ja", nickte Miss Ingledew, noch immer aufgeregt. Sie hatte eine kleine Blechdose mit Schlüsseln gefunden und kippte jetzt den Inhalt auf den Tisch. An den meisten Schlüsseln waren Schildchen, aber nicht an allen.

„Woher soll ich wissen, welcher es ist?", sagte sie entschuldigend. „Da sind ja so viele. Ich glaube, du nimmst am besten alle unbeschrifteten Schlüssel mit, Charlie, und guckst, welcher passt. Ich fürchte, das ist alles, was ich anzubieten habe."

„Mehr kann man ja wohl kaum erwarten", kam es von Onkel Paton.

Miss Ingledew sah ihn stirnrunzelnd an, packte einen Haufen Schlüssel in eine Plastiktüte und drückte sie Charlie in die Hand. „Da. Bring sie zurück, wenn du sie ausprobiert hast."

„Danke, Miss Ingledew."

Charlie nahm die Schlüssel, und da es wohl nichts mehr zu sagen oder zu tun gab, ging er durch die Vorhangtür wieder in den Ladenraum.

Miss Ingledew kam hinter ihnen her, um die Tür zu verriegeln und abzuschließen. Doch als sie hinaustraten, fragte Paton plötzlich: „Dürfte ich noch einmal vorbeikommen, Miss Ingledew?"

„Natürlich", antwortete Miss Ingledew verblüfft. „Das hier ist ein Geschäft. Ich kann Sie wohl kaum davon abhalten."

„Ja, ja." Paton lächelte. „Aber ich meine, nach Einbruch der Dunkelheit?"

Miss Ingledew guckte ein bisschen erschrocken. „Freitags habe ich bis zwanzig Uhr offen", sagte sie und schloss die Ladentür.

Paton starrte noch einen Moment wie gebannt auf die Tür, drehte sich dann abrupt um und rief aus: „Was für eine bezaubernde Frau!" Und sein mächtiges, lautloses Summen ließ die nächste Straßenlaterne so grell aufleuchten, dass ein feiner Glasregen mit leisem, melodischem Klimpern aufs Kopfsteinpflaster niederging.

Eine harte Nuss

„Onkel Paton, das ist echt Vandalismus!“, seufzte Charlie.

Ein tiefes, kehliges Lachen hallte durch die schmale Straße. Charlie hatte seinen Onkel noch nie lachen hören.

„Irgendwer kriegt dafür bestimmt eins aufs Dach“, sagte er streng, „aber ich wette, nicht du.“

„Natürlich nicht“, entgegnete Paton. „Komm jetzt, mein Junge. Wir sehen besser zu, dass wir zurück sind, ehe deine arme Mutter sich deinetwegen Sorgen macht.“

Während sie durch die Altstadt eilten, musste Charlie immer wieder kleine Zwischenspurts einlegen, um mit den langen Schritten seines Onkels mithalten zu können.

„Je schneller ich gehe, desto mehr Energie verbrenne ich“, erklärte Paton. „Desto weniger bleibt für – Unfälle.“

„Kann ich dich was fragen, Onkel Paton?“

„Fragen kannst du, aber ich weiß nicht, ob ich dir antworten werde“, sagte Paton.

„Wann hat das denn angefangen? Ich meine, kannst du dich noch erinnern, wann du zum ersten Mal gemerkt hast, dass du das elektrische Licht hochjagen kannst?“

Paton dachte nach: „Das war an meinem siebten Geburtstag. Ich war so aufgeregt, dass ich sämtliche Glühbirnen zum Platzen brachte. Da waren überall Glassplitter.

Kinder schrien und klaubten sich Glas aus den Haaren. Sie gingen alle sofort nach Hause, und ich saß allein da, ganz verwirrt und unglücklich. Mir war gar nicht klar, dass *ich* das getan hatte, bis meine Schwestern es mir erklärten. Sie waren hocherfreut. ‚Gott sei Dank ist er normal', jubelten sie, als ob es normal wäre, Glas zerspringen zu lassen, und unnormal, ein gewöhnlicher Junge zu sein. Meine Eltern waren überglücklich. Ich hatte sonst keine Gaben, weißt du. Ich durfte das ganze übrig gebliebene Eis aufessen und danach wurde mir schlecht. Was wohl auch ganz gut war, weil ich wahrscheinlich mit dem Eis ziemlich viel Glas geschluckt hatte."

„Hat's dir was ausgemacht, ein Darkwood zu sein?", fragte Charlie. „Ich meine, weil du deshalb anders bist als andere?"

Nur wenige Hauseingänge vor Nummer neun blieb Onkel Paton abrupt stehen. „Hör zu, Charlie", sagte er ernst, „du wirst merken, dass es nur darauf ankommt, richtig damit umzugehen. Solange du nicht über deine Gabe redest, ist alles gut. Solange es sozusagen in der Familie bleibt. Und du darfst deine Gaben nie leichtfertig gebrauchen."

„Benjamin weiß das mit den Stimmen", gestand Charlie. „Aber der sagt es keinem."

„Das glaube ich wohl", sagte Paton und setzte sich wieder in Bewegung. „Ist ein komisches Bürschchen, dieser Benjamin. Wer weiß, ob er nicht auch ein Kind des Roten Königs ist …"

„Des was?" fragte Charlie.

Paton stürmte in langen Sätzen die Eingangstreppe von Nummer neun hinauf. „Von dem erzähl ich dir ein andermal. Ach übrigens, an deiner Stelle würde ich Grandma Bone nichts von der Buchhändlerin erzählen." Ehe Charlie fragen konnte warum, öffnete Paton schon die Haustür.

Hinter der Tür stand Grandma Bone mit einem Blick wie eine Gewitterwolke. „Wo seid ihr gewesen?", herrschte sie die beiden an.

„Geht dich nichts an, Grizelda", sagte Paton und marschierte an ihr vorbei.

„Wirst du's mir gefälligst sagen?", fuhr sie Charlie an.

„Lass den Jungen in Frieden", sagte Paton und stapfte die Treppe hinauf. Gleich darauf knallte seine Tür zu.

Charlie witschte in die Küche, ehe Grandma Bone ihn noch weiter verhören konnte. Dort saß seine Mutter und las Zeitung.

„Ich war mit Onkel Paton weg", erklärte ihr Charlie, „nur spazieren."

„Ach." Sie guckte besorgt. „Ich nehme an, du weißt von seiner – was er macht?"

„Ja. Ist schon okay, Mum. Macht mir nichts aus. Tut sogar eher gut zu wissen, dass da noch jemand in der Familie ist, der – na ja, was Besonderes macht." Charlie konnte das Gähnen nicht unterdrücken. Er war heute weiter und schneller gelaufen als jemals zuvor. „Gute Nacht!"

Als er gerade am Einschlafen war, fielen ihm plötzlich die Schlüssel in der Anoraktasche ein. Die musste er gut verstecken. Wahrscheinlich würde Grandma Bone morgen sein Zimmer durchstöbern. Sie war eben schon misstrauisch gewesen. Warum musste sie immer alles wissen? Das war nicht fair. Er steckte die Schlüssel in einen seiner Fußballschuhe, ganz vorn in die Spitze. An einem so stinkigen Ort würde sie hoffentlich nicht suchen.

Am nächsten Morgen nach dem Frühstück kramte Charlie die Tüte mit den Schlüsseln hervor und steckte sie in die Innentasche seines Anoraks. Leider klimperte es laut, als er die letzten drei Treppenstufen auf einmal nahm. Und das ausgerechnet in dem Moment, als Grandma Bone aus der Küche kam.

„Was war das für ein Geräusch?", schnappte sie.

„Mein Taschengeld", sagte Charlie schnell.

„Nein, war es nicht. Zeig mir, was du da in deiner Jacke versteckst."

„Warum?", brüllte Charlie. Er hoffte, dass ihn jemand hören und aus dieser schrecklichen Lage retten würde.

„Hast du meine Zeitung geholt, Charlie?", kam es plötzlich von Onkel Paton, der oben übers Geländer guckte.

„Noch nicht", sagte Charlie dankbar.

„Er geht nirgends hin, ehe er mir nicht gezeigt hat, was er da versteckt", sagte Grandma Bone.

Onkel Paton stöhnte ärgerlich. „Ich habe dem Jungen eben eine Hand voll Kleingeld gegeben, für die Zeitung. Also, wirklich, Grizelda, sei nicht so kindisch."

„Wie kannst du es wagen?" Grandma Bone sah aus, als würde sie gleich vor Empörung explodieren.

Charlie nutzte die Chance. Er stürmte an seiner schäumenden Großmutter vorbei und zur Haustür hinaus. Ehe er die Tür hinter sich zuschlug, hörte er Grandma Bone noch sagen: „Das wirst du bereuen, Paton!"

Charlie rannte zu Benjamin hinüber. Er musste mehrmals klingeln, ehe die Tür geöffnet wurde.

„Was willst du?" Benjamin war noch im Schlafanzug.

„Ich hab die Schlüssel für den Kasten", schnaufte Charlie. „Kann ich reinkommen?"

„Mum und Dad schlafen noch", sagte Benjamin missmutig.

„Ich mach keinen Krach, ich versprech's."

„Okay." Widerstrebend ließ Benjamin Charlie ins Haus. Dann tappte er barfüßig zur Besenkammer unter der Treppe. „Mach's selbst", und öffnete mit diesen Worten die Tür.

„Willst du nicht sehen, was in dem Kasten ist?"

„Nein."

„Sei doch nicht so, Ben", bettelte Charlie. „Ist doch nicht meine Schuld, dass ich auf diese grässliche Schule muss. Du glaubst doch nicht, dass ich das will, oder? Ich kann nichts dagegen machen, weil Mum und Maisie sonst auf die Straße gesetzt werden."

„Echt?" Benjamins Augen weiteten sich.

„Das Haus gehört Grandma Bone. Und als meine Tanten gestern von der Sache mit den Fotostimmen gehört haben, sind sie gleich gekommen und haben einen Test mit mir gemacht. Wenn ich nicht tue, was sie wollen, schmeißen sie uns raus. Mum und Maisie haben keinen Penny."

Benjamin sah ihn entsetzt an. „Das wollte also dieser grässliche Besuch."

Charlie nickte. „Sie haben gesagt, ich muss auf die Akademie, weil ich Gaben habe – du weißt schon, diese Fotosache. Ich hab versucht, so zu tun, als könnte ich's nicht, aber sie haben mich ausgetrickst. Sie haben mir so laute Fotos hingelegt, dass ich meine eigene Stimme nicht mehr hören konnte."

„Gemein", sagte Benjamin mitfühlend. „Tut mir Leid. Ich dachte, du hättest Geheimnisse vor mir."

„Nie. Ich wollt's dir nur nicht an deinem Geburtstag sagen", sagte Charlie.

Von oben kam leises Bellen, und die Jungen sahen Runnerbean auf halber Treppe sitzen. Er schien sich nicht weiter herunterzutrauen.

„Komm schon, Runner. Komm gucken, was in dem Kasten ist", lockte Benjamin.

Runnerbean ließ sich nicht überreden. Er winselte leise, rührte sich aber nicht.

„Wie du willst", sagte Benjamin. Er öffnete die Tür und betrat die Besenkammer. Charlie wollte ihm gerade folgen, als Benjamin sagte: „Er ist weg."

„Wirklich?" Das gefiel Charlie gar nicht.

„Ich hab die Tragetasche hinter eine Tüte mit Kleidern gelegt. Die ist jetzt weg und der Kasten auch."

Benjamin polterte in dem Schrank herum, stellte Besen und Kartons um, hievte Bücher hoch, kickte Stiefel weg.

„Ist nicht da, Charlie. Tut mir echt Leid." Benjamin kam heraus.

„Geh deine Mutter fragen, wo sie ihn hingetan hat", sagte Charlie.

„Kann ich nicht. Sie wird stinksauer, wenn ich sie am Sonntagmorgen wecke." Benjamin biss sich auf die Lippe.

Doch ehe Benjamin ganz in Ratlosigkeit versank, wurde er davon abgelenkt, dass Runnerbean die Treppe herunterraste und zur Hintertür sauste. Der Hund stellte sich auf die Hinterbeine, die Vorderpfoten an der Glasscheibe, und bellte wie verrückt.

Die Jungen rannten zur Hintertür und sahen gerade noch ein helles Glühen hinter einem Baum verschwinden.

„Die Flammen", flüsterte Charlie.

„Flammen? Was für Flammen?", fragte Benjamin.

Charlie erzählte ihm von Mr Onimous und den Katzen.

„Ach so, Katzen", sagte Benjamin. „Kein Wunder, dass Runner sich so aufregt."

Charlie sollte sich immer wieder fragen, ob das, was dann geschah, etwas mit Mr Onimous' Flammenkatzen zu tun hatte. Denn schließlich waren sie ja wegen der Katzen zur Hintertür gerannt. Und wenn sie das nicht getan hätten, hätten sie nie das schwache Klopfen gehört, das durch eine andere Tür, gleich rechts von ihnen, drang.

„Wo geht's da hin?", fragte Charlie.

„In den Keller", sagte Benjamin. „Das ist gefährlich. Die Stufen sind morsch. Da gehen wir nie rein."

„Jemand war aber drin." Charlie öffnete die Tür. Zu seinen Füßen war ein kleiner Absatz, dann dunkles Nichts. Charlie trat vorsichtig durch die Tür und guckte hinunter. Er erkannte mit Mühe eine wacklig wirkende Trittleiter, die ins Dunkel hinabführte. Vom Fuß der Stiege kam ein schwaches Klopfen, dann war es still.

„Da ist Licht“, sagte Benjamin und drückte einen Schalter neben der Tür.

Eine nackte Glühbirne, die von der Decke hing, erhellte einen staubigen, fast leeren Raum. Und jetzt konnte Charlie auch erkennen, wie gefährlich die Trittstufen waren. Manche hatten Risse, andere fehlten ganz.

„Dad sagt immer, er repariert sie, aber er hat nie Zeit dazu“, sagte Benjamin.

„Ich geh runter“, verkündete Charlie. Er konnte den silbernen Kasten neben der letzten Stufe liegen sehen.

„Nicht“, warnte ihn Benjamin. „Du wirst dir was Schlimmes tun und dann bin ich schuld.“

„Nein, mir passiert schon nichts.“ Charlie machte sich an den Abstieg. „Ich muss diesen Kasten aufkriegen.“

„Warum?“, jammerte Benjamin, von Runner mit einem Jaulen begleitet.

„Ich will wissen, was drin ist, bevor ich aufs Bloor komme. Uups!“

Charlies Fuß rutschte ab. Er schaffte es, sich umzudrehen und an einer stabileren Trittstufe festzuhalten. Dann setzte er den Abstieg fort, indem er sich an den Längsholmen der Trittleiter festhielt, während seine Füße die Stufen testeten. So gelangte er schließlich unter einigem Knacksen und etlichen Ausrutschern auf den Kellerboden hinunter.

„Bring den Kasten hier herauf“, sagte Benjamin, der so dicht an der Kante kniete, wie er sich irgend traute.

Charlie versuchte bereits den ersten Schlüssel ins Schloss zu stecken. „Ich glaub, ich mach’s gleich hier unten“, sagte er. „Wir wissen ja nicht, was da rauskommt.“

Der erste Schlüssel passte nicht, der zweite auch nicht. Der Kasten machte keinen Mucks, und Charlie fragte sich schon, ob das seltsame Klopfen nicht von den Wasserrohren gekommen war. Oder gar von Ratten unter den Fußbodendielen. Er versuchte den dritten Schlüssel, jedoch ohne Erfolg.

Miss Ingledew hatte Charlie zehn Schlüssel mitgegeben, und als er den fünften ausprobierte, schwante ihm schon, dass keiner zu dem silbernen Kasten passte. Manche waren so groß, dass sie sich nicht einmal ins Schlüsselloch stecken ließen. Seufzend zückte Charlie den sechsten Schlüssel.

„Geht nicht?“, fragte Benjamin.

„Nee“, sagte Charlie. „Ist eiskalt hier unten. Ich glaub, ich …“

Da unterbrach ihn ein lautes Klopfen an der Haustür. Runnerbean bellte und Benjamin stand auf.

„Was soll ich tun?“, fragte er, Panik in der Stimme.

„Gucken, wer da ist, eh deine Eltern aufwachen“, riet ihm Charlie. „Und mach die Kellertür zu, falls derjenige reinkommt.“

Über das Licht hatte Charlie nichts gesagt, aber in der Aufregung knipste Benjamin es einfach aus, bevor er die Kellertür zumachte.

„Hey!“, flüsterte Charlie, so laut er irgend flüstern konnte.

Benjamin war weg.

Charlie hockte allein im Dunkeln. Er konnte weder den Kasten noch die Schlüssel sehen. Aber fühlen konnte er, und als er den Kasten abtastete, bemerkte er an der Seite kleine Kerben. Buchstaben. Langsam fuhren seine Finger die Schrift nach: Tolly Schlag-Zwölf.

Benjamins Hirn arbeitete fieberhaft, während er zur Haustür ging. Er versuchte zu erraten, wer da so früh am Sonntagmorgen klingeln konnte. Sollte er denjenigen hereinlassen, und wenn ja, wie kam er dann wieder zu Charlie, den er, wie ihm jetzt aufging, im Dunkeln hatte sitzen lassen.

Benjamin öffnete die Tür einen kleinen Spalt und spähte hindurch. Draußen stand eine Frau. Sie hatte schwarzes Haar und trug einen dunklen, glatten Mantel. Obwohl sie, als er sie das letzte Mal gesehen hatte, halb von einem Schirm verdeckt gewesen war, ahnte Benjamin doch ziemlich genau, wer sie war. Er erkannte die roten Stiefel wieder. Es war eine von Charlies Darkwood-Tanten.

Er sagte „Ja?“, machte die Tür aber nicht weiter auf.

„Hallo, Kleiner!“ Die Frau hatte eine honigsüße, klebrige Stimme. „Du musst Benjamin sein.“

„Ja“, antwortete Benjamin.

„Ist mein Großneffe hier? Charlie? Ich weiß, dass er dein Freund ist.“ Sie lächelte süßlich.

Benjamin blieb erst mal eine Antwort erspart, da Runnerbean ein kehliges Knurren ausstieß.

Die Frau lachte gezwungen. „Oh, du liebe Güte. Er mag mich nicht, was?“, sagte sie.

Benjamin war zu dem Schluss gekommen, dass er dieser Darkwood-Tante auf keinen Fall sagen durfte, wo Charlie war. „Er ist nicht hier“, sagte er. „Ich hab ihn seit gestern nicht mehr gesehen.“

„Wirklich?“ Die Tante zog eine schwarze Augenbraue hoch. Sie lächelte jetzt nicht mehr. „Sehr merkwürdig. Er hat gesagt, er wolle dich besuchen gehen.“

„Hat er aber nicht getan“, behauptete Benjamin.

„Ach, und woher weißt du das?“ Jetzt hatte sie gar nichts Süßliches mehr.

„Weil er sonst doch hier wäre“, sagte Benjamin ohne jede Spur von Zögern.

In diesem Augenblick begann Runnerbean wie wild zu bellen, und Benjamin gelang es, der Frau die Tür vor der Nase zuzuschlagen. Als er sie verriegelt und abgeschlossen hatte, linste er durch den Spion. Die Frau funkelte ihn finster an, ganz bleich vor Wut.

Benjamin fuhr zurück und schlich auf Zehenspitzen zur Kellertür. „Charlie“, flüsterte er, als er die Tür geöffnet hatte. „Da ist eine von deinen Tanten.“

„Oh, nein!“, kam Charlies raues Flüstern aus dem Dunkel. „Mach das Licht an, Ben.“

„Entschuldige.“ Benjamin drückte den Lichtschalter und guckte hinunter. Charlie kniete neben dem Kasten.

„Welche Tante?“, fragte Charlie.

„Sie hat schwarzes Haar, einen langen dunklen Mantel, rote Stiefel und ein weißes Gesicht“, sagte Benjamin leise.

„Venetia“, flüsterte Charlie. „Das ist die Raffinierteste.“

„Sie sieht nicht so aus, als würde sie sich von der Tür wegrühren. Geh besser hinten raus.“

Aber Charlie hatte noch vier Schlüssel auszuprobieren. Keiner passte, und Charlie feuerte sie alle genervt auf den Boden.

„Ich muss ihn finden", rief er.

„Psst! Sie hört dich", warnte Benjamin.

„Ich komme hoch." Charlie begann, die Stiege zu erklimmen. Der Rückweg war noch schwieriger. Ein paar Stufen waren bei seinem Abstieg gebrochen, und er musste sich stellenweise sogar mit den Händen hinaufhangeln. „Autsch!", jaulte er, als er sich einen Splitter in den Daumen rammte.

„Sch-sch!", zischte Benjamin.

Endlich war Charlie oben, und die beiden Jungen schlichen durch den Gang zur Vordertür.

Benjamin presste das Auge an den Spion. „Sie ist weg", meldete er.

„Ich weiß nicht, ob das schlimmer oder besser ist", sagte Charlie. „Sie kann überall lauern."

„Geh hinten raus durch den Garten, da kannst du über die Mauer gucken, ob sie irgendwo ist", schlug Benjamin vor. „Dann ist deine Chance größer."

„Gute Idee", sagte Charlie.

Sie gingen zur Hintertür. Runnerbean bellte freudig, weil er mit einem Spaziergang rechnete.

„Deine Eltern haben einen ganz schön festen Schlaf", bemerkte Charlie.

„Sie sind müde", sagte Benjamin und fragte dann: „Warum ist es denn so wichtig, diesen Kasten aufzumachen? Können wir ihn denn nicht einfach zu lassen? Wir könnten ihn doch in eine Mülltonne stecken oder so."

„Kommt nicht in Frage", sagte Charlie. „Das, was da drin ist, war dabei, als das Baby weggegeben wurde. Es kann Miss Ingledew doch bestimmt helfen, ihre Nichte wiederzukriegen. Wir müssen es sicher aufbewahren."

„Aber wenn es was ganz Schreckliches ist, was keiner will?"

Daran hatte Charlie auch schon gedacht, aber dann hatte er befunden, dass es im Gegenteil etwas sein musste, das irgendwer *unbedingt* wollte. Wieso das plötzliche Interesse seiner Tanten? Warum hatte ein Junge mit roten Haaren nach der Tragetasche gefragt?

„Jemand will es auf jeden Fall haben", sagte Charlie, „aber keiner kriegt es, bevor ich das Baby gefunden habe, und Mr Onimous sagt, das Baby ist auf dem Bloor." Er öffnete die Hintertür, sprang die Stufen hinunter und sauste durch den Garten.

Benjamin verfolgte, wie sein Freund durchs Gartentor stürmte, ohne nach links und rechts zu gucken. So würde ihn diese grässliche Tante bestimmt kriegen. Benjamin seufzte. Manchmal überlegte sich Charlie einfach nicht richtig, was er tat.

Runnerbean war so enttäuscht wegen des ausgebliebenen Spaziergangs, dass Benjamin beschloss, ihm ein tolles Frühstück zu machen. Beim Gedanken an Würstchen bekam er selbst Hunger.

Mitten auf dem Küchentisch lag ein kleines weißes Kärtchen mit dem goldgeprägten Aufdruck ORVIL ONIMOUS & FLAMMEN.

Wann und wie war die Karte dahin gelangt?

Charlie war jetzt am Ende des kleinen Durchgangswegs hinter Benjamins Haus, an der Straße, wo er seinen Onkel erstmals das Laternenlicht hatte hochjagen sehen. Er guckte kurz in beide Richtungen – von seiner Tante keine Spur.

„Vielleicht hab ich sie ja doch ausgetrickst“, murmelte Charlie. Er rannte zur Filbert Street, bog um die Ecke …

„Erwischt!“, sagte eine Stimme.

Tante Venetias lange Fingernägel gruben sich in Charlies Schulter. „Du kommst mit mir, Jungchen“, flötete sie gehässig. „Wir haben da eine Frage an dich. Und wehe, wir kriegen nicht die richtige Antwort.“

Schöne Ferien!

Tante Venetia bugsierte Charlie nach Hause, die Finger um seinen Nacken gekrallt.

Charlie krümmte und wand sich, aber aus diesen stählernen Klauen gab es kein Entkommen.

Grandma Bone erwartete sie in der Diele. Ihr Gesicht war wie aus Stein gemeißelt.

„Gut gemacht, Venetia. Es braucht junge Beine, um einen Schurken zu fangen."

„Schurken?", protestierte Charlie.

Er guckte auf Tante Venetias rote Stiefel. Und von wegen junge Beine. So jung war Tante Venetia auch wieder nicht. Sie war nur raffiniert, das war alles.

Grandma Bone trieb ihn in die Küche, wo er sich hinsetzte und sich den Nacken rieb.

Seine Mutter sah von ihrer Zeitung auf. „Was ist denn los?"

„Wir waren ein böser, hinterlistiger Junge", sagte Grandma Bone. „Nicht wahr, Charlie? Und ein elender Lügner."

„Gar nicht", murmelte Charlie.

Grandma Bone drückte ihn auf einen Stuhl.

„Oh, doch, das waren wir." Grandma Bone setzte sich

ihm gegenüber und funkelte ihn grimmig an. „Er hat einen Kasten, der ihm nicht gehört, aber er kriegt ihn nicht auf."

Ehe Charlie es verhindern konnte, war Tante Venetias Hand bereits in seine Tasche gefahren und mit dem Schlüsselbündel wieder zum Vorschein gekommen. „Was ist das hier?", sagte sie und klimperte mit den Schlüsseln über seinem Kopf.

„Wem gehören die, Charlie?", fragte seine Mutter.

„Niemandem. Ich meine – ich hab sie von einer Freundin gekriegt. Das ist alles nur ein Spiel."

„Lügner", blaffte Grandma Bone.

„Nenn ihn nicht so", sagte Charlies Mutter ärgerlich. „Woher weißt du, dass es nicht stimmt?"

„Meine liebe Amy, ich weiß einiges mehr über deinen Sohn als du", sagte Grandma Bone eisig. „Er hat einen Kasten bekommen, von einer Person, die dazu keinerlei Befugnis hatte. Einer Person, die selbst nicht die rechtmäßige Eigentümerin war. Und der dumme Junge hat den Kasten versteckt, vermutlich drüben bei Benjamin."

„Ich hab keine Ahnung, wovon du redest", sagte Charlie. Er weigerte sich, noch irgendwelche Fragen zu beantworten, und schließlich gab Grandma Bone auf.

Mit einem fiesen Lächeln ließ Tante Venetia die Schlüssel auf den Tisch fallen. „Du bringst sie wohl besser dahin zurück, wo sie hingehören", sagte sie mit honigsüßer Stimme.

Charlie grabschte sich die Schlüssel.

„Das ist noch nicht das letzte Wort", warnte ihn Grandma Bone.

„Lass ihn in Ruhe“, sagte Charlies Mutter.

„Vielleicht tun wir das ja für ein Weilchen.“ Grandma Bone warf Venetia einen wissenden Blick zu. „Wir haben noch andere Eisen im Feuer.“

Zu Charlies Erleichterung wappneten sich die beiden Schwestern mit Hüten und Handschuhen und rauschten aus dem Haus, zweifellos um jemand anderen zu piesacken. Falls Benjamin als nächstes Opfer auserkoren war, würden sie nie an Runnerbean vorbeikommen.

„Was wird hier gespielt, Charlie?“, fragte seine Mutter, als sie allein waren.

„Nichts, Mum, ehrlich. Grandma Bone will immer alles wissen, aber ich hab doch auch ein Recht auf ein paar kleine Geheimnisse, oder?“

„Natürlich. Aber das hier scheint doch ein ziemlich schwerwiegendes Geheimnis zu sein. Kannst du mir sagen, was es ist?“

Seine Mutter guckte so besorgt, dass es Charlie schmerzte, ihr nicht die Wahrheit sagen zu können. Er beschloss, ihr wenigstens einen kleinen Teil des Problems zu erklären.

„Es geht um ein Baby“, fing er an.

Seine Mutter erschrak. „Ein Baby!“

Charlie wünschte, sie würde nicht so ängstlich gucken. „Ist schon okay, ich hab keins geklaut oder so. Außerdem ist es jetzt gar kein Baby mehr – es ist ein Mädchen, ungefähr so alt wie ich. Als sie ganz klein war, ist ihre Mum gestorben, und ihr Dad hat sie gegen was anderes getauscht …“

„Was?“ Seine Mutter schlug sich die Hand vor den Mund.

„Schrecklich, was? Na, jedenfalls, ihr Vater ist gerade gestorben, und die einzig lebende Verwandte, die sie hat, will sie wiedersehen, kann sie aber nicht finden. Also werd ich sie suchen.“

„Du, Charlie? Aber du kannst doch nicht einfach losziehen und verschollene Kinder suchen. Das Mädchen kann doch sonst wo sein.“

„Aber ich glaube, ich weiß, wo sie ist. Mehr kann ich dir nichts sagen, Mum. Tut mir Leid. Du erzählst es doch nicht Grandma Bone oder den Tanten? Ich glaube nicht, dass die auf unserer Seite sind.“

„Da hast du wohl Recht“, seufzte seine Mutter traurig.

„Ich muss dieses Mädchen finden, Mum“, sagte Charlie ernst. „Es ist komisch, aber ich hab plötzlich das Gefühl, dass das etwas ist, was ich tun *muss*.“

Zu Charlies Bestürzung wurden die Augen seiner Mutter auf einmal glänzend feucht.

„Wie ähnlich du deinem Vater doch bist“, sagte sie sanft. „Ich werde dein Geheimnis hüten, Charlie. Aber sei vorsichtig. Sie sind sehr mächtig, weißt du. Die Leute, mit denen du dich da anlegst.“ Ihr kurzer Blick zum Fenster sagte Charlie nur zu genau, wen sie meinte.

Es klingelte, und da seine Mutter glaubte, Maisie hätte mal wieder ihren Schlüssel vergessen, schickte sie Charlie aufmachen.

Vor der Tür stand aber nicht Maisie, sondern ein Junge mit verschmitztem Gesicht. Er war ein bisschen größer als

Charlie, mit glänzendem, geradezu leuchtend braunem Haar und fast derselben Augenfarbe.

„Ich bin Fidelio Gunn“, stellte sich der Junge vor. „Sie haben mich gebeten, dir mit der Musik zu helfen. Ich bin jetzt dein Pate, der sich um dich kümmert. Na, was sagst du, du Glückspilz?“

Charlie war sprachlos. „Heute ist doch Sonntag“, brachte er schließlich heraus.

Das Grinsen des Jungen reichte jetzt fast bis zu den Ohren. „Unter der Woche hab ich zu viel zu tun. Kann ich reinkommen?“ Er hielt einen Geigenkasten hoch.

Charlie riss sich zusammen. „Wer hat dich hergeschickt?“

„Das Bloor natürlich“, sagte der Junge fröhlich. „Man hat mir gesagt, dein musikalisches Können sei noch ein bisschen ausbaufähig.“ Sein Grinsen wurde noch breiter.

„Mein musikalisches Können ist gleich null“, sagte Charlie und grinste zurück.

Der seltsame Junge trat in die Diele, ohne hereingebeten worden zu sein.

„Wo ist das Klavier?“, fragte er.

Charlie führte ihn in das Zimmer, das nur für Darkwood-Besuch da war. An der einen Wand stand ein Klavier. Solange Charlie denken konnte, hatte es noch nie jemand benutzt.

Fidelio klappte den Deckel so schwungvoll auf, dass das ganze Klavier dröhnte, und ließ die Finger über die Tasten gleiten. Eine richtige Melodie ertönte. Eine ziemlich tolle Melodie sogar.

„Muss gestimmt werden“, erklärte Fidelio, „wird's aber tun. Spielt da jemand drauf?“

Charlie hörte sich sagen: „Vielleicht hat mein Vater drauf gespielt. Ich weiß nicht. Er ist gestorben.“

„Oh.“ Zum ersten Mal seit seiner Ankunft guckte Fidelio ernst.

„Das ist aber schon lange her“, beeilte sich Charlie zu sagen.

Fidelios Lächeln kehrte wieder. Er zog den Klavierhocker heran, setzte sich und spielte laut und fröhlich drauflos.

„Was macht ihr da?“ Charlies Mutter stand in der Tür, leichenblass.

„Tag!“, sagte Fidelio. „Ich bin Fidelio Gunn. Ich soll Charlie Nachhilfe in Musik geben.“

„Warum?“, fragte Amy Bone.

„Weil er einer von den Sonderbegabten ist, und wenn auch vermutlich nie ein Musiker aus ihm wird, kann er doch schlecht auf die Akademie gehen, ohne wenigstens ein bisschen Ahnung zu haben, oder?“ Fidelio schenkte Amy Bone ein herzerwärmendes Lächeln.

„Vermutlich nicht“, gestand Charlies Mutter kleinlaut. „Auf dem Klavier hat niemand mehr gespielt, seit – na ja, schon sehr lange.“ Sie räusperte sich, weil ihre Stimme ziemlich belegt geklungen hatte, und sagte: „Dann macht ihr wohl besser weiter.“ Sie ging und schloss die Tür hinter sich.

Charlie räusperte sich: „Woher wusstest du eigentlich, dass ich – na ja, du weißt schon …?“

„Wenn du auf den Musikzweig kommst und nicht die Bohne spielen kannst, musst du einer von *denen* sein", erklärte Fidelio. „Wir Übrigen sind nämlich Genies!"

Das interessierte Charlie denn doch. „Sind da viele von meiner Sorte?"

„Nicht so viele", sagte Fidelio. „Ich kenne euch nicht alle. Manche von euch haben auch noch andere Talente, außer der Sonderbegabung. Was kannst du eigentlich Spezielles?"

Charlies war noch nicht bereit, über die Stimmen zu reden. „Erzähl ich dir ein andermal."

Fidelio zuckte die Achseln. „Auch okay. Dann lass uns jetzt mal mit der Musik loslegen."

Sie fingen mit ein paar Fingerübungen an, und zu Charlies Überraschung konnte er, nach nur einigen wenigen grässlichen Fehlern, tatsächlich schon mit beiden Händen ein paar einfache Akkorde spielen, während Fidelio die Melodie dazu klimperte.

Nach einer Stunde war Charlie in der Lage, verschiedene Tonleitern und sogar ein Arpeggio zu spielen. Fidelio war ein ungeheuer lauter Lehrer. Er hüpfte um Charlie herum, schlug mit den Fußspitzen den Takt, hämmerte aufs Klavier ein und zählte brüllend mit. Schließlich nahm er seine Geige und begann Charlie zu begleiten. Das klang toll.

„Ich muss jetzt gehen", rief Fidelio, während er schwungvoll den Bogen absetzte. „Ich komme nächsten Sonntag wieder." Er zog einen Stapel Blätter aus seiner Tasche und drückte ihn Charlie in die Hand. „Studier das hier und lern die Noten. Okay?"

„Okay." Als Charlie Fidelio zur Tür brachte, hallte sein Kopf immer noch von Klängen.

An diesem Nachmittag setzte sich Charlie an die Notenblätter, die ihm Fidelio dagelassen hatte. Er merkte bald, dass er sich die Noten leichter einprägen konnte, wenn er sich dazu ans Klavier setzte, aber kaum dass er ein paar Tasten gedrückt hatte, kam Grandma Bone hereingestürmt und fragte, warum er so einen Lärm mache.

„Ich muss doch üben, wenn ich auf den Musikzweig soll, oder?"

Grandma Bone schnaubte und knallte einen dicken Aktenordner auf den Esszimmertisch. „Wenn du mit der Musik fertig bist, fang mit dem hier an."

Der dicke, schwarze Ordner gefiel Charlie gar nicht. Auf dem Deckel stand in Goldbuchstaben BLOOR-AKADEMIE.

„Was ist das?", fragte er.

„Arbeit", sagte Grandma Bone. „Fragen. Du musst alle Fragen in diesem Ordner beantworten. Ich werde jeden Abend deine Antworten überprüfen. Was falsch ist, machst du noch mal. Ich rechne damit, dass du mindestens eine Woche dafür brauchst."

„Das ist nicht fair", protestierte Charlie entsetzt. „Da gehen ja meine ganzen Herbstferien drauf."

„Wohl kaum." Grandma Bone lächelte fies. „Du hast doch einen Computer, oder? Bedenk doch mal, wie viel du in einer Woche dazugelernt haben wirst. Dann bist du schon fast gescheit, Charlie."

„Ich will nicht gescheit sein", brummte Charlie.

„Wenn du diese Fragen nicht beantwortest, wirst du am Bloor Probleme kriegen, das versichere ich dir. Du willst es dir doch nicht von vornherein verderben, oder?“ Noch immer das gemeine Lächeln im Gesicht, ging Grandma Bone hinaus.

Charlie konnte sein Pech kaum fassen. Er schlug den Ordner auf und überflog die Fragenliste. Es waren im Ganzen fünfhundertzwei Fragen und auf den ersten Blick konnte er keine einzige beantworten. Das meiste drehte sich um Geschichte, um Orte und Leute, von denen er noch nie gehört hatte. Am schlimmsten aber waren die mathematischen und naturwissenschaftlichen Fragen. Selbst mit dem Computer würde es ewig dauern, auch nur die Hälfte zu knacken.

Charlie stöhnte. Er ließ die Musik erst mal sein und nahm den schwarzen Ordner mit nach oben. Als er an der Tür seines Onkels vorbeiging, kam ihm eine Idee. Er klopfte zögernd an.

„Was ist?“, brummte eine vertraute Stimme.

„Ich bin’s bloß, Onkel Paton. Entschuldige, dass ich dich störe, aber ich hab da ein großes Problem und brauche Hilfe.“

„Komm rein“, seufzte sein Onkel.

Charlie trat ein. Patons Zimmer wirkte noch chaotischer als beim letzten Mal. Jetzt klebten sogar Zettelchen an seinen Ärmeln.

„Worin besteht das Problem?“, fragte Paton.

Charlie wuchtete den Aktenordner auf den Schreibtisch seines Onkels. „Grandma Bone sagt, ich muss all diese Fragen innerhalb einer Woche beantworten. Das sind über fünfhundert Stück."

Sein Onkel pfiff durch die Zähne. „Ganz schöner Batzen, Charlie."

„Wie soll ich das schaffen, Onkel Paton?"

„Du wirst eine Menge Papier brauchen."

„Mach keine Witze", bat Charlie unglücklich.

„Wenn ich's recht verstehe, bittest du mich, dir zu helfen", sagte Paton. „Falls dem so ist, kann ich heute meine Arbeit nicht einfach liegen lassen. Aber morgen werde ich gern für dich tun, was ich kann. Mein Allgemeinwissen ist beträchtlich. Ich bin sicher, wir werden das zügig erledigen."

Er tippte mit dem Zeigefinger auf den Aktenordner. „Jetzt schaff dieses widerwärtige Ding hier weg und lass mich in Frieden."

„Danke, Onkel Paton. Vielen, vielen Dank!"

Von echter Dankbarkeit erfüllt, ging Charlie zur Tür, aber diesmal konnte er es sich nicht verkneifen, seinen Onkel zu fragen: „Was genau arbeitest du da eigentlich, Onkel Paton?"

„Ich schreibe ein Buch", sagte sein Onkel, ohne aufzublicken. „Ich schreibe schon immer daran und vermutlich werde ich auch immer daran schreiben."

„Worüber denn?"

„Es ist ein geschichtliches Werk, Charlie." Paton kritzelte jetzt mit Inbrunst etwas in ein Notizbuch. „Die Geschichte der Darkwoods und ihres Urahnen, des Roten Königs."

Da war er schon wieder, dieser Rote König. „Wer war das?"

„Tja, wer war das?" Paton starrte Charlie an, als sähe er ihn gar nicht, als sei er in Gedanken ganz woanders.

„Eines Tages werde ich dir mehr erzählen können. Im Moment kann ich nur sagen, er war ein König – der verschwand."

„Oh." Charlie befand, dass es wohl am besten war, ebenfalls zu verschwinden, solange sein Onkel noch vergleichsweise guter Laune war. Er schloss die Tür ganz leise hinter sich.

Onkel Paton hielt Wort. Jeden Tag kam er in Charlies Zimmer und sie arbeiteten sich gemeinsam durch die lange Fragenliste. Paton hatte nicht übertrieben, was sein Allgemeinwissen betraf. Es war wirklich enorm.

Charlie nahm sich täglich hundert Fragen vor; auf diese Weise, hatte ihm sein Onkel erklärt, würde er am Freitagabend fertig sein und noch ein freies Wochenende haben, ehe er aufs Bloor ging.

Abends erlaubte ihm Grandma Bone, das Klavier aufzuklappen und die Noten zu lernen, die ihm Fidelio aufgegeben hatte. Einmal allerdings vergaß er es. Er hatte solchen Hunger, dass er in die Küche ging und anfing, ein Butterbrot zu essen. Nach wenigen Bissen sank ihm der Kopf auf die Tischplatte und er schlief ein. Er wachte auf, als ihn Grandma Bone an den Haaren hochzog. „Die Musik, Charlie!", blaffte sie ihn an. „Kein Abendessen, ehe du nicht deine Musikaufgaben gemacht hast."

Charlie schleppte sich ans Klavier. Grandma Bone beobachtete ihn mit Adleraugen, bis er auf dem Klavierhocker saß. Er war so müde, dass er die Finger kaum bewegen konnte, also versuchte er gar nicht erst zu spielen. Er lehnte sich zurück, die Arme vor der Brust verschränkt, und murmelte: „Wenn mein Vater da wäre, könnte er mir's beibringen. Ich schätze, er war der Letzte, der richtig auf diesem Klavier gespielt hat."

Grandma Bone war schon am Gehen, blieb aber plötzlich stehen und sagte: „Dein Vater hatte einen Flügel. Der stand mitten in einem großen, hellen Raum. In dem Raum war nichts außer dem Flügel und Lyell, deinem Vater. Durch die hohen Fenster sah man den See, aber dein Vater guckte nie hinaus. Er guckte immer nur auf seine Noten, während seine Finger die Tasten fanden. Und er verzauberte alle."

„Und was ist dann passiert?", fragte Charlie mutig.

Er hörte es förmlich klicken, als Grandma Bone aus ihrem Tagtraum erwachte. „Er hat gegen die Regeln verstoßen, Charlie. Das ist passiert. Pass auf, dass dir das nicht auch passiert."

Sie verschwand schleunigst, und Charlie merkte, dass er plötzlich hellwach war. In einer halben Stunde prägte er sich so viele Noten ein, dass er in der Lage war, eine simple Melodie zu lesen.

Seit sie ihn mit List und Tücke dazu gebracht hatten, sich zu verraten, hatte Charlie jeden Blick auf Zeitungen oder Zeitschriften vermieden. Er wollte keine Stimmen hören.

Er wollte keine Privatunterhaltungen belauschen, nicht anderer Leute Geheimnisse mitkriegen. Sooft seine Mutter die Zeitung aufschlug, schaute er weg. Aber Maisie war der Ansicht, seine Gabe sollte doch auch angewandt werden, wenigstens zum Spaß. Schließlich überredete sie Charlie, ein Foto ihrer Lieblingsfilmstars, Gregory Morton und Lydia Smiley, zu belauschen.

Das Foto war an einem Swimming-Pool aufgenommen worden, und zuerst hörte Charlie nur ein leises Platschen. In der Hoffnung, dass er die unerwünschte Gabe wieder verloren hatte, wollte er gerade die Zeitung wegschieben, als plötzlich eine Stimme sagte: **Du musst wirklich abnehmen, Süße. Du platzt ja gleich aus dem Bikini.**

Es musste die Stimme des Fotografen sein, denn Gregory Morton fluchte gotteslästerlich und sagte: **Lass mein Täubchen in Ruhe, du Riesen…!!! Ich hab sie gern mollig, das ist …**

Lydia Smiley fluchte noch schlimmer als Gregory und sagte: **Jetzt reicht's. Ich hab die Schnauze voll von euch … Ihr könnt mich …!!!**

Charlie berichtete Maisie und seiner Mutter, was er gehört hatte.

Sie lachten Tränen. So komisch fand es Charlie auch wieder nicht, aber Maisies Lachen war so ansteckend, dass er ebenfalls kichern musste.

„Oh, Charlie, noch mal, bitte", bettelte Maisie. „Komm schon, wie wär's mit dem da?" Sie schob Charlie die Zeitschrift wieder hin und zeigte auf ein Foto des Premierministers und seiner Familie.

Kaum dass Charlie den Blick auf das Foto gerichtet hatte, flog plötzlich die Tür auf und Grandma Bone stapfte herein. Sie erriet augenblicklich, was vor sich ging, marschierte zum Tisch, griff sich die Zeitschrift und klemmte sie unter den Arm.

„Wie könnt ihr es wagen?“, fauchte sie und funkelte erst Maisie, dann Charlies Mutter zornig an. „Der Junge hier hat Gaben.“ Ihr langer Zeigefinger deutete auf Charlies Kopf. „Und ihr ermuntert ihn, sie zu missbrauchen.“

„Ich hab doch nur …“, setzte Charlie an.

„Ich weiß, was du getan hast“, sagte Grandma Bone eisig. „In der Küche herumsitzen und sich krank lachen – das ist nicht die richtige Einstellung. Du hast deine Gabe nicht verdient, du dummer Junge, aber wo du sie nun einmal hast, ist es deine Pflicht, sie zu entwickeln. Dein Erbe zu entfalten, zu achten, zu pflegen, nicht, es für kindische, törichte Dinge zu vergeuden.“

Charlie wollte sagen, dass Premierminister doch wichtig waren, besann sich aber eines Besseren. Er hatte nur noch zwei Tage und zweihundert Fragen zu überstehen und wollte sich das freie Wochenende nicht verscherzen.

„Ich sehe nicht ein, warum Charlie nicht ab und zu mal ein bisschen Spaß haben soll“, schnaubte Maisie entrüstet. „Er ist schließlich auch mein Enkel.“

„Leider“, schoss Grandma Bone zurück. „Los, an die Arbeit, Charlie.“

Charlie flitzte nach oben in sein Zimmer und überließ es Grandma Maisie und Grandma Bone, sich gegenseitig zu beschimpfen.

Er wollte sich gerade an seinen Schreibtisch setzen, als er Benjamin über die Straße kommen sah. Charlie winkte und öffnete das Fenster.

„Was ist denn los?“, rief Benjamin. „Hab dich seit Tagen nicht mehr gesehen. Ich klingle dauernd bei euch, aber keiner lässt mich rein.“

Charlie stemmte den schwarzen Ordner hoch. „Ich muss fünfhundert Fragen beantworten“, erklärte er Benjamin. „Aber jetzt sind's nur noch zweihundert, und am Wochenende kann ich machen, was ich will. Wie geht's dem Du-weißt-schon-was?“

„Nicht so gut“, sagte Benjamin. „Es macht immer noch Geräusche. Eine von deinen grässlichen Tanten war da. Sie hat so getan, als ob sie Spenden für irgendwas Wohltätiges sammeln wollte, aber ich hab sie erkannt. Sie sah genauso aus wie die andere, nur älter.“

„Du hast sie doch nicht reingelassen?“, fragte Charlie besorgt.

„Nein. Runner hat sein Killerknurren losgelassen und da ist sie abgehauen.“

„Guter alter Runner. Ich muss jetzt wieder an die Arbeit, Ben.“

Charlie seufzte tief. „Wir sehen uns am Freitag, wenn ich mit den Fragen fertig bin.“

„Okay.“ Benjamin winkte traurig. „Das waren echt komische Ferien. Hab keinen Menschen gesehen. Ich glaub, ich geh mit Runner ins Kino.“

„Im Multiplex läuft *Hundeherz*“, sagte Charlie. „Das wird ihm gefallen.“ Er machte das Fenster zu und setzte sich wieder an seine Fragen. Aber es war ihm praktisch unmöglich, sich zu konzentrieren. Er musste immer wieder an den silbernen Kasten denken. Was war da drin? Und warum waren die Darkwoods so scharf darauf?

Das Jogurt-Experiment

Am Freitagabend sah Grandma Bone die letzten hundert Fragen durch. Charlie hatte sie zusammen mit seinem Onkel sehr sorgfältig bearbeitet und war sich sicher, dass die Antworten alle stimmten. Aber während Grandma Bone seine ziemlich unleserliche Handschrift studierte, machte sie ein so grimmiges Gesicht, dass Charlie das Herz in die Hose rutschte.

Im Zimmer seiner Großmutter war es sehr heiß, und er musste neben einem Heizofen stehen, während Grandma Bone vor ihm an einem kleinen Tisch saß. Sie streckte die dünnen Beine unterm Tisch in Richtung Heizofen, und Charlie konnte nicht umhin zu bemerken, dass sich zwei knochige Zehen durch ihre dicken Wollsocken gebohrt hatten. Ihm wurde ganz komisch.

Endlich setzte seine Großmutter widerstrebend ein kleines Häkchen hinter die letzte Zeile der letzten Seite. Sie sah auf. „Deine Schrift ist eine Schande", sagte sie.

„Aber die Antworten sind richtig, oder?", beeilte sich Charlie zu sagen.

„Das schon." Sie schniefte und schnäuzte sich die Nase. „Hast du gemogelt?"

„Gemogelt?", stotterte Charlie. „N-nein."

„Du scheinst dir da nicht ganz sicher."

„Klar bin ich mir sicher", sagte Charlie. „Ich meine, ich sollte doch nachschlagen, oder? Und den Computer benutzen. Das hab ich getan."

„Hier sind noch zehn Fragen." Sie reichte ihm ein Blatt Papier. „Setzt dich an meinen Tisch und beantworte sie gleich hier, wo ich dich im Auge behalten kann. Sie sind leicht, also brauchst du nichts nachzuschlagen."

„Aber das war nicht abgemacht", jammerte Charlie. „Das ist nicht fair."

„Das Leben *ist* nicht fair", entgegnete Grandma Bone. Sie schlurfte zu ihrem großen, klobigen Bett hinüber und lehnte sich in die Kissen.

„Mach schon, je eher du anfängst, desto eher hast du's hinter dir."

Charlie knirschte leise mit den Zähnen. Es waren alles Rechenaufgaben. Er stöhnte und machte sich daran. Für die ersten beiden Aufgaben brauchte er ewig, aber als er gerade mit der dritten angefangen hatte, hörte er hinter sich ein Schnarchen.

Grandma Bone war eingeschlafen. Ihr Unterkiefer hing herab und aus ihrem Mund kamen laute Grunzgeräusche. Charlie schlich auf Zehenspitzen zur Tür, öffnete sie ganz leise und schlüpfte auf den Gang hinaus. Es gab ein winziges „Klick", als er die Tür wieder schloss, aber Grandma Bone wachte nicht auf.

Ohne sich damit aufzuhalten, einen Mantel überzuziehen, witschte Charlie leise aus dem Haus und lief zu Benjamin hinüber. Als er die Eingangstreppe hinaufrannte, hörte er Runnerbean bellen, dann ein durchdringendes dreifaches Kreischen. Charlie klingelte.

Er merkte, dass jemand von der anderen Seite durch den Spion guckte, dann öffnete sich die Tür.

Zu seiner Verblüffung sah Charlie nicht Benjamin vor sich stehen, sondern Mr Onimous.

„Der Nämliche“, sagte Mr Onimous mit einem kleinen Hüpfer. „Wir haben schon auf dich gewartet. Immer herein, hereinspaziert!“

Als Charlie über die Schwelle trat, bellte es wieder wie wild.

„Also, ich bitte dich, Mr Bean“, rief Mr Onimous. „Sei höflich. Meine Flammen mögen keine ungehobelten Hunde.“ Er eilte in kleinen Sätzen den Flur entlang, zur Kellertür. Hinter der Tür stand Benjamin, die Hand um Runnerbeans Halsband gekrallt. Runnerbean zog und zerrte und hing halb über der wackligen Stiege; sein Gebell war jetzt in ein Wutgeheul übergegangen.

Charlie erkannte rasch, warum. Am Fuß der Stiege umkreisten die drei Katzen den Metallkasten. Aries stieß plötzlich ein unheimliches Fauchen aus und sprang auf den Kasten. Leo peitschte mit dem Schwanz und attackierte das Schloss, während Sagittarius in eine der Schließlaschen biss.

„Aber, aber, meine Flammen“, rief Mr Onimous. „Das könnt ihr doch besser. Zeigt uns, was in euch steckt.“

Die Katzen guckten zu ihnen herauf und ihre seltsamen Augen glitzerten. Dann taten sie etwas Eigenartiges. Sie fingen an, um den silbernen Kasten herumzurennen. Nase an Schwanz bildeten sie einen Kreis, und je schneller sie rannten, desto heller leuchtete der Kreis, bis er schließlich nur noch grelles Licht war. Die gleißenden Geschöpfe rannten noch schneller, bis man gar keine Katzen mehr sah, nur noch Flammen, die rings um das Metall knisterten, züngelten, loderten, sengten. Brandgeruch erfüllte den Keller, und Charlie und Benjamin mussten husten. Runnerbean suchte jaulend das Weite.

Es nützte alles nichts. Als die Flammen erstarben und die Katzen wieder Katzen wurden, war der Kasten immer noch fest verschlossen.

„Du musst den richtigen Schlüssel finden, Charlie“, sagte Mr Onimous. „Dr. Tolly wusste schon, was er tat, als er diesen Kasten hier sicherte. Vielleicht wollte er ja, dass er für immer verschlossen bleibt.“

Die drei Katzen sprangen mühelos die klapprige Stiege empor. Charlie fühlte immer noch Hitze in ihrem Fell knistern, als sie ihm um die Beine strichen.

„An kalten Abenden sind sie wirklich eine Wohltat“, sagte Mr Onimous. „Es gibt nicht zufällig einen Kaffee?“

Während sie den ziemlich starken Kaffee tranken, den Benjamin gemacht hatte, erklärte Mr Onimous Charlie, dass er es gewesen war, der den Kasten in den Keller verfrachtet hatte. „Ich kam hier rein, während Master Benjamin drüben bei euch war. Es war an seinem Geburtstag, wenn ich's richtig verstanden habe. War aber nicht mehr viel Kuchen übrig, was?“

„Wie sind Sie reingekommen?“, fragte Charlie misstrauisch.

„Benjamins Mutter war so nett, mich hereinzulassen“, sagte Mr Onimous. „Sie war gerade nach Hause gekommen. Nun ja, wir hatten diese Lady gesehen, die Flammen und ich. Diese dunkle Lady mit roten Stiefeln. Sie sammelte Altkleider. Uns war klar, dass sie sehr bald vor der Tür von Nummer zwölf stehen und nach Altkleidern fragen würde. Dann hätte Bens Mum die Besenkammer geöffnet, und, schwupp, hätte die rotgestiefelte Lady den Kasten gesehen, und Benjamins Mum, die gute Seele, hätte gesagt: ‚Nehmen Sie's mit, meine Liebe. Sind doch alles nur Lumpen.‘ Und wenn sie den Kasten erst mal gehabt hätte, wäre alles verloren gewesen, nicht wahr?

Aber stattdessen hat Mrs B. mich und die Flammen hereingelassen, weil wir vorgaben, eine Mäusekontrolle durchführen zu wollen, du weißt ja, und während sie mir ein hübsches Tässchen Kaffee machte, schlugen die Flammen vor, den Kasten doch besser im Keller verschwinden zu lassen.“

„Wie können denn Katzen was vorschlagen?“, fragte Benjamin.

„Mit den Augen, Ben“, sagte Mr Onimous, „und mit ihrem Miauen und ihren peitschenden Schwänzen und geschickten Krallen.“ Er erhob sich, wischte sich die haarigen kleinen Hände am Mantel ab und sagte: „Ich möchte dir alles Gute wünschen, Charlie. Die Schule zu wechseln, ist schon im günstigsten Fall nicht leicht, und am Bloor ist es nicht so einfach. Was du zu tun hast, ist schwierig und gefährlich, aber denk immer dran, du bist auserwählt, ein Leben zu retten, ein gestohlenes Leben zurückzugeben. Welch grandioser Beginn einer Laufbahn!“ Er streckte Charlie die pfotenartige Hand hin.

Charlie schüttelte sie.

Benjamin fragte: „Wer hat ihn auserwählt?“

Ehe Mr Onimous antworten konnte, sagte Charlie: „Hat es irgendwas mit einem Roten König zu tun?“

„Alles“, antwortete Mr Onimous.

Er sagte nichts mehr, hüpfte nur zu Tür und eilte die Straße hinauf. Die beiden Jungen sahen seine wieselige kleine Gestalt um eine Biegung verschwinden, gefolgt von dem Schweif feuerfarbener Katzen.

„Wir haben ihn gar nicht gefragt, woher er überhaupt von der Sache wusste“, sagte Benjamin.

„Ich vergesse Mr Onimous immer jede Menge Sachen zu fragen“, seufzte Charlie. „Er ist der eiligste Mensch, den ich je gesehen habe.“

Dr. Tollys Kasten war fürs Erste in Sicherheit, aber wie lange würden die Darkwoods brauchen, um dranzukommen? Er musste in ein besseres Versteck gebracht werden, irgendwohin, wo sie nie suchen würden.

Charlie hatte eine Idee. „Fidelio Gunn!“

„Was ist das?“, fragte Ben.

„Ein Junge“, sagte Charlie. „Mein Musiklehrer. Komm am Sonntag rüber, dann kannst du ihn kennen lernen. Fidelio wird uns helfen. Das weiß ich.“

Benjamin guckte skeptisch. „Wir sollten erst mal den Schlüssel auftreiben.“

Charlie stimmte ihm zu: „Wir gehen gleich morgen Früh hin.“

Als Charlie nach Hause kam, war Grandma Bone ihre Schwestern besuchen gegangen. Sie würde erst ganz spät wiederkommen, sodass ihm vorerst jeder Ärger wegen der nicht beantworteten Fragen erspart blieb.

Als Charlie am nächsten Morgen die Treppe hinunterschlich, war nur Maisie schon auf. „Geh du nur und vergnüg dich, Charlie“, sagte sie und steckte ihm eine Banane in die Tasche. „Hab so viel Spaß wie möglich, bevor es zu spät ist.“

Spaß, dachte Charlie, war wohl nicht das richtige Wort für das, was sie vorhatten. Die Sache fühlte sich zu ernst an. Aber das sagte er Maisie nicht.

Benjamin wartete schon vor Nummer zwölf. Er hatte Runnerbean zu Hause gelassen, damit er den Kasten bewachte. Jämmerliches Geheul folgte ihnen die Straße hinauf. „Dauert ja nicht lang, oder?“, fragte Benjamin schuldbewusst.

Da war Charlie sich nicht so sicher. Es war wieder so ein kalter, düsterer Tag. Hagelschauer und Schneeregen schlugen ihnen ins Gesicht und sie mussten mit gesenkten Köpfen dahinstapfen, um dem fiesen Geprickel zu entgehen.

Es waren nur wenige Menschen unterwegs und die Straße zur Kathedrale war nahezu leer gefegt. Doch als sie sich der Buchhandlung Ingledew näherten, lösten sich zwei Gestalten aus dem Schneeregenschleier: zwei größere Jungen, etwa sechzehn oder siebzehn. Als sie Charlie und Benjamin sahen, blieben sie stehen und gingen ein Stück auseinander, sodass sie den ganzen Gehweg versperrten. Als

Charlie auf die Straße ausweichen wollte, sagte einer der Jungen: „Charlie Bone?"

Charlie schauderte. Diese Stimme hatte er schon mal gehört. Er sah auf und erkannte den Jungen, der ihn so boshaft von dem Zeitungsfoto angestarrt hatte: Manfred Bloor.

„Wo willst du hin, Charlie Bone?", bellte Manfred.

„Geht dich nichts an", sagte Charlie mutiger, als er sich fühlte.

„Ach, nein?" Der andere Junge stieß ein hohes, höhnisches Lachen aus.

„Es geht mich wohl etwas an", zischte Manfred. „Aber ich weiß es bereits. Du willst in eine Buchhandlung namens Ingledew, um dort Miss Ingledew zu bitten, nach einem Schlüssel zu suchen. Dem Schlüssel zu einem Kasten, der weder dir noch ihr gehört."

Charlie sagte nichts. Er wich auf die Straße aus, um Manfred zu umgehen, aber dessen Hand krallte sich blitzschnell um Charlies Arm. Der andere, ein rothaariger Typ, der etwas von einem Wiesel hatte, packte Benjamin.

„Ich habe schlechte Nachrichten für dich, Charlie", sagte Manfred kalt und tonlos. „Du gehst in keine Buchhandlung. Und kriegst auch keinen Schlüssel! Niemand wird diesen Kasten öffnen, ehe er mir nicht übergeben worden ist."

„Ich hab keine Ahnung, wovon du redest", sagte Charlie und versuchte sich Manfreds Griff zu entwinden.

„Wir wollten nur ein Buch kaufen", setzte Benjamin hinzu.

„Bei Ingledew gibt's keine Kinderbücher", grinste der rothaarige Junge.

„Lass mich los!", rief Charlie. „Ich kann gehen, wohin ich will. Du hast kein Recht, mich festzuhalten." Er holte mit der freien Hand aus, um Manfred ins Gesicht zu schlagen, aber der Größere fing seine beiden Hände ein, quetschte sie fest und immer fester und zwang Charlie auf diese Weise zu Boden.

„Sieh mich an!", befahl Manfred.

Charlie tat es. Er konnte nicht anders.

„Sieh mir in die Augen." Ein bedrohliches Flüstern.

Manfreds Augen waren wie glänzende Kohlen, schwarz und unergründlich. Charlie starrte hinein, abgestoßen und fasziniert zugleich.

Er fühlte, wie er sank, tiefer und tiefer. Und jetzt war er am Ertrinken, denn er bekam keine Luft mehr. Die Welt außerhalb dieser kohlschwarzen Augen begann langsam zu verschwinden und Charlie fand sich plötzlich in einer anderen Welt: in einem Auto, genauer gesagt.

Das Auto raste durch einen Wald, und Charlie schien am Steuer zu sitzen. Die kohlschwarzen Augen waren jetzt neben ihm und die bedrohliche Stimme sagte immer wieder: „Sieh mich an!"

Plötzlich ein heftiger Ruck, und Charlie wurde aus dem Auto gezogen. Er kniete am Rand eines tiefen Abgrunds, während der Wagen – ein blauer – über die Kante schlingerte. Vogelgeschrei durchbrach die Stille des Waldes, dann kam von ganz tief unten ein hallendes Platschen.

„Charlie! Charlie!"

Charlie schlug die Augen auf und fand sich am Boden wieder. Er saß da, an einen Laternenpfahl gelehnt. Benjamin sah ihm ins Gesicht.

„Was war denn?“, fragte Benjamin erschrocken.

„Ich weiß nicht“, stammelte Charlie.

„Du bist eingeschlafen oder was“, erklärte ihm Benjamin. „Ich hab dich ewig geschüttelt.“

„Wieso bin ich eingeschlafen?“, fragte Charlie und kam sich ein bisschen idiotisch vor.

„Es ist passiert, als du dem Jungen ins Gesicht geguckt hast“, erklärte Benjamin. „Er muss dich wohl hypnotisiert haben.“

„Wer? Wann?“ Charlie konnte sich an nichts erinnern. „Was mache ich hier?“

„Oh, Charlie!“ Benjamin rang die Hände. „Du hast alles vergessen. Wir wollten doch zu Miss Ingledew, nach dem Schlüssel fragen, und dann standen plötzlich diese beiden Jungen vor uns, und der eine, der mit dem Pferdeschwanz, hat dich gezwungen, ihm in die Augen zu gucken, und dann bist du so komisch schläfrig geworden.“

„Ah!“ Langsam fiel es Charlie wieder ein. Ihn fröstelte. Die Luft war schmerzhaft kalt, aber die Erinnerung an Manfreds Augen war noch schlimmer.

„Sollen wir jetzt zur Buchhandlung gehen?“, fragte Benjamin.

„Mir ist nicht gut“, murmelte Charlie, der schwankend auf die Beine kam. So etwas hatte Benjamin seinen Freund noch nie sagen hören. Charlie ging es immer gut. Benjamin war beunruhigt.

Während die beiden durch die eisigen Straßen heimwärts marschierten, murmelte Charlie etwas von einem Wald, durch den er fuhr, und einem blauen Auto, das in einen tiefen Steinbruch stürzte. Benjamin dachte, dass Charlie schlafwandelte oder völlig übergeschnappt war. Nichts von dem, was Charlie sagte, ergab irgendeinen Sinn, bis er plötzlich stehen blieb, Benjamin am Arm packte und sagte: „Das war's, was mit meinem Vater passiert ist, Ben. Er ist in einen Steinbruch gestürzt."

„Echt?", sagte Benjamin. „Hab mich immer schon gefragt, was da war. Manchmal hab ich sogar gedacht, dein Vater sei einfach abgehauen."

„Nein", sagte Charlie ernst. „Er wurde ermordet."

Benjamin wusste nicht, was er darauf sagen sollte. Charlies Leben war plötzlich nicht nur ziemlich kompliziert, sondern auch gefährlich. Sie standen jetzt vor Charlies Haus, und Benjamin befand, dass es wohl am besten war, seinem Freund ein bisschen Ruhe zu lassen. Außerdem hörte er Runnerbean bellen. Hoffentlich hatte er nicht eine ganze Stunde durchgebellt.

„Über den Kasten reden wir morgen", sagte Benjamin. „Ich komme rüber, wenn du deine Musikstunde hast."

„Musikstunde?" Charlie guckte verdutzt.

„Fidelio Gunn", sagte Benjamin freundlich.

„Hm."

Langsam kam wieder Farbe in Charlies Gesicht. „Ah, ja. Dann bis morgen, Ben."

Charlie schleppte sich die Stufen von Nummer neun hinauf. Im Haus herrschte Stille. Der Geruch von Maisies

Kocherei driftete in die Diele, aber statt Appetit machte er Charlie nur Magenschmerzen.

Er ging nach oben und legte sich auf sein Bett. So mussten sich Leute nach einer Operation fühlen, dachte Charlie: nicht ganz von dieser Welt.

Manfred Bloor hatte gewusst, wer er war. Aber woher? Charlie dachte an das Foto. Als er draufgeguckt und die Stimmen gehört hatte, hatte der Kater Aries aus dem Bild herausgelinst und ihn gesehen. Irgendwie hatte sich eine Verbindung hergestellt, obwohl acht Jahre dazwischen lagen. Konnte es sein, dass ihn Manfred, als er auf das Zeitungsfoto geguckt hatte, ebenfalls gesehen hatte und deshalb gewusst hatte, wer er war?

Charlie beschloss, ein Experiment anzustellen. Irgendwo hatte er ein Foto von Benjamin. Es war am selben Tag aufgenommen wie das Foto des grinsenden Runnerbean.

Charlie kramte in einer Schublade und förderte Benjamins erschrockenes Gesicht zu Tage. Der Kamerablitz hatte ihn überrumpelt.

Charlie starrte ins Gesicht seines Freundes. Zuerst starrte Benjamin einfach nur zurück, dann sagte eine Stimme: **Ich mag's nicht, fotografiert zu werden, Charlie.** Im Hintergrund bellte ein Hund, dann hörte Charlie seine eigene Stimme sagen: **Lächeln, Benjamin. Komm schon. Du siehst super aus. Ehrlich!**

Das war's. Keine Stimmen mehr. Nur das Hecheln eines Hundes, dann ein langes, hündisches Gähnen.

In Nummer zwölf hatte Benjamin eben einen großen Becher Erdbeerjogurt aufgemacht. Er wollte gerade den Löffel eintunken, als plötzlich Charlies Gesicht zwischen den Erdbeeren schwamm. Es drehte Benjamin schier den Magen um. Er stellte den Becher wieder in den Kühlschrank.

„Er ist nicht mehr gut", erklärte er Runnerbean. „Wir essen lieber Käse."

Das hörte Runnerbean gern. Er wedelte freudig mit dem Schwanz.

Zum Mittagessen wurde Charlie von seiner Mum geweckt, aber danach schlief er gleich wieder ein. Beim Tee fragte ihn Maisie, ob er sich krank fühle, weil er so komisch aussah und seine Sardinen nicht angerührt hatte.

„Krank nicht", sagte Charlie. „Ich glaube, ich bin hypnotisiert worden."

Maisie und seine Mutter lachten.

„Grandma Bone ist auf dem Kriegspfad", sagte Maisie. „Sie wollte dich sprechen, wegen irgendwelcher Fragen, aber dann kam ein Anruf und sie ging los, die Darkwoods besuchen."

Nach dem Tee schlief Charlie wieder ein. Er wachte erst auf, als er seinen Onkel um Mitternacht die Treppe hinunterknarzen hörte.

Charlie schlich nach unten in die Küche. Sein Kopf war jetzt wesentlich klarer und er hatte einen Bärenhunger. Sein Onkel saß am Küchentisch und aß kaltes Huhn, Garnelen und Salat. Auf dem Tisch standen ein Korb mit Brötchen und eine Flasche Wein. Patons großes Glas war halb voll.

Erhellt war die Küche nur von einer einzigen Kerze, die in einem verschnörkelten Silberleuchter mitten auf dem Tisch stand. Onkel Paton spähte mit zusammengekniffenen Augen an der Kerzenflamme vorbei. Schließlich sah er Charlie im Schattendunkel vor der Tür stehen.

„Komm rein, mein Junge“, sagte Onkel Paton. „Magst du ein bisschen Huhn?“

„Ob ich Huhn mag?“ Charlie rückte einen Stuhl heran. „Im Moment würde ich so ziemlich alles verdrücken.“

Sein Onkel reichte ihm ein Hühnerbein auf einem Teller und fragte: „Wie war dein Tag?“

„Grässlich.“ Charlie erzählte Paton von Miss Ingledews Schlüsseln, Manfred Bloor und der unangenehmen Erfahrung, hypnotisiert zu werden.

Onkel Paton fiel die Gabel aus der Hand. „Willst du damit sagen, diese Jungen wollten dich daran hindern, zur Buchhandlung zu gelangen?“

„Genau das will ich sagen“, erklärte Charlie. „Manfred wird sich den Schlüssel von Miss Ingledew holen, bevor ich es schaffe, und dann wird er kommen und nach dem Kasten suchen. Den scheint ja alle Welt zu suchen.“

„Diese reizende Dame braucht Schutz“, murmelte Paton. „Sag mal, Charlie, warum willst du diesen Kasten, der nichts als Ärger bringt, unbedingt behalten?“

„Das, was da drin ist, wurde gegen ein Baby getauscht. Ich will es wieder zurücktauschen, damit Miss Ingledew ihre Nichte wiedersieht. Es ist doch nicht recht, dass die einzige Verwandte die Kleine nicht mehr finden kann, oder?“

„Ich frage mich, warum die bezaubernde Dame nicht selbst auf die Idee gekommen ist, diesen Kasten gegen das Kind einzutauschen“, sinnierte Paton.

„Sie hatte ihn ja gerade erst gekriegt", sagte Charlie. „Davor wurde sie immer nur ausgetrickst, verschaukelt und angelogen. Als sie den Kasten bekommen hat, hatte sie die Sucherei schon aufgegeben."

„Du scheinst ja eine Menge zu wissen." Paton trug seinen leeren Teller zur Spüle. „Charlie, du wirst die nächste Woche nicht einsatzfähig sein, also werde ich an deiner Stelle Miss Ingledew die Schlüssel zurückbringen. Falls sie den richtigen findet, gebe ich ihn dir, wenn du am Wochenende nach Hause kommst. Aber ich meine, ihr solltet mir den Kasten zeigen. Ich möchte dabei sein, wenn ihr ihn aufmacht. Vorsichtshalber."

„Vorsichtshalber?", fragte Charlie.

„Wer weiß, was drin ist. Da sollte doch ein Erwachsener zur Hand sein. Meinst du nicht?"

„Glaub schon." Charlie verspürte jetzt wieder nagende Magenschmerzen. Diesmal, weil Paton davon gesprochen hatte, dass er die ganze Woche weg sein würde. Eingesperrt im Bloor.

„Onkel Paton, warum muss ich aufs Bloor, nur weil ich eine Gabe habe?", fragte Charlie.

„Damit sie ein Auge auf dich haben können. Sie trauen sich nicht, dich woanders hingehen zu lassen, damit du nicht anfängst, deine Gabe zu gebrauchen, ohne dass sie es wissen. Sie haben nun mal gern die Kontrolle."

„Du warst wohl auch auf dem Bloor?"

„Natürlich", sagte Paton.

„Und hat's dir gefallen?"

„Gefallen würde ich nicht gerade sagen. Ich bin in Deckung geblieben, und sie haben mich mehr oder minder in Ruhe gelassen“, seufzte Paton. „Ich schätze, das war immer schon mein Problem. Ich bin in Deckung geblieben, auch wenn ich aus der Deckung hätte kommen sollen. Ach, na ja. Vielleicht ist es ja noch nicht zu spät.“

Von draußen hörte man ein Knarren, die Tür flog auf, und das Licht ging an. Grandma Bone stand im Türrahmen. Sie funkelte Charlie grimmig an und sagte: „Was ist das hier? Ein mitternächtliches Gelage? Ins Bett, Charles Bone. Morgen Früh wirst du diese Fragen fertig beantworten. Am Montag beginnt die Schule. Wie willst du das unausgeschlafen schaffen?“

„Nacht, Grandma! Nacht, Onkel Paton!“ Charlie witschte an seiner Großmutter vorbei. Als er die Treppe hinaufstieg, hörte er sie Onkel Paton anschreien.

„Was geht hier vor, Paton? Ich kann dir nicht mehr trauen. Auf wessen Seite stehst du? Antworte mir, Paton!“

Gegen die Regeln

Benjamin und Fidelio kamen gleichzeitig vor Charlies Haustür an. Benjamin wusste sofort, dass dieser fröhlich aussehende Junge Charlies neuer Musiklehrer sein musste. Erstens trug er einen Notenkoffer in der einen und einen Geigenkasten in der anderen Hand. Und zweitens sah er einfach wie ein Musiker aus. Sie machten sich miteinander bekannt und Fidelio klingelte.

Grandma Bone öffnete. „Geh“, sagte sie zu Benjamin. „Charlie hat jetzt Musikstunde. Da bist du im Weg.“

„Nein, ist er nicht“, widersprach Fidelio. „Wir spielen ein Trio. Dafür ist Benjamin unbedingt nötig.“

„Trio?“ Grandma Bone zog eine buschige graue Augenbraue hoch. „Quatsch.“

Benjamin wollte schon gehen, aber Fidelio hielt ihn am Arm fest.

„Wir brauchen ihn, Mrs Bone. Dr. Saltweather, der Leiter des Musikzweigs, sagt, wir müssen auch das Musizieren in der Gruppe üben, damit sich Charlie in das Spiel der Klasse integrieren kann.“

„Hmpf. Was ihr Jungen nicht alles zusammenlügt. Das glaubt doch kein Mensch.“ Aber sie war sich wohl doch nicht ganz sicher, denn sie ließ Benjamin herein.

Als Fidelio und Benjamin ins Zimmer kamen, übte Charlie bereits seine Tonleitern.

„Du bist besser geworden", sagte Fidelio. „Heute werden wir jede Menge Lärm machen, weil wir alle drei zusammen spielen werden." Er öffnete seinen Notenkoffer, zog eine kleine Flöte heraus und reichte sie Benjamin.

„Ich weiß nicht, wie …", setzte Benjamin an.

„Wirst du gleich wissen", sagte Fidelio.

Und tatsächlich, nach nicht einmal zehn Minuten spielte Benjamin auf der Flöte.

Die drei Jungen machten einen Höllenlärm. Charlie rechnete jeden Moment damit, dass Grandma Bone hereinstürmen würde, aber es passierte nichts. Es war ein tolles Gefühl, so richtig loszulegen und sich die Lunge aus dem Leib zu singen, und das Ganze nannte sich dann Unterricht. Er wartete, bis Fidelio eine Pause machte, um die Sache mit dem Kasten anzusprechen.

Als Fidelio schließlich den Bogen weglegte, sagte Charlie rasch: „Wir haben ein Problem, Fidelio. Und wir dachten, du könntest uns vielleicht helfen."

„Wahrscheinlich schon", sagte Fidelio bereitwillig.

Charlie erzählte ihm von dem geheimnisvollen verschlossenen Kasten und den Schlüsseln. Das mit dem Baby ließ er jedoch weg. Dafür kannte er Fidelio noch nicht gut genug.

„Ich soll also diesen Kasten für euch verstecken", fasste Fidelio zusammen. „Nichts leichter als das. Unser Haus ist voller Instrumentenkästen. Ich verstecke ihn einfach zwischen den anderen."

„Das Problem ist, dass wir beobachtet werden", sagte Charlie. „Meine Tanten wissen schon, dass der Kasten drüben bei Benjamin ist. Wir brauchen also irgendwas Großes, worin wir ihn transportieren können."

„Ich bringe den Xylofonkasten von meinem Dad mit", schlug Fidelio vor. „Der ist riesig. Komisch, dass du sagst, ihr werdet beobachtet. Ich könnte schwören, dass ich vorhin Asa Pike auf der anderen Straßenseite gesehen habe. Er war wie immer verkleidet. Er ist auf dem Schauspielzweig, kann aber nicht spielen – na, jedenfalls, er trug so einen langen Mantel und einen komischen Hut und dazu einen falschen Schnurrbart. Aber Asa erkenne ich immer, er hat solche gelblichen Wolfsaugen."

„Und rotes Haar?", fragte Charlie aufgeregt. Manfreds Freund hatte gelbe Augen gehabt.

„Genau. Er ist Manfred Bloors Sklave. Für den würde er alles tun. Vermutlich sogar seine eigene Mutter verkaufen."

Charlie erzählte Fidelio von der Sache mit der Hypnose.

„Ich hab Gerüchte über Manfred gehört", sagte Fidelio ernst. „Es heißt, wenn man sich mit ihm anlegt, kann man ... na ja, einen Schaden fürs Leben davontragen. Ich würde euch raten, ihm nicht in die Quere zu kommen."

Die Tür ging auf und Grandma Bone steckte den Kopf herein.

„Ich vermute, ihr seid fertig."

„Da liegen Sie richtig, Mrs Bone", sagte Fidelio. Er sammelte seine Instrumente und Notenblätter ein. Charlie und Benjamin brachten ihn zur Tür. Ehe Fidelio ging, sagte er noch: „Dann bis morgen, Charlie. Bis bald, Benjamin!"

Ehe Charlie die Tür zumachte, schaute er in beiden Richtungen die Straße entlang. Keine Spur von Asa Pike oder sonst jemandem mit einem langen Mantel und einem falschen Bart. Er flüsterte Benjamin zu: „Hast du gestern mein Gesicht gesehen, so um die Teezeit?"

Benjamin sagte verdutzt: „Ich hab dich in einem Jogurtbecher gesehen. Mir ist ganz schlecht geworden."

„Entschuldige, war nur ein Experiment."

Benjamin versuchte sich vorzustellen, was für eine Art Experiment das gewesen sein konnte, befand dann aber, dass er es lieber nicht wissen wollte.

Grandma Bone erlaubte Benjamin, zum Tee zu bleiben, aber dann wurde er bald nach Hause geschickt, damit Charlie seine Sachen packen und sich auf seinen ersten Tag am Bloor vorbereiten konnte.

„Du brauchst nicht viel mitzunehmen", sagte seine Mutter, als sie die neuen Schlafanzüge herauslegte. „Am Freitag kommst du ja wieder."

Charlie wünschte, er hätte nicht ausgerechnet Schlafanzüge mit Teddys drauf bekommen, aber er wollte nicht undankbar erscheinen, also sagte er lieber nichts. Er packte ein frisches Hemd, sein Sportzeug, Socken und Unterwäsche und den blauen Umhang ein.

„Das hier sollst du wohl tragen, Charlie", sagte seine Mutter und zog den Umhang wieder heraus. „Ich habe hinten deinen Namen reingestickt, mit grünem Faden. Das war leider die einzige Farbe, die ich hatte."

Charlie stopfte das Kleidungsstück wieder zurück. „Ich nehm's raus, wenn ich dort bin", versprach er.

An seinem ersten Tag würde ihn seine Mutter bis zum Eingang der Bloor-Akademie bringen. Die ganzen Anmeldepapiere hatte Grandma Bone bereits ausgefüllt. Am Freitag würde er mit dem Schulbus nach Hause fahren und an der Haltestelle am Ende der Filbert Street aussteigen.

„Da ist noch was, was du vielleicht mitnehmen möchtest", murmelte seine Mutter. Sie ging hinaus, und als sie kurz darauf wiederkam, hatte sie etwas in der Hand, das in weißes Seidenpapier eingeschlagen war. „Sie haben gesagt, du musst einen blauen Schlips tragen", sagte sie, „und Grandma Bone hat dir einen besorgt, aber ..." Sie schlug das Seidenpapier auf und hielt einen leuchtend blauen Schlips hoch. Am einen Ende war mit Seidenfaden ein kleines goldenes D eingestickt. „Der hat deinem Vater gehört", erklärte sie Charlie. „Das D steht für Darkwood. Dein Vater hieß zwar Bone, aber er hatte Darkwood-Blut, und das zählt am Bloor offenbar eine ganze Menge. Die Darkwoods sind anscheinend mit den Bloors verwandt."

„Verwandt? Du meinst, so was wie Cousins und Cousinen?" Charlie staunte, dass ihm seine Mutter so etwas Wichtiges nicht schon früher erzählt hatte.

„Entfernte Cousins und Cousinen, ja."

„Hat das irgendwas mit einem Roten König zu tun?", fragte Charlie.

„Den hat dein Vater erwähnt, ja."

„Aber warum hat mir Grandma Bone dann einen Schlips ohne D gegeben?"

„Vielleicht, weil du dich erst beweisen sollst, Charlie. Möglich, dass sie fürchten, du könntest auch auf Abwege geraten – wie Lyell." Sie steckte den Schlips in Charlies Reisetasche. „Aber man weiß ja nie, vielleicht kannst du ihn brauchen."

Als sie gegangen war, nahm Charlie den Schlips heraus und untersuchte ihn genauer. Der Stoff war weich und glänzend, Seide oder Satin oder so etwas. Er drückte ihn an sein Gesicht und schnupperte daran. Der Schlips roch so, wie seine Mutter früher gerochen hatte, als sie noch schöne Sachen zum Anziehen gehabt hatte. Inzwischen waren ihre guten Kleider alle abgetragen, und sie sah, wie Charlie jetzt auffiel, ein ganz klein wenig schäbig aus.

Am nächsten Morgen machte Maisie Charlie so ein Riesenfrühstück, dass sein Teller beinahe überquoll. Er schaffte es, ein bisschen Speck zu mümmeln, aber das war auch alles. Sein Magen war wie ein harter Knoten.

Die Küche schien voller nervöser Menschen. Selbst Onkel Paton war aufgetaucht. „Ich würde dich ja zur Schule fahren, mein Junge", erklärte er Charlie, „aber dort gibt es im Umkreis von einer Meile keinen Parkplatz. Die Lehrer sind sehr eigen, was ihre Dienstparkplätze angeht."

Alle guckten unbehaglich drein, weil sie wussten, dass Paton sowieso nicht bei Tageslicht nach draußen konnte.

Dann sagte Grandma Bone: „Ich habe ein Taxi bestellt. Es ist gerade vorgefahren."

„Ich will nicht mit dem Taxi fahren", rief Charlie. „Die halten mich ja für das letzte Muttersöhnchen."

„Du tust, was man dir sagt", befahl Grandma Bone. „Jetzt hol deine Sachen."

Von Maisie mit Tränen und Küssen, von Paton mit einem Zwinkern und von Grandma Bone mit einem grimmigen Lächeln verabschiedet, stiegen Charlie und seine Mutter in das Taxi.

Es setzte sie in einer Nebenstraße ab, die zur Bloor-Akademie führte. Sie gingen über einen mittelalterlichen Platz: Kopfsteinpflaster rings um einen Brunnen mit steinernen Schwänen. Vor ihnen lag ein großes, graues Gebäude, alt und imposant. Die Außenmauern, die den Platz flankierten, waren fünf Stockwerke hoch, die Fenster dunkle Rechtecke aus spiegelndem Glas.

Rechts und links des riesigen Bogenportals stand je ein hoher, spitzer Turm und auf der breiten Eingangstreppe blieb Charlies Mutter plötzlich stehen und starrte zu einem Fenster in einem der Türme hinauf. Alle Farbe war aus ihrem Gesicht gewichen, und einen Moment lang dachte Charlie, sie würde in Ohnmacht fallen.

„Was ist da, Mum?“, fragte er.

„Ich dachte, jemand würde mich beobachten“, murmelte sie. „Ich muss jetzt los, Charlie.“ Sie küsste ihn rasch und eilte davon.

Charlie bemerkte jetzt, dass jenseits des Platzes andere Kinder in Bussen ankamen. Binnen kurzem war er umringt von springenden, rennenden, durcheinander rufenden Kindern, alle in blauen, grünen oder violetten Umhängen.

„Zieh deinen Umhang an, Charlie!“, rief eine Stimme, „oder du kriegst Probleme!“ Fidelio tauchte aus dem Gewimmel auf. „Du hast doch einen, oder? Hab ganz vergessen, es dir zu sagen.“

„Ja." Charlie zog das Ding aus seiner Reisetasche und schlüpfte hinein.

„Gut, dann komm mit", sagte Fidelio. „Bleib dicht bei mir. Am Montagmorgen herrscht hier immer ziemliches Gedränge."

Sie waren jetzt in einem gepflasterten Innenhof, und während Charlie Fidelio folgte, wurde sein Blick von einem der Fenster über ihnen angezogen. Auf der grauen Hauswand unter dem Fenster war ein länglicher, schwarzer Fleck.

„Da wäre Manfred neulich beinah verbrannt", raunte Fidelio in einem heiseren Flüsterton.

„Bei dem Feuer?", fragte Charlie.

Fidelio nickte und rollte mit den Augen.

Sie waren jetzt an einem Eingang, wo zwei mächtige, bronzebeschlagene Türflügel weit offen standen. Charlie starrte sie im Hindurchgehen ehrfürchtig an. Er war jetzt in einer lang gestreckten Halle mit Steinfliesenboden und plötzlich erstarben das ganze Rufen und Lachen. Man hörte nur noch das Trappeln von Schuhen auf Stein.

Fidelio immer im Blick, fädelte sich Charlie durch das Gewühl von Kindern, die kreuz und quer durch die Halle liefen und in Türen auf beiden Seiten verschwanden. Fidelio schien auf die Tür zuzusteuern, über der zwei gekreuzte lange Trompeten hingen.

Als sie fast dort waren, gellte plötzlich ein lauter Schrei an Charlies Ohr und jemand grabschte nach seinem Umhang. Er drehte sich um und sah ein Mädchen mit lila Haaren bäuchlings auf den Fliesen liegen.

Sie bot einen höchst seltsamen Anblick: Zu dem lila Cape und den lila Haaren hatte sie ein lila Muster auf der Stirn, und sie trug ganz spitze lila Schuhe mit enorm hohen Absätzen. Ihr Rucksack war aufgegangen und Bücher und Stifte lagen in alle Richtungen verstreut.

„Entschuldigung", kicherte das Mädchen. „Schuhe sind noch mal mein Untergang oder besser gesagt, mein Absturz." Sie kicherte noch heftiger.

Charlie wollte ihr gerade aufhelfen, als ihm eine Stimme befahl: „Lass das, Bone!"

Asa Pike, ebenfalls in Lila, starrte grimmig auf das Mädchen hinab. „Olivia Vertigo, wie lauten die Regeln? Los, Aufsagen!"

Das Mädchen rappelte sich hoch und leierte:

„Stille in der Halle
Ist Gesetz für alle,
Sprechen oder Türgeknalle
Unterbleibt in jedem Falle,
Blablablablablah!"

Asa packte sie am Arm. „Unverschämtheit ist nicht lustig", blaffte er. „Komm mit."

Er zog sie davon.

„Meine Bücher", jammerte Olivia.

Charlie sammelte rasch die verstreuten Bücher und Stifte ein, während Fidelio, den Zeigefinger auf den Lippen, Olivias lila Rucksack aufhob und Charlie half, ihn wieder zu füllen. Sobald sie durch die Tür unter den gekreuzten Trompeten waren, sagte Fidelio: „Jetzt dürfen wir reden."

Sie waren in einem großen, gekachelten Garderobenraum mit schmalen abschließbaren Schränken an zwei Wänden und Kleiderhaken an den beiden anderen. Mitten durch den Raum zog sich eine Reihe Waschbecken.

„Was passiert jetzt mit dem Mädchen?“, fragte Charlie.

„Sie kriegt vermutlich Arrest, eine fürchterliche Standpauke von Manfred und dann Heimfahrverbot bis Sonntag. Sie ist erst ein halbes Trimester hier, hat aber schon zweimal Arrest gehabt. Sie wäre wahrscheinlich schon geflogen, wenn sie nicht so eine tolle Schauspielerin wäre. Ich bin mal in ihren Klassenraum geschickt worden, um Mr Irving zu holen, und da spielte sie gerade diese Solo-Szene – das war richtig umwerfend.“

Fidelio zeigte Charlie den ihm zugedachten Schrank und führte ihn dann in die eichengetäfelte Aula. Eine Gruppe Musiker stand auf der Bühne und stimmte ihre Instrumente.

„Zuerst kommt die Schulhymne, dann die Ansprache“, erklärte Fidelio.

Charlie folgte ihm nach vorn in die erste Reihe. Nach und nach füllte sich der Saal mit Mädchen und Jungen in blauen Umhängen. Es waren etwa hundert Schüler zwischen elf und achtzehn.

Charlie dachte, dass er wohl zu den Jüngsten gehörte, bis ein winziger Junge auf den Platz neben ihm schlüpfte.

„Hallo“, sagte der Kleine. „Ich bin Billy Raven.“

„Ich bin Charlie Bone“, sagte Charlie.

Der Kleine lächelte. Er hatte fast weißes Haar und seltsam dunkelrote Augen. „Ich bin ein Albino“, erklärte er.

„Ich sehe nicht besonders gut. Aber hören tu ich umso besser."

„Bist du nicht ein bisschen jung fürs Bloor?", fragte Charlie.

„Ich bin sieben", erwiderte Billy. „Aber ich bin Waise, deshalb haben sie mich aufgenommen. Außerdem bin ich sonderbegabt."

„Ich auch", flüsterte Charlie.

Billy strahlte Charlie an. „Freut mich. Jetzt sind wir hier schon drei."

Charlie blieb keine Zeit zu fragen, wer denn der dritte sonderbegabte Musiker war, denn ein großer, weißhaariger Mann hatte jetzt die Bühne betreten.

„Dr. Saltweather", raunte Fidelio Charlie von der anderen Seite zu.

Auf der Bühne waren jetzt fünf Musiklehrer: zwei jüngere Frauen, ein alter Mann mit Brille, ein fröhlich aussehender Typ mit einer krausen Mähne und jemand, den Charlie verblüfft anstarrte, da er noch nie so ein leeres Gesicht gesehen hatte. Der Mann war groß und hager, mit schwarzem Haar, das er offensichtlich zu kämmen vergessen hatte. Sein Gesichtsausdruck veränderte sich gar nicht, nicht einmal, als das Orchester einsetzte und alle anderen zu singen begannen.

Nach der Versammlung führte Fidelio Charlie zu einer Tür neben der Bühne. Auf einem Schild an der Tür stand MR PALTRY-HOLZBLÄSER.

„Wir sehen uns in der Pause", sagte Fidelio. „Ich muss jetzt zu den Streichern, bei Miss Chrystal."

„Wer waren die anderen Lehrer auf der Bühne?"

„Na ja, du hast den alten Mr Paltry – worum ich dich nicht beneide –, dann ist da Mr O'Connor, der gibt Gitarre und so was. Die beiden Frauen unterrichten Streichinstrumente, und Dr. Saltweather macht die Blechblasinstrumente und den Chor."

„Und der Mann ganz am Ende – der große?"

„Oh, Mr Pilgrim." Fidelio schnitt eine Grimasse. „Der gibt Klavier, aber da geht kaum jemand hin. Er ist zu seltsam."

„Seltsam?"

„Er sagt nie was. Du weißt nicht, ob du's gut gemacht hast oder nicht. Klavier spielen hat mir mein Vater beigebracht. Der unterrichtet an einer normalen Schule. Ich muss jetzt los. Bin schon spät dran."

Aha, Fidelios Vater unterrichtete also an einer normalen Schule! Was war dann das Bloor? Eine höchst unnormale Schule, vermutete Charlie. Er sah seinen neuen Freund über den Flur zu einer anderen Tür flitzen und ging dann selbst hinein zu Mr Paltry-Holzbläser.

Mr Paltry hielt überhaupt nichts von sonderbegabten Kindern, das gab er Charlie gleich sehr deutlich zu verstehen. Sonderbegabte Kinder waren für ihn nur Zeitvergeudung. Sie hatten zwar ihre ungewöhnlichen Gaben, aber die nützten in Mr Paltrys Augen niemandem etwas.

Am Ende einer unersprießlichen und unfruchtbaren Unterrichtsstunde wurde Charlie angewiesen, seinen Umhang im Garderobenraum zu lassen und zum Laufen in den Garten hinauszugehen.

„Wo ist der Garten?“, fragte Charlie.

Ihm schien diese Frage ganz verständlich, aber Mr Paltry empfand sie offenbar als Zumutung. „Wo schon?“, fauchte er.

Zum Glück fand Charlie Fidelio in der Garderobe. „Nach der ersten Stunde muss jeder eine Runde laufen“, erklärte er Charlie. „Komm mit.“

Der Garten war ganz und gar nicht das, was Charlie als Garten bezeichnet hätte. Er schien sich ins Unendliche zu erstrecken. Da waren weder Mauern noch Zäune. Hinter dem Schulgebäude lag ein riesengroßes Rasengelände, wo Kinder zu zweit oder dritt oder bisweilen auch allein umhergingen. Die Rasenfläche säumte dichter Wald und ganz in der Ferne erkannte man ein mächtiges, rötliches Gemäuer zwischen den Bäumen. Das, so erklärte Fidelio, sei die Ruine.

„Vor ein paar hundert Jahren war das mal ein riesiges Schloss. Aber jetzt ist es nur noch eine Ruine. Das Dach ist größtenteils eingestürzt, aber es gibt dort immer noch unheimliche Gänge, komische Statuen und halb verfallene Treppen. Alles ist zugewuchert, und sogar in der Ruine selbst wachsen jetzt Bäume und Sträucher, das macht es nur noch gespenstischer.“

„Warst du schon mal drinnen?“ Charlie machte eine Kopfbewegung in Richtung des bedrohlich aussehenden Gemäuers.

„Schon mal ist gut!“, sagte Fidelio mit einem grimmigen Grinsen. „Jedes Jahr, Ende November, müssen wir das Ruinenspiel spielen. Dann muss jeder rein, ob er will oder nicht. Vor zwei Jahren ist ein Mädchen reingegangen und nie wieder rausgekommen."

Fidelio war losgetrabt, um die Rasenfläche herum, und Charlie, der neben ihm herlief, fragte: „Haben sie das Mädchen denn nicht gefunden?"

„Bis heute nicht." Fidelio senkte die Stimme. „Und es heißt, dass das schon öfter passiert ist. Man hat die Umhänge gefunden, aber nie einen ... einen ..."

„Leichnam?", steuerte Charlie bei.

Fidelio nickte. „Sie sind spurlos verschwunden."

Charlie starrte auf das Gemäuer und erschauerte.

Als sie fünfzehn Minuten gelaufen waren, schallte ein Jagdhorn übers Gelände und alles strömte wieder ins Gebäude.

„Die schlimmste Stunde hast du schon hinter dir", erklärte Fidelio. „So schlimm wie Mr Paltry ist sonst keiner. Jetzt haben wir Englisch, da sind wir in einer Klasse, aber erst noch die Umhänge. Wir dürfen sie nur zum Sport und zum Laufen ausziehen."

Als Charlie in die Garderobe kam, war sein Umhang verschwunden. Da hing nur noch einer, ein zerlumptes Ding, das an einer Ecke ganz zerrissen war.

„Zieh ihn an, Charlie", riet ihm Fidelio. „Ist besser als nichts. Jemand muss aus Versehen deinen genommen haben."

Charlie wollte den schäbigen Umhang nicht anziehen. „Das ist nicht meiner und vielleicht sucht ihn ja jemand."

Fidelio guckte ihn ängstlich an. „Mach schon, Charlie. Bitte, zieh ihn an, sonst gibt's Ärger."

Aber Charlie wollte nicht. Ihm war nicht klar, welche Art Ärger Fidelio meinte. Sonst hätte er wohl getan, was sein Freund sagte.

Der Englischlehrer, Mr Carp, war ein bulliger, rotgesichtiger Mann. Als Charlie ohne Umhang hereinkam, fixierten ihn Mr Carps kleine Augen. Was Charlie sich eigentlich denke? Wo denn das „unerlässliche Kleidungsstück" sei?

„Falls Sie meinen Umhang meinen, Sir, den kann ich nicht finden", sagte Charlie arglos.

Mr Carp hatte einen Rohrstock. Er ließ ihn – batsch! – auf Charlies Pult herabsausen. „Raus!", schrie er.

„Aber, Sir", sagte Fidelio. „Er kann doch nichts dafür."

„Ruhe, Gunn!", schrie Mr Carp. Für einen so bulligen Mann hatte er eine sehr hohe Stimme. „Du da", er zeigte mit dem Stock auf Charlie. „Raus, aber sofort!"

Da er nicht noch mehr Ärger heraufbeschwören wollte, ging Charlie, so schnell er konnte, aus dem Klassenraum. Doch einmal draußen, wusste er nicht wohin. Also stand er einfach nur an der Wand und starrte die lange Halle hinunter, auf die mächtige Tür, die in die Außenwelt führte.

Der steingeflieste Flur war eiskalt, und die Vorstellung, die Nacht hier im Bloor zu verbringen, verlor zunehmend an Reiz.

Als Charlie gerade dachte, dass die Englischstunde jetzt vielleicht bald zu Ende wäre und Fidelio herauskommen würde und ihm den verschwundenen Umhang suchen helfen könnte, trat jemand aus einer Tür ein Stück weiter. Es war Asa Pike.

Der rothaarige Junge kam mit einem boshaften Grinsen auf Charlie zu.

„Ach, wenn das nicht Charlie Bone ist“, sagte Asa höhnisch. „Wie ich sehe, hast du dich schon am ersten Tag unbotmäßig verhalten.“

„Un-was?“, stotterte Charlie.

„Hab ich dich aufgefordert, etwas zu sagen?“ Asas Grinsen verschwand. „Wo ist dein Umhang, Bone?“

„Ich weiß nicht.“

„Komm mit zum Oberaufsichtsschüler.“

Asa krallte die Hand um Charlies Genick und schob ihn den Flur entlang. Charlie sah, dass sie auf eine Tür mit der Aufschrift AUFSICHTSSCHÜLER zusteuerten.

Asa öffnete die Tür und stieß Charlie hinein.

In dem Raum lümmelten mehrere ältere Jungen in Sesseln und auf Sofas herum. Einige sahen Charlie kurz an und wandten sich dann wieder ihren Büchern oder Gesprächen zu.

Unter einem Fenster am anderen Ende des Raums stand ein langer Tisch und hinter dem Tisch saß Manfred Bloor in einem lila Umhang. Vor dem Tisch standen zwei Stühle. Auf dem einen saß das Mädchen mit den lila Haaren und wippte mit den Beinen. Asa schubste Charlie auf den anderen Stuhl. Olivia grinste ihn an.

„Kein Umhang“, verkündete Asa.

Rasch wich Charlie Manfreds finsterem Blick aus. Er wollte nicht wieder hypnotisiert werden.

Manfred sagte: „Hat dir keiner die Hausregeln erklärt, Charlie Bone?“

„Nein." Charlie guckte über Manfreds Kopf hinweg.

„Normalerweise kriegen die Schüler sie zugeschickt, bevor sie hierher kommen. Hast du keine gekriegt?"

„Nein." Charlie starrte durch das Fenster hinter Manfred. „Sie sind vermutlich an meine Großmutter geschickt worden, und die hat vergessen, sie mir zu geben." Grandma Bone war es zuzutrauen, ihm die Hausregeln absichtlich vorzuenthalten, nur um ihn in Schwierigkeiten zu bringen.

Manfred öffnete eine rote Dokumentenbox, zog ein Blatt Papier heraus und reichte es Charlie. „Die Hausregeln. Studier sie gründlich. Lern sie auswendig, Bone." Er wandte sich Olivia zu. „Was dich angeht, Olivia Vertigo – du lernst die Regeln offenbar nie. Ich gebe euch beiden Arrest bis Samstagnachmittag. Eure Eltern werden informiert. Sie können euch dann am Samstag abholen."

„Das kannst du doch nicht machen", rief Charlie und sprang auf. „Ich bin die erste Woche hier. Meine Mum wird …"

„Mum?", schnaubte Manfred verächtlich.

„Mum?", wiederholte Asa. „Das Wort benutzen wir hier nicht."

„Hier drinnen gibt's keine Mums!", setzte Manfred finster hinzu.

Das Zimmer des Roten Königs

Olivia und Charlie wurden zur Tür bugsiert und unsanft in den Flur hinausbefördert.

„Und jetzt?“, fragte Charlie verdrossen.

„Komm, wir gehen in eine Garderobe, wo wir in Ruhe reden können“, flüsterte Olivia.

Charlie folgte ihr den Flur entlang und durch eine Tür, über der zwei goldene Masken hingen, eine lachende und eine traurige.

Die lila Garderobe war interessanter als die blaue. Sie war voller bizarrer Kostüme; an den Wänden hingen Federhüte, Helme, Zylinder, Blumen und Masken, und der Fußboden war mit Stiefeln und Schuhen jeder Art übersät.

Olivia kickte die lila Schuhe von sich und stieg in ein Paar vergleichsweise schlichte Pumps.

„Meinst du, die gehen?“, fragte sie Charlie.

Charlie zuckte die Achseln.

„Guck nicht so finster. So schlimm ist es auch wieder nicht. Ich kriege dauernd Arrest. Dann geh ich auf Erkundungsexpedition. Ich hab hier schon hochinteressante Sachen entdeckt.“

„Aber wenn ich meinen Umhang nicht wiederfinde? Dann kriege ich immer wieder Arrest.“

„Ich glaube, ich weiß, wer ihn hat“, erklärte Olivia. „Ich war vorhin in eurer Garderobe, meinen Rucksack suchen – den, den ihr netterweise gerettet habt. Da war gerade Pause und in der Garderobe war so ein Junge mit einem länglichen Gesicht und langem, schlaffem Haar. Als ich reinkam, ist er richtig zusammengefahren. Er hat ganz schuldbewusst geguckt und hatte so was Heimlichtuerisches. Er hielt einen blauen Umhang in der Hand.“

„Weißt du, wie er heißt?“, fragte Charlie.

„Gabriel irgendwas“, sagte Olivia. „Wenn er eure Umhänge vertauscht hat, trägst du wohl besser seinen, bis du beweisen kannst, dass der andere dir gehört.“

„Danke, Olivia!“ Charlie war jetzt schon wieder optimistischer. „Ich ziehe ihn gleich an.“

„Bis zum Abendessen“, rief sie ihm nach, als er über den Flur in die blaue Garderobe flitzte.

Als Fidelio aus der Englischstunde kam, fand er Charlie in einem mehr als schäbigen blauen Umhang.

„Gut, dass du doch noch Vernunft angenommen hast“, flüsterte Fidelio erleichtert. „Komm mit in die blaue Cafeteria.“

Charlie folgte ihm. Zur blauen Cafeteria ging es durch mehrere lange Gänge und Charlie versuchte, sich den Weg zu merken, indem er sich die Bilder an den Wänden einprägte.

Es war immer wichtig zu wissen, wo man etwas zu essen bekam.

Die meisten Gemälde waren Porträts streng aussehender Männer und Frauen. Sie gingen weit in die Vergangenheit zurück – ewig weit, so schien es Charlie – und die Kleider der Leute spiegelten die Mode des jeweiligen Jahrhunderts. Einige Namen erkannte Charlie wieder: Raven, Silk, Darkwood, Pike und Bloor. Geschichte war noch nie Charlies besondere Stärke gewesen, aber er war sich sicher, dass diese Bilder in Zeiten zurückreichten, als man noch auf die Wände gemalt hatte.

Schließlich kamen sie in einen großen, dampfigen Raum, wo es nach Kohl roch. Als sie sich an der Essensausgabe anstellten, erzählte Charlie Fidelio von Olivias Kurzbesuch in der blauen Garderobe.

„Da stand so ein Junge mit einem Umhang in der Hand“, sagte Charlie. „Olivia sagt, er heißt Gabriel irgendwie.“

„Gabriel Silk“, sagte Fidelio. „Er macht Klavier. Ich glaube, er ist sonderbegabt. Jedenfalls ist er ziemlich komisch.“

„Komisch?“, fragte Charlie.

Fidelio deutete mit einer Kopfbewegung die Essensschlange entlang. „Das ist er, da ganz vorn.“

Charlie sah einen hoch aufgeschossenen Jungen mit lang gezogenem Gesicht und schlaff herabhängendem mausfarbenem Haar. Alles an ihm wirkte lang und schlaksig, sogar die Hände.

„Er scheint irgendwie besser drauf zu sein als sonst“, sagte Fidelio. „Uups! Jetzt nicht mehr.“

Gabriel war der Bücherstapel, den er unter den Arm geklemmt hatte, hinuntergefallen, und er hatte große Mühe, die Bücher wieder aufzulesen und gleichzeitig seinen Teller waagrecht zu halten.

„Ob das wohl mein Umhang ist?“, überlegte Charlie. „Mum hat meine Anfangsbuchstaben hinten reingestickt. Mit grünem Faden.“

„Wir versuchen heute Abend einen Blick drauf zu werfen“, sagte Fidelio. „Vorher wird er ihn kaum ausziehen.“

Charlie wurde ein Teller mit etwas Braunem und etwas Grünem in die Hand gedrückt und er folgte Fidelio zu einem freien Tisch. Nach ein paar Happen bemerkte Charlie, dass Fidelio den ziemlich ekligen Kohl zu mögen schien, das braune Zeug aber liegen ließ.

„Vegetarier“, erklärte Fidelio. „Wir kriegen nie was, was wir essen können. Ich schätze, du willst mein Hackfleisch?“

„Ach, das ist Hackfleisch. Ja, nichts dagegen. Du kannst meinen Kohl haben.“

Als sie gerade Kohl gegen Hackfleisch tauschten, kam Miss Chrystal – die Lehrerin für Streichinstrumente – an ihrem Tisch vorbei.

„Ihr wisst, dass das nicht erlaubt ist“, sagte sie lächelnd.

Auf Charlie wirkte Miss Chrystal nicht sonderlich streng. Für einen Moment übertönte ihr blumiges Parfüm den Kohlgeruch.

„Sorry, Miss Chrystal“, sagte Fidelio mit einem breiten Grinsen. „Das ist Charlie Bone, er ist neu.“

„Tag, Charlie“, sagte Miss Chrystal. „Wenn ich irgendwie helfen kann, weiß Fidelio ja, wo ich zu finden bin.“ Sie bedachte Fidelio wieder mit einem strahlenden Lächeln und schwebte davon. Gut zu wissen, dass es an dieser Schule wenigstens eine freundliche Lehrerin gab.

Der Rest des Tages verging ohne weitere unangenehme Zwischenfälle. Charlie folgte Fidelio von Raum zu Raum, zum Tee ein weiteres Mal in die Cafeteria, dann wieder hinaus auf die Wiese zu einer letzten Laufrunde, ehe es dunkel wurde. Doch als dann in dem riesigen, grauen Gebäude die Lichter angingen und der Nachthimmel die Fenster ausfüllte, musste er an zu Hause denken. Und als sie durch die Eingangshalle zum Abendessen gingen, sah er im Geist die gemütliche Küche in Nummer neun und einen Teller mit Maisies Spezialspaghetti. Er drehte sich um und guckte zu der hohen, massiven Tür, die in die Außenwelt führte.

„Das hat keinen Zweck, Charlie", flüsterte Fidelio. „Die geht erst am Freitag wieder auf. Ich hab's probiert."

„Hattest du am Anfang Heimweh?"

„Ja, aber nicht lange. Der Freitag kommt schnell."

„Aber ich darf am Freitag noch nicht nach Hause. Ich hab Arrest", sagte Charlie düster. „Hat mir Manfred aufgebrummt."

„Ich glaub's nicht!" Fidelio war aufrichtig schockiert. „An deinem ersten Tag. Manfred muss dich wirklich auf dem Kieker haben." Als er Charlies betrübtes Gesicht sah, setzte er schnell hinzu: „Jetzt wirst du erst mal staunen. Gleich treffen wir die ganze Schule. Und der Speisesaal ist echt ein Erlebnis, ich versprech's dir."

Fidelio hatte Recht. Sie marschierten wieder durch die hallenden Gänge zur Cafeteria, dann aber noch weiter. Es ging ganz allmählich abwärts, in eine Art gigantisches unterirdisches Gewölbe, und Charlie bemerkte, dass jetzt auch Kinder in grünen und lila Umhängen zu ihnen stießen. Sie strömten alle auf eine Treppe zu, dann hinunter in einen weiteren langen Gang, der zu einem riesigen Saal führte.

„Wir sind jetzt unter der Altstadt", sagte Fidelio. „Das hier ist der älteste Teil des Gebäudes. Hier haben angeblich die Nachkommen des Roten Königs ihre Gefangenen eingesperrt."

Wieder dieser Rote König. „Wer war der Rote König?", fragte Charlie.

Fidelio zuckte die Achseln. „Er hat das Schloss gebaut, das jetzt zur Ruine verfallen ist. Mehr weiß ich auch nicht. Ich glaube, er war ganz okay, aber seine Kinder müssen ein übler Haufen gewesen sein. Beeil dich, wir kommen sonst noch zu spät."

Im Saal standen drei ellenlange Tische mit Bänken an den Längsseiten. Die Bänke füllten sich rasch mit Kindern: am linken Tisch die blauen Umhänge, in der Mitte die violetten und rechts die grünen. An jeder Schmalseite gab ein Aufsichtsschüler aus einem mächtigen Edelstahlbehälter Suppe aus. Andere Aufsichtsschüler verteilten dicke Brotscheiben.

Am Ende des Saals auf einem Podest saß der gesamte Lehrkörper des Internats an einem vierten Tisch, dem hohen Tisch, wie Fidelio erklärte.

Hier nun sah Charlie zum ersten Mal Dr. Bloor. Er trug, wie alle Lehrer, die etwas anderes als die drei Kunstfächer unterrichteten, einen schwarzen Umhang, war aber leicht zu erkennen. Er saß am oberen Ende des hohen Tischs und ließ den Blick immer wieder über die schnatternde Kindermenge gleiten. Er war ein kräftig gebauter, massiger Mann mit stahlgrauem Haar und einem geraden, sauber gestutzten Schnauzbart.

Die kleinen, kalten schwarzen Augen unter den dicken, dunklen Brauen suchten die drei langen Tische ab, und wie gebannt folgte ihnen Charlie, bis sich schließlich ihre Blicke trafen.

Dr. Bloor stand auf. Er kam von dem Podest herunter und durch den Gang zwischen dem blauen und dem lila Tisch. Dabei sah er Charlie unverwandt an.

„Was ist?" Fidelio stieß Charlie an. „Schmeckt dir die Suppe nicht?"

Charlie konnte nicht antworten. Dr. Bloor stand jetzt direkt neben ihm.

„Charles Bone!" Es war die unheimliche Stimme, die Charlie aus dem Zeitungsfoto entgegengedröhnt war. „Schön, dich hier bei uns zu haben."

Charlie murmelte leise, dass er froh sei, aufs Bloor gehen zu dürfen, bekam aber selbst kaum richtig mit, was er da sagte.

Instinktiv suchte er das breite Gesicht über sich ab und stellte zu seiner Verblüffung fest, dass sich seine Gabe nicht nur auf Fotos beschränkte. Die Angst erweiterte sie um eine neue Dimension. Plötzlich konnte er auch Gesichter lesen. Und auf einmal wusste er ganz sicher, wer Dr. Tollys Baby an sich genommen hatte – Dr. Bloor!

Grandma Maisie behauptete immer, dass Gesichter eine Menge verrieten. Dieses hier verriet Charlie mehr, als er wissen wollte. Er wandte seinen Blick ab.

„Alles klar?“, fragte Fidelio. „Du guckst, als hättest du ein Gespenst gesehen.“

Charlie sah Dr. Bloors breiten Rücken entschwinden. Der Direktor blieb noch einmal stehen und sprach mit einem Mädchen in einem grünen Umhang. Es hatte langes, helles Haar, und als es stirnrunzelnd aufsah, bemerkte Charlie, dass die großen, grauen Augen verwirrt und ängstlich guckten.

„Charlie!“ Fidelio stieß ihn wieder an. „Was ist?“

„Wer ist das Mädchen da?“, fragte Charlie. „Die, mit der Dr. Bloor gerade redet.“

„Emilia Moon“, sagte Fidelio. „Sie macht Kunst. Sie ist ziemlich gut. Hey, da kommen die Spiegeleier und die Pommes. Iss schnell deine Suppe auf, sonst kriegst du nichts. Das ist eine Regel.“

Charlie schlürfte gerade den letzten Rest Suppe, als ein Teller mit Ei und Pommes bei ihm ankam. Er gab das leere Suppenschälchen weiter, da Billy Raven am Tischende die benutzten Schälchen stapelte.

Emilia hatte ihre Suppe nicht angerührt. Sie starrte sie stirnrunzelnd an, als hätte sie keine Ahnung, wie das Zeug dahin gekommen war. Charlie wollte sie warnen, wegen der Eier und der Pommes, aber sie saß zu weit weg.

„Gibt's auch Pudding oder so was?“, fragte er optimistisch.

„Du Scherzkeks. Wenn wir Glück haben, kriegen wir einen Apfel“, sagte Fidelio. „Oder eine Birne.“

Sie hatten Glück. Kurz nach den Eiern und den Pommes landete eine Birne vor Charlie.

Nach dem Essen, als die letzten Teller gestapelt waren, trat Dr. Bloor an den Rand des Podests und klatschte in die Hände. Augenblicklich war alles still.

„Ich habe eine Ankündigung zu machen", sagte der Direktor feierlich. „Ein neuer Schüler ist ab heute bei den Sonderbegabten. Charles Bone, erhebe dich."

Mit glühendem Kopf stand Charlie auf. Als sich dreihundert Augenpaare auf ihn richteten, begannen seine Knie zu schlackern.

„Charlie!" Dr. Bloor sprach seinen Namen aus, als handle es sich dabei um einen schweren Missgriff. „Nach dem Essen haben wir zwei Stunden Hausaufgabenzeit. Die sonderbegabten Schüler arbeiten im Königszimmer."

Er hielt ein paar Sekunden inne und starrte auf die schweigende, reglose Schülerschar. Dann befahl er mit einer Donnerstimme, die Charlie zusammenfahren ließ: „In die Arbeitsräume!"

„Wo ist das Königszimmer?", fragte Charlie verzweifelt, als Fidelio aufsprang.

„Halt dich an Gabriel", riet ihm Fidelio. „Oder an Billy Raven – der ist leicht zu erkennen. Ich muss jetzt gehen, Charlie, in drei Minuten müssen wir in unseren Arbeitsräumen sein. Bis später!"

Fidelio wurde von einer Flut farbiger Umhänge davongeschwemmt, als alles zum Ausgang strömte. Panisch suchte Charlie Billy Ravens weißen Schopf. Doch der winzige Junge ging im Gedränge unter. Endlich hatte ihn Charlie erspäht. Billy fädelte sich geschickt durch das Gewimmel, und Charlie brauchte eine Weile, um ihn einzuholen.

„Hallo!“, rief Charlie und packte Billy am Umhangzipfel. „Kann ich mit dir gehen? Ich weiß nicht, wo das Königszimmer ist.“

„Das weiß kaum jemand“, sagte Billy grinsend. „Wird eine Weile dauern, bis du allein hinfindest, aber ich führe dich, solange du willst.“

Charlie kam kaum dazu, ein Danke zu murmeln, ehe Billy schon wieder loswieselte. Zuerst zu den abschließbaren Schränken, um Bücher und Stifte zu holen, dann wieder durch die Halle, einen Gang entlang, um eine Ecke und eine Treppe hinauf.

Schließlich kamen sie an eine hohe, schwarz lackierte, zweiflüglige Tür. Billy stieß einen Türflügel auf, und sie betraten einen sonderbaren Raum. Zehn Kinder saßen um einen runden Tisch.

Da waren Manfred und Asa. Gabriel Silk saß zwischen Emilia Moon und einem dicklichen, fröhlichen Mädchen mit Locken, das man nie für eine Sonderbegabte gehalten hätte, weil es so stinknormal aussah. Dann war da noch ein großes, stämmiges Mädchen, das einen seltsamen Kontrast zu seiner kleinen, zarten Nachbarin bildete. Neben den beiden saß ein dunkelhaariges Mädchen mit einer langen spitzen Nase. Es starrte Charlie so verächtlich an, dass ihm das Herz in die Hose rutschte. Wie viel Zeit würde er mit diesem unfreundlichen Haufen verbringen müssen? Er wünschte, Fidelio und Olivia würden auch zu der Gruppe gehören.

Zwei Jungen saßen mit dem Rücken zur Tür und der eine drehte sich um, als Charlie hereinkam. Er hatte fein geschnittene afrikanische Gesichtszüge und das warmherzigste Lächeln, das Charlie seit langem gesehen hatte.

„Das ist Charlie!“, stellte Billy Raven ihn vor.

„Hallo, Charlie, ich bin Lysander“, sagte der dunkelhäutige Junge mit dem breiten Lächeln.

Ein paar Mädchen stellten sich vor.

Der pummelige Lockenkopf hieß Dorcas. Die Große, Stämmige war Beth, das winzige Mädchen neben ihr Bindi. Zelda war die mit der langen Nase. Emilia Moon hob nicht einmal den Kopf.

Endlich ein bisschen Freundlichkeit, aber Charlies Erleichterung war nicht von langer Dauer.

„Hinsetzen, Charlie Bone. Und Ruhe!“ Manfred deutete mit dem Kinn auf einen freien Stuhl an Emilia Moons Seite. Billy setzte sich neben Lysander.

Während Charlie mit seinen Büchern herumhantierte und nicht recht wusste, womit anfangen, spürte er den Blick der kohlschwarzen Augen auf sich. Er wollte sich in dem Raum umgucken, traute sich aber nicht, den Blick zu heben, bis er sich sicher war, dass das gefährliche Starren wieder auf Manfreds Buch gerichtet war. Als Charlie es schließlich wagte, kurz in die Runde zu gucken, merkte er, dass ihn noch jemand beobachtete oder besser gesagt anglotzte: der Einzige im Raum, dessen Gesicht er vorhin nicht gesehen hatte.

Der Junge war älter als Charlie, vielleicht zwölf oder dreizehn. Er hatte runde, erschrocken wirkende Augen und sein gelbes Haar stand ab, als sei ein Stromstoß hindurchgeschossen. Charlie runzelte die Stirn und hoffte, dass der

Junge weggucken würde, was er jedoch nicht tat. Ja, Charlies grimmige Miene schien ihn erst recht zu faszinieren. Schließlich musste Charlie selbst weggucken.

Statt mit seinen Hausaufgaben anzufangen, ließ er den Blick die Wand hinter dem gelbhaarigen Jungen hinaufwandern. Und da war er, der Rote König. Er starrte von einem Gemälde herab, das von einem schweren Goldrahmen umgeben war und uralt sein musste. Die Farbe war rissig und so verblasst, dass die Züge des länglichen, dunklen Gesichts ganz neblig und verschwommen wirkten, bis auf die Augen – die waren schwarz und magnetisch. Der Umhang war von einem tiefen, samtigen Rot und von der schmalen Krone ging ein eigenartiges goldenes Funkeln aus.

„Bone!“ Manfreds Stimme riss Charlie jäh aus seinen Betrachtungen. „Warum arbeitest du nicht?“

„Ich hab den Roten König angeschaut“, sagte Charlie, wobei er Manfreds Blick auswich. „Das ist doch der Rote König, oder?“

„Natürlich! Mach dich wieder an die Arbeit!“

Manfreds Blick klebte an Charlie, bis dieser sein Englischbuch aufschlug.

Die nächsten zwei Stunden sagte niemand etwas. Um Charlie herum wurde geseufzt und gestöhnt, gehustet und geniest, aber es fiel kein Wort. In einer dunklen Ecke schlug eine Standuhr jede Viertelstunde. Seiten wurden umgeblättert, Füller kratzten, und Charlie drohte einzuschlafen.

Endlich schlug die Uhr acht Mal, und Manfred stand auf. „Ihr könnt gehen!“, sagte er und marschierte hinaus. Asa trabte hinter ihm her.

Charlie sammelte seine Bücher ein und ging zu Billy Raven hinüber. „Wer ist der Typ mit den gelben Haaren?“, flüsterte er.

Der Junge war gerade hinausgegangen, mit flatterndem Umhang, als umwehte ihn ein unerklärlicher Wind.

„Ach, das ist Tancred“, sagte Billy. „Der ist manchmal ein bisschen stürmisch. Komm, ich zeig dir den Weg zu den Schlafsälen.“

Sie marschierten so viele Treppen hinauf und so viele Gänge entlang, dass Charlie sich schon fragte, ob er je zum Frühstück zurückfinden würde. Schließlich gelangten sie in einen tristen Raum mit einer niedrigen Balkendecke, nackten Dielen und einer einzigen, trüben Lampe.

An den Längswänden standen jeweils sechs Betten unangenehm dicht beieinander. Sie waren schmal und mit karierten Wolldecken bedeckt. Am Fußende stand jeweils ein Stuhl und zwischen den Kopfenden, an der Wand, jeweils ein Schubladenschränkchen. Charlie war sehr erleichtert, als er Fidelio auf einem Bett am anderen Ende des Raums sitzen sah. „Hierher, Charlie!“, rief Fidelio. „Du schläfst neben mir.“ Er zeigte auf das Nachbarbett.

Charlie ging hin und stellte seine Tasche auf den Stuhl.

„Umhang an den Haken neben dem Bett, dein restliches Zeug in die Schubladen.“ Fidelio senkte die Stimme. „Und guck mal, wer auf der anderen Seite neben dir schläft. Du kannst bestimmt bald seinen Umhang inspizieren.“

Charlie sah Gabriel Silk Kleidungsstücke in das Schränkchen stopfen. Den Umhang zog er allerdings nicht aus, nicht einmal, als er in den Waschraum ging.

„Sehr verdächtig“, sagte Fidelio. „Hast du eine Taschenlampe dabei?“

Daran hatte Charlie beim Packen nicht gedacht.

„Taschenlampen sind hier lebenswichtig“, sagte Fidelio. „Damit kannst du nach dem Lichtausmachen noch lesen und dich zurechtfinden. Nachts ist es hier so dunkel, da sieht man die Hand vor Augen nicht.“ Er zog eine dünne blaue Taschenlampe aus einer seiner Schubladen und reichte sie Charlie. „Du wirst sie brauchen, um dir den Umhang anzugucken“, sagte er. „Steck sie unters Kopfkissen.“

Charlie war der Letzte, der sich bettfertig machte. Er hatte eine ganze Weile gebraucht, um seine Tasche auszupacken und alles zu finden, was er für die Nacht benötigte. Er schämte sich wegen der Teddybären auf seinem Schlafanzug, aber als er sah, dass jemand einen mit Eichhörnchen hatte, schienen Teddys doch nicht so schlimm.

Er war gerade ins Bett gehüpft, als sich eine Hand um den Türrahmen schlängelte und das Licht ausknipste.

„Ruhe!“, sagte eine barsche weibliche Stimme. Die Hand verschwand wieder, die Tür ging zu und der Schlafsaal lag in völligem Dunkel.

Die Stimme war Charlie irgendwie bekannt vorgekommen, aber er konnte sie nicht einordnen.

„Wer war das?“, flüsterte er Fidelio zu.

„Die Hausmutter“, flüsterte Fidelio zurück. „Das Drachenähnlichste, was du dir vorstellen kannst.“

Ringsum hörte man Wühlen und Rascheln, während es sich die Jungen in den schmalen, harten Betten bequem zu machen suchten. Charlie wartete, bis die Geräusche verstummt waren. Im Bett neben ihm atmete Gabriel Silk tief und gleichmäßig. Er schien zu schlafen.

Charlie zog die Taschenlampe hervor und schwang die Beine aus dem Bett. Er vergewisserte sich, dass die Lampe auf die Wand gerichtet war, und knipste sie an. Der blaue Umhang hing direkt vor seiner Nase. Er nahm ihn von Gabriels Haken und sah die eingestickten Anfangsbuchstaben hinten im Kragen.

„Es ist meiner“, flüsterte er.

Fidelio saß in seinem Bett. „Nimm ihn“, sagte er leise. „Schnell.“

Charlie nahm Gabriels verschlissenen Umhang herunter. Als er gerade den alten an Gabriels Haken hängen wollte, ließ ihn ein panischer Aufschrei zusammenfahren.

„Nein“, rief Gabriel, wobei er aufsprang und an dem Stück Stoff zerrte. „Das kannst du nicht machen. Bitte! Bitte, nimm diesen!“ Er warf den Umhang mit dem zerfetzten Zipfel auf Charlies Bett.

Charlie legte die Taschenlampe so auf sein Kopfkissen, dass sie einen sanften Lichtkegel um sein Bett warf. „Das ist deiner“, sagte er. „Ich will ihn nicht.“

„Du verstehst das nicht. Ich kann ihn nicht tragen. Ich kann's nicht. Es ist voller ... Grauen. Die Angst in dem Ding macht mich fertig.“ Gabriel sank auf sein Bett und schlug die Hände vors Gesicht.

„Wovon redest du, Gabriel Silk?“, zischte ihn Fidelio an. „Warum sollte dir Charlie seinen Umhang geben?“

„Weil ich den nicht tragen kann.“ Gabriel deutete mit dem Kinn auf das Kleidungsstück. „Demjenigen, der ihn vor mir getragen hat, ist irgendwas Schreckliches widerfahren. Ich fühl's, versteht ihr? Das ist wie einen Albtraum am Leib zu tragen."

Allmählich dämmerte es Charlie.

„Ist das deine Gabe, Gabriel? Zu fühlen, was früher mal passiert ist?"

Gabriel nickte. „Ich fühl's über die Sachen, die die Leute anhatten. Wenn meine Kleider nicht nagelneu sind, spüre ich all die Gefühle, die nicht meine sind. Anderer Leute Sorgen und Ängste. Manchmal fühle ich auch Glück, aber das ist auch nicht das Wahre, weil es kein echtes Glück ist und weil's nicht anhält. Am Anfang des Schuljahres hatte ich einen ganz neuen Umhang, aber dann sind meine Springmäuse drüber hergefallen, und meine Mum musste mir einen anderen beschaffen."

Charlie konnte seine Neugier nicht bezwingen. „Wie viele Springmäuse hast du denn?", fragte er.

„Dreiundfünfzig", sagte Gabriel kleinlaut. „Sie haben ihn fast aufgefressen. Wir haben nicht viel Geld, deshalb hat Mum das Internat gefragt, ob sie mir einen gebrauchten Umhang geben könnten. Da hab ich den hier gekriegt."

Inzwischen war der ganze Schlafsaal hellwach. Ein Junge am Ende der Reihe sagte: „Ich wette, er hat dem Mädchen gehört, das in der Ruine verschwunden ist. Die muss eine Mordsangst gehabt haben."

„Wir müssen leise sein, sonst kommt die Hausmutter und wir kriegen alle Arrest", sagte eine andere Stimme.

Charlie wusste nicht, was tun. Wie konnte er Gabriel zwingen, einen fremden Albtraum am Leib zu tragen?

„Ich tu alles für dich, alles“, flüsterte Gabriel. „Aber bitte, zwing mich nicht, den Umhang da zu tragen.“

Charlie nahm seinen vom Haken und streckte ihn Gabriel hin.

„Danke! Vielen, vielen Dank, Charlie!“ Glücklich drückte Gabriel den Umhang an sich.

„Etwas kannst du für mich tun“, sagte Charlie leise. Er öffnete eine seiner Schubladen und nahm den Schlips heraus, den ihm seine Mutter mitgegeben hatte. „Kannst du mir irgendwas über denjenigen sagen, der das hier getragen hat?“ Er reichte Gabriel den Schlips.

Gabriel stellte keine Fragen. Er legte sich den Schlips um und schloss die Augen. Er strich mit den Fingern über die blaue Seide und befühlte das kleine goldene D am einen Ende. Ein Schatten breitete sich über sein längliches Gesicht.

„Das ist wirklich seltsam“, murmelte er. „Derjenige, der diesen Schlips getragen hat, war mal glücklich, aber jetzt ist er verschwunden.“ Er nahm den Schlips ab und zog ihn durch die Finger. „So was hab ich noch nie gefühlt. Es ist, als ob derjenige nicht mehr wüsste, wer er ist.“ Er gab Charlie den Schlips zurück.

Wenigstens war sein Vater einmal glücklich gewesen. Charlie ging davon aus, dass „verschwunden“ tot hieß. Er legte den Schlips wieder in die Schublade. Viel hatte er nicht erfahren.

Er wollte gerade die Taschenlampe ausknipsen, als eine kleine Gestalt am Fußende von Gabriels Bett auftauchte; das weiße Haar schimmerte im Dunkeln.

„Kannst du mir was über diese Person hier sagen?“, wisperte Billy. Er legte einen langen blauen Schal auf Gabriels Bettdecke.

Gabriel seufzte, protestierte aber nicht. Er legte sich den Schal um und schloss wieder die Augen. „Tja, derjenige war immer in Eile“, sagte er. „Immer unterwegs. Er konnte nirgends bleiben.“ Er hielt einen Moment inne. „Und jetzt ist er wohl leider tot.“ Er nahm den Schal ab.

„Weiter nichts?“, sagte Billy Raven flehend. „Hat er nichts gesagt?“

„Tut mir Leid, aber so läuft das nicht“, sagte Gabriel bedauernd. „Ich höre keine Stimmen. Und wenn die Leute tot sind, werden die Botschaften viel schwächer.“

„Verstehe. Danke.“ Das traurige Stimmchen klang in dem hallenden, dunklen Raum noch verlorener. Billy schlich davon.

Charlie knipste die Taschenlampe aus, beugte sich hinüber und steckte sie unter Fidelios Kopfkissen. Fidelio schlief schon. Sein gleichmäßiges Atmen steckte Charlie an. Er gähnte. Dann war er plötzlich hellwach. Irgendetwas an dem, was Gabriel gesagt hatte, ergab keinen Sinn.

„Gabriel“, flüsterte er. „Die Krawatte hat mein Vater getragen. Er ist ums Leben gekommen, als ich zwei war. Warum hast du gesagt, er sei verschwunden?“

„Weil er's ist“, sagte Gabriels schläfrige Stimme.

„Meinst du tot?“

„Nein, ich meine verschwunden. Eindeutig nicht tot.“

Charlie starrte ins Dunkel. Er lauschte dem leisen Atmen, das den ganzen unsichtbaren Raum um ihn herum erfüllte, und wusste, dass er noch stundenlang so daliegen und lauschen würde. „Nicht tot?“, flüsterte er. „Gabriel, bist du sicher?“

„Hundertprozentig“, murmelte Gabriel und gähnte. „Nacht, Charlie!“

Ein Schrank voller Skelette

Charlie erwachte mit trockener Kehle und brennenden Augen. Er hatte nur eine Stunde geschlafen.

Gabriel und Fidelio warteten, während Charlie sein Haargestrüpp zu entwirren versuchte, aber nach einer Weile befanden sie einmütig, dass die Kämmerei nicht viel nützte.

„Wenn wir nicht bald gehen, kriegen wir den ganzen verbrannten Speck", warnte Fidelio.

Charlie war am Verhungern. Er warf den Kamm hin und eilte mit den beiden zum Frühstück. Er war froh, dass sie da waren, sonst hätte er nie ins Erdgeschoss hinuntergefunden.

Gabriel war so glücklich über Charlies Umhang, dass er wie ein völlig neuer Mensch wirkte. Er strahlte regelrecht. Er ging sogar leichtfüßiger und schneller, jetzt, da er diese schrecklichen Gefühle abgeschüttelt hatte. Charlie fand sich damit ab, Gabriels schäbigen Umhang zu tragen. Schließlich bekam er keine Albträume davon.

Das Frühstück bestand aus Haferbrei, verbranntem Speck und einem Becher Tee.

„Gibt's das jeden Tag?", fragte Charlie und bemühte sich, einen Klumpen Haferbrei hinunterzuwürgen.

„Jeden Tag", versprach Fidelio mit einem Grinsen.

Charlie versuchte nicht an Maisies üppiges Frühstück zu denken.

Sein zweiter Tag im Bloor war nicht so schlimm wie der erste. Mit Fidelios und manchmal auch Gabriels Hilfe fand er alle seine Klassenzimmer. Am dritten Tag fand er sogar allein in den Garten.

Der Freitag kam. Der Tag, den Charlie die ganze Zeit gefürchtet hatte. Nach dem Unterricht saß er auf seinem Bett und sah Fidelio beim Packen zu.

„Was passiert hier drinnen", fragte Charlie, „wenn alle anderen nach Hause gefahren sind?"

„Du bist im Großen und Ganzen dir selbst überlassen", sagte Fidelio. „Keine Bange. Manfred wird zwar da sein, aber du bist ja nicht allein. Olivia hat auch Arrest und Billy Raven fährt sowieso nie nach Hause, weil er kein Zuhause hat. Ich werde zu Benjamin gehen und den Kasten holen, den ich verstecken soll. Und am Samstag um, sagen wir, halb zwölf, komme ich her und winke dir. Beide Daumen hoch ist das Zeichen, dass wir den Kasten zu mir geschafft haben."

Charlie war einen Moment versucht, Fidelio von dem Baby zu erzählen, aber dazu war jetzt nicht der richtige Zeitpunkt. „Wie soll ich dich denn sehen?", fragte er missmutig.

„Geh in den Musikturm. Olivia wird dir zeigen, wo das ist. Ich winke zum Fenster im zweiten Stock rauf, Straßenseite, und dann sind es nur noch vier Stunden, bis du auch rauskommst."

Charlie seufzte.

„Nimm's nicht so schwer!“ Fidelio klopfte Charlie auf die Schulter und nahm dann seine Tasche.

Charlie folgte dem Freund nach unten und sah ihn mit schwingender Tasche auf die große Eichentür zumarschieren. Die war jetzt offen und Kinder stürmten hinaus, einem Wochenende in Freiheit entgegen.

Fidelio drehte sich um und winkte kurz. Er war einer der Letzten, die hinausgingen. Charlie überkam plötzlich der verzweifelte Drang, durch das Portal zu rennen, ehe es sich wieder schloss. Er tat ein paar Schritte, guckte sich kurz um, ging schneller.

„Gib's auf, Bone!“

Charlie fuhr herum. Manfred Bloor stand in einer dunklen Nische auf der Hälfte der Eingangshalle.

„Hast wohl gedacht, dich sieht keiner, was?“

„Ich hab gar nichts gedacht“, antwortete Charlie.

„Geh mit deinen Hausaufgaben ins Königszimmer und bleib dort, bis du den Gong zum Abendessen hörst.“

Während Manfred das sagte, schwangen die beiden mächtigen Türflügel zu, und seine Stimme hallte bedrohlich in dem leeren Flur.

„Okay“, murmelte Charlie.

„‚Ja, Manfred‘ – nicht dieses Okay-Gebrabbel.“

„Ja, Manfred.“

Charlie fand Olivia und Billy in der Bibliothek, wo sie munter schwatzten.

„Wir müssen nicht still sein, wenn Manfred nicht da ist“, sagte Billy fröhlich.

Charlie fragte sich, wie Billy das aushielt: Woche für Woche im Bloor eingesperrt, ganz allein in dem dunklen Schlafsaal, wenn alle anderen weg waren.

„Kommst du hier gar nie raus?", fragte er Billy.

„Ich hab eine Tante, die am Meer wohnt, da geh ich in den Ferien hin", sagte Billy, „und ich bin nicht einsam. Da sind ja …" Er zögerte und sagte fast tonlos: „… da sind ja immer noch die Tiere."

„Was für Tiere?", fragte Olivia. „Ich seh keine Tiere."

„Die Köchin hat einen Hund. Der ist uralt, aber nett, und außerdem gibt's doch – na ja, Mäuse und so."

„Mit Mäusen kann man ja wohl kaum reden", sagte Charlie.

Billy schwieg. Er guckte in sein Buch und begann zu lesen. Hinter den runden Gläsern seiner Lesebrille waren seine Augen wie zwei rote Glühlämpchen. Plötzlich murmelte er: „Ich kann's schon."

„Was?", fragte Olivia.

Billy räusperte sich. „Mit Mäusen reden."

„Echt?" Olivia klappte ihr Buch zu. „Ist ja irre. Ist das dein Ding? Du weißt schon, deine Gabe?"

Billy nickte.

„Heißt das, du verstehst sie auch?"

Billy nickte wieder, langsam und ernst.

Charlie pfiff leise durch die Zähne. Benjamin hatte schon oft gesagt, er würde zu gerne verstehen, was Runnerbean sagte.

„Könntest du mal kommen und mit dem Hund von meinem Freund reden?", fragte er Billy.

Billy antwortete nicht. Er starrte Charlie nur schockiert an.

„Na ja, wäre wohl leichtfertiger Gebrauch", sagte Charlie. „Entschuldige, das hätte ich nicht fragen sollen."

„Bitte, sagt's nicht weiter. Ich kann nicht mit allen möglichen Haustieren reden. Tiere haben so viele Sprachen. Es ist ziemlich anstrengend, ihnen zuzuhören."

Charlie und Olivia schworen, es keiner Menschenseele zu sagen. Sie wandten sich wieder ihren Büchern zu, aber nach einer Weile merkte Charlie, dass Billy weder las noch schrieb. Er starrte einfach nur ins Leere.

„Kann ich euch was erzählen?", fragte Billy.

Olivia und Charlie sagten wie aus einem Munde: „Klar."

„Das war etwa vor einer Woche, nach dem Tee, ich wollte gerade raus in den Garten. Manfred hat im Zimmer der Aufsichtsschüler mit jemandem geredet, ich weiß nicht, mit wem, aber ich hab dort drinnen ein Mädchen weinen hören."

„Ich war's nicht", sagte Olivia.

„Nein, du nicht", bestätigte Billy. „Aber dort drinnen war ein Mädchen und es hat geweint, also wusste ich, dass da jemand böse in der Tinte sitzt. Ich muss wohl ein wenig langsamer gegangen sein, um zu horchen, weil nämlich plötzlich Manfred rausgestürmt kam und mich regelrecht umrannte. Er hat mich angefahren, ich sei blind und blöd und all so was. Und er hat mir befohlen, sofort in den Garten zu gehen."

„Und?", fragte Olivia gespannt.

„Mein Bein tat weh“, sagte Billy. „Deshalb war ich ein bisschen langsam. Als ich gerade den Gang runterhumpelte, hörte ich plötzlich die Katzen. Es waren drei Stück. ‚Lass uns rein‘, sagten sie. ‚Schnell, Billy. Komm zur Tür vom Turm.‘“

„Welchem?“, fragte Charlie. „Da sind doch zwei.“

„Ich dachte mir, dass es wohl der Musikturm sein musste. Der andere hat ja keine Tür. Ich hatte Angst, dass Manfred mich sehen würde, aber ich konnte die Katzen einfach nicht überhören. Also bin ich losgehumpelt und gerannt, bis in den Turm. Ich bin durch den leeren Raum ganz unten gegangen und an der Tür hab ich dann die Riegel weggeschoben und die Katzen reingelassen.“

Charlie wusste, was Billy jetzt gleich sagen würde, unterbrach ihn aber nicht.

„Es waren echt komische Katzen.“ Billys große rubinrote Augen weiteten sich noch mehr. „Sie waren wie Flammen, rot, orange und gelb. Sie haben sich ganz höflich bedankt und mir erklärt, der Rote König hätte sie geschickt.“

„Aber der ist doch schon ein paar hundert Jahre tot“, sagte Olivia.

„Das hab ich auch gesagt, aber die Katzen haben mich nur komisch angeschaut und gesagt ‚Natürlich‘. Und dann sind sie zur Treppe gerannt. Bevor sie verschwunden sind, hat die rote noch gesagt: ‚Lass die Tür auf, Billy.‘ Also hab ich sie aufgelassen. Ich bin schleunigst in den Garten gegangen, aber als ich gerade mal ein paar Minuten draußen war, ging der Feueralarm los. In Manfreds Zimmer hat es gebrannt, und er war drinnen.“

„Dann waren es also die Katzen", flüsterte Charlie leise.

„Sie haben bestimmt eine Kerze umgeschmissen", sagte Olivia. „Manfred hat immer Kerzen an. Man sieht sie von draußen flackern."

„Sind sie dahinter gekommen, wer die Katzen reingelassen hat?", wollte Charlie wissen.

„Sie dachten, Mr Pilgrim wär's gewesen", sagte Billy, „weil der immer im Musikturm ist."

„Also hat er die Schuld gekriegt", sagte Olivia.

„Lehrer haben doch nie Schuld", murmelte Billy. „Oder?"

Ehe ihm jemand antworten konnte, sagte eine Stimme draußen vor der Tür: „Ruhe da drinnen."

Olivia zog eine Fratze und Charlie bemühte sich, nicht zu lachen. Billy guckte ängstlich und wandte sich wieder seinen Büchern zu. Als es endlich zum Abendessen gongte, knurrte Charlie schon der Magen. Zurzeit schien er immer Hunger zu haben.

Sie marschierten zum Speisesaal, aber ehe sie hineingingen, warnte Olivia Charlie, dass sie mit Manfred an einem Tisch sitzen würden. Charlie rutschte das Herz in die Hose. Er hatte sich so aufs Abendessen gefreut, aber wie sollte er es genießen, wenn er die ganze Zeit Manfreds schrecklichem Blick ausweichen musste?

„Hat er dich schon mal – hypnotisiert?", fragte er Olivia.

„Bis jetzt nicht. Ich bin die Mühe nicht wert. Ich meine, ich bin nicht sonderbegabt, also bin ich keine Gefahr. Ich bin nur lästig."

„Mich kann er nicht hypnotisieren“, erklärte Billy gewichtig. „Wegen meiner Augen. Da kommt er nicht durch.“ Er lächelte befriedigt.

Der leere Speisesaal wirkte wie eine riesige Grotte, und ihre Schritte hallten durch die gespenstische Stille, als sie zwischen den langen Bänken hindurchgingen, zu einem Tisch, an dem Manfred saß und in eine Kerze starrte. Rechts neben Manfred lagen zwei Gedecke, links eins. Charlie sorgte dafür, dass er ganz rechts außen zu sitzen kam, so weit wie möglich von Manfred weg.

Die meisten Lehrer waren ebenfalls nach Hause gefahren, aber Dr. Bloor war da und auch Dr. Saltweather. Mr Pilgrim saß ein Stück abseits. Als die Kinder näher kamen, zogen sich seine Brauen kurz zusammen, aber ansonsten schien er sie gar nicht wahrzunehmen.

Es war wohl eine der grässlichsten Mahlzeiten, die Charlie je zu sich genommen hatte. Die ganze Zeit Manfreds Blick ausweichen zu müssen, war ja schon schlimm genug, aber der Oberaufsichtsschüler ließ sie auch nicht miteinander reden. „Der Arrest soll euch schließlich keinen Spaß machen“, bemerkte er säuerlich. Also gab es kein Tischgespräch, das das Kauen und Schmatzen, Schlürfen und Schlucken hätte übertönen können.

Nach dem Essen, als die Teller gestapelt und weggeräumt waren, gingen sie so leise und unauffällig wie möglich hinaus. Doch sobald sie die Tür des Speisesaals hinter sich geschlossen hatten, sagte Olivia: „Wir haben noch zwei Stunden bis zum Schlafengehen. Wo sollen wir mit der Erkundungsexpedition anfangen?“

Charlie und Billy hatten keinen Vorschlag, also bestimmte Olivia den Da-Vinci-Turm als Ausgangsort.

Charlie wollte wissen, wo der Turm denn seinen Namen her habe, aber Olivia zuckte nur die Achseln und sagte: „Der hieß immer schon so. Ich glaube, der Kunstzweig hat mal den Raum ganz oben genutzt, aber jetzt steht der Turm leer. Jemand hat mir erzählt, es sei zu gefährlich dort drinnen – alles uralt und baufällig.“

Charlie fragte sich, warum sie ein gefährliches, baufälliges Gebäude erkunden sollten, sagte aber nichts, damit sie ihn nicht für einen Feigling hielten. Außerdem war Olivia wild entschlossen. Sie zeigte ihnen eine Taschenlampe, die sie in der Innentasche ihres Umhangs versteckt hatte, und erklärte, im Turm gebe es vermutlich kein Licht.

Sie brauchten eine halbe Stunde, um einen einigermaßen verheißungsvollen Zugang zum Da-Vinci-Turm zu finden. Da war eine kleine Tür am Ende eines Gangs im dritten Stock.

„Hier liegt auch mein Schlafsaal“, erklärte Olivia. „Also haben wir eine Ausrede, falls wir erwischt werden sollten.“

Die Tür war verriegelt, aber erstaunlicherweise nicht abgeschlossen. Olivia schob die schwer gängigen, verrosteten Riegel beiseite.

„Hier war schon jahrelang keiner mehr“, bemerkte Charlie.

„Genau. Macht’s doch umso interessanter, oder?“ Olivias Augen glitzerten. „Los, kommt!“

Die Tür gab knarrend nach. Ein gekrümmter Gang führte ins Dustere und verschwand um eine spinnwebverhangene Ecke. Es gab weder einen Lichtschalter noch irgendwelche Lampen oder Glühbirnen.

Sie schlüpften durch die Tür und schlichen über breite, staubige Dielen. Aus dem Dunkel wehte ihnen Modergeruch entgegen.

„Die Tür sollten wir wohl besser zumachen", sagte Charlie zögernd.

„Muss das sein?", jammerte Billy.

Olivia knipste die Taschenlampe an und der starke Lichtstrahl erhellte den Gang vor ihnen. „Ist schon okay, Billy."

Als Charlie die Tür zuziehen wollte, klemmte sie. Er guckte auf den Boden, um festzustellen warum, und sein Blick fiel auf Olivias Schuhe – hohe Stöckelschühchen aus schwarzem Lackleder. Charlie hoffte nur, dass sie es nicht mit allzu vielen alten Treppen zu tun haben würden.

Doch hinter der spinnwebverhangenen Ecke erwartete sie bereits das erste alte Treppenhaus. Es gab keinen anderen Weg. Sie mussten entweder eine steile steinerne Wendeltreppe hinauf- oder aber eine wacklige Holztreppe mit schmalen Stufen hinabsteigen.

„Nach oben", bettelte Billy. „Da unten sieht es so unheimlich aus."

„Aber interessant", murmelte Olivia. Sie leuchtete den dunklen Treppenschacht hinab. Er schien endlos.

„Rauf, nicht runter!", sagte Charlie, der Billys ängstliches Gesicht bemerkt hatte. Er dachte daran, dass Billy nicht gut sah. „Ich geh vor. Du, Billy, gehst direkt hinter mir und Olivia als Letzte. Das ist am sichersten."

Billy wirkte erleichtert und Olivia willigte freudig ein. „Du brauchst die Taschenlampe, wenn du vorgehst", sagte sie und reichte Charlie die Lampe.

Die Wendeltreppe war sehr eng und tückisch. Charlie musste sie regelrecht hinaufkrabbeln. Er hörte Billys nervöses Keuchen hinter sich und ab und zu das Schrappen von Olivias Absätzen auf dem Stein.

Plötzlich Gepolter, mehrere dumpfe Aufschläge, ein lautes Stöhnen, dann grausige Stille. Es lag auf der Hand, was passiert war.

„Meinst du, sie ist tot?", flüsterte Billy.

Das Stöhnen setzte wieder ein, also war diese Frage zumindest beantwortet. Aber wie schlimm verletzt war Olivia?

„Wir müssen rückwärts runter, Billy", sagte Charlie. „Meinst du, du kannst das?"

„Ja", sagte Billy unsicher.

Langsam und vorsichtig krabbelten die zwei wieder hinunter. Das Stöhnen wurde leiser und Charlie rief: „Halt durch, Olivia. Wir kommen."

Sie waren jetzt auf einem kleinen Treppenabsatz, ehe die wacklige Holztreppe in der dunklen Tiefe verschwand.

„Ich geh vor", bot Charlie an. „Willst du hier warten, Billy?"

„Nein. Nicht allein." Billy kletterte rasch hinter ihm her.

Die roh gezimmerte Treppe machte eine Biegung, und als Charlie mit der Lampe hinableuchtete, sah er Olivia zusammengekauert an einer uralt aussehenden Tür lehnen.

„Alles okay?", war Charlies erste Frage.

„Natürlich nicht. Meine Knie tun weh und ich hab mir den Kopf angeschlagen. Ich konnte ja nicht sehen, wo ich hintrete."

Charlie erwähnte die Stöckelschuhe lieber nicht. „Sollen wir dich hochziehen? Kannst du stehen?"

„Ich versuch's mal." Olivia packte die Türklinke über sich und zog sich langsam hoch.

Sie musste sich wohl ziemlich fest gegen das morsche Holz gelehnt haben, denn plötzlich brach die Tür mit einem lauten Krachen aus den Angeln. Sie fiel um und Olivia obendrauf. „Jiiiii-aaaaa-uuuuu!", schrie Olivia.

Es nützte wohl nicht mehr viel, sie zum Stillsein zu ermahnen. Als Charlie auf die umgestürzte Tür stieg, fiel der Strahl der Taschenlampe in den dahinter liegenden Raum, und was Charlie dort sah, war so verblüffend, dass er Olivia erst einmal vergaß und tiefer hineinleuchtete.

„Wow!", hauchte er. „Ist ja irre."

„Was?" Olivia wälzte sich herum und rappelte sich hoch. Jetzt sah sie es ebenfalls.

Der Raum war voller Rüstungen oder besser gesagt voller Teile von Rüstungen. Und von Metallfiguren. Die Teile lagen auf Tischen und Stühlen, über den Boden verstreut, hingen an den Wänden. Da waren glänzende Schädel mit leeren Augenhöhlen und einem fiesen metallenen Grinsen, lange Stahlfinger, die sich an Kartons festkrallten, Metallfüße, die aus Hängeschränken baumelten, Arme, Beine und Ellbogen in wirren Haufen auf dem Fußboden. Aber das Allerschlimmste waren die Skelette, die von der Decke hingen.

„Iiiih!“, quietschte Olivia. „Das ist ja wie in Frankensteins Labor.“

Billy, der sich zwischen sie gezwängt hatte, fragte: „Wer ist Frankenstein?“

„Ein Arzt, der ein Monster aus einer Leiche gebastelt hat“, erklärte ihm Olivia.

„Aus Leichenteilen“, verbesserte sie Charlie.

Olivia packte ihn am Arm. „Hörst du das?“

Charlie wollte gerade fragen, was, als er das leise Schlurfen nahender Schritte vernahm. Sie kamen nicht von der Treppe hinter ihnen, sondern durch eine geschlossene Tür am anderen Ende des Raums.

„Schnell!“ Olivia schob die beiden Jungen von der umgestürzten Tür weg in einen Schrank, der nicht ganz zu war. Sobald sie alle drei drinnen waren, zog sie die Schranktür zu, aber da hatten sie bereits erkannt, was sich in dem Schrank befand.

Wie auf ein Kommando hielten die beiden Billy den Mund zu. Er war schließlich viel jünger als sie. Und der Schrank war voller Skelette.

Charlie konnte gerade noch die Taschenlampe ausknipsen, als auch schon jemand den Raum betrat. Licht ging an. Es drang durch die Ritzen der Schranktür und die Kinder waren hell-dunkel gestreift wie Zebras. Olivia schaffte es mit Mühe, das Kichern zu unterdrücken. Charlie linste durch eine Ritze und sah Dr. Bloor zwischen den Haufen von Rüstungsteilen und Metallfiguren umhermarschieren.

Die Formen waren jetzt besser zu erkennen und Charlie sah, dass manche Figuren Tiere darstellten: Hunde, Katzen und sogar ein Kaninchen. Die sind von Dr. Tolly, dachte er. Aber wie kamen sie hierher ins Bloor? Hatten die Bloors sie gekauft, geschenkt bekommen oder gestohlen?

Der massige Mann drehte sich um. Er marschierte auf den Schrank zu. Als er an einem Metallhund vorbeikam, hob er ihn auf und hebelte wütend den Schwanz ab. Er schlug den Hund auf eine Tischkante. Der Hundekörper barst und ein Strom von Rädchen, Zahnrädern, Federn und Schrauben ergoss sich auf den Tisch. Dr. Bloor musterte das metallen glänzende Häufchen und fegte es dann vom Tisch. Er suchte offensichtlich etwas und war sauer, weil er es nicht fand. Er guckte wieder zum Schrank und kam zielstrebig darauf zu.

Sie wagten kaum zu atmen. Olivia, Charlie und Billy krallten sich aneinander fest. Olivias lange Fingernägel gruben sich in Charlies Handteller, und er war kurz davor loszuschreien, als sich plötzlich laut quietschend eine Tür öffnete und eine Stimme sagte:

„Dachte mir doch, dass ich dich hier finde."

Dr. Bloors dunkles Geheimnis

„Die alte Tür ist eingekracht“, sagte Dr. Bloor.

„Ach? Hat sie jemand aufgestemmt?“, antwortete eine zweite Person.

„Ich glaube nicht. Das waren nur das Alter und die Feuchtigkeit.“

„Hm. Weiß nicht“, sagte die nur allzu bekannte Stimme.

„Dieser ganze Schrott, den uns dieser Tolly da geschickt hat ...“ Dr. Bloor trat nach einem Metallarm, der prompt in Richtung Schrank kullerte. „Alles nur mechanische Tricks. Wo ist das echte Objekt?“

„Hab ich dir doch gesagt, Dad. Miss Ingledew hat es Charlie Bone gegeben.“

„Das weißt du doch nicht mit Bestimmtheit.“

Olivias Griff lockerte sich und endlich konnte Charlie seine Hand ihren schmerzhaften Nägeln entziehen. Billy hatte für den Moment die hinter ihm hängenden Skelette vergessen und linste jetzt durch den größten Türspalt.

„Das ist Manfred“, wisperte er.

Doch Charlie hatte die zweite Stimme bereits erkannt. „Sch-sch!“, zischte er leise. „Horch!“

„Ich weiß es mit Bestimmtheit“, sagte Manfred. „Asa hat sie beobachtet. Er hat Charlie mit einer großen schwarzen Tasche aus der Buchhandlung kommen sehen. Wem sollte sie's sonst gegeben haben?"

Dr. Bloor grunzte und ließ sich in einem steinalt aussehenden Sessel nieder. Staubwolken stiegen auf, als er in die rissigen Lederpolster plumpste.

„Ist mir schleierhaft, woher der Junge wusste, wo er hinmusste. Wie konnte er ahnen, dass das Ding bei der Ingledew war?"

„Das waren natürlich die Katzen", sagte Manfred. „Du weißt doch genau, was sie alles können: Sachen von Tischen fegen, Leute ablenken. Irgendwie ist der Junge an dieses Foto gekommen, und dann musste er es natürlich der Ingledew zurückbringen. Jede Wette, dass sich eins von diesen Katzenviechern in den Fotoladen geschlichen hat, als sie gerade beim Eintüten der Bilder waren. Eine kurze Ablenkung und – schwupp – war das falsche Foto im falschen Umschlag."

„Ich ziehe diesen Viechern bei lebendigem Leibe das Fell ab, wenn ich sie je erwische!" Dr. Bloor hieb mit der Faust auf die Armlehne des Sessels und eine weitere Staubwolke quoll empor. „Schon von dem Geruch, den sie hinterlassen, wird mir ganz schlecht."

„Schwefel", sagte Manfred.

„Alter", entgegnete sein Vater. „Über neunhundert Jahre lästige Herumschleicherei und unbefugte Einmischung."

„Und Diebstahl und *Brandstiftung*", sagte Manfred.

Im gespenstischen Dunkel des Schranks sahen sich die drei Kinder mit offenen Mündern an. „Neunhundert Jahre", formte Olivias Mund lautlos.

Billy schüttelte ungläubig den Kopf. Charlie runzelte die Stirn und zuckte die Achseln. Warum nicht?, dachte er. In diesem Gebäude passierten doch täglich viel seltsamere Dinge.

„Wo wir gerade von Brandstiftung reden“, sagte Dr. Bloor. „Wissen wir mit Bestimmtheit, dass es die Katzen waren?“

„Ich sagte doch schon, ich habe sie gesehen, unter meinem Fenster, als ich versucht habe, die Flammen zu ersticken.“

„Und du glaubst, das Mädchen hat etwas damit zu tun?“

„Natürlich. Ich hatte ihr gerade eine ordentliche Abreibung verpasst.“

„Das hättest du nicht tun sollen, Manfred“, rügte Dr. Bloor streng. „Das nützt auch nichts.“

„Mir ist der Kragen geplatzt. Es macht mich fuchsteufelswild, wenn sie nicht reagiert. Sie ist am Aufwachen, verstehst du? Ich kann sie nicht mehr lange druntenhalten.“ Manfred seufzte unwirsch. „Ist ja nicht so, als hätte ich nicht genug damit zu tun, Pilgrim im Auge zu behalten.“

„Und wie steht's mit diesem kleinen Problem?“

„Weiß nicht genau. Vielleicht bilde ich mir's ja nur ein, aber ich finde, er hat sich verändert, seit der Junge hier ist. Vielleicht hätten wir ihn nicht herholen sollen.“

„Wir mussten, Manfred. Wir konnten ihn doch nicht *dort draußen* lassen, als wir erst mal wussten, dass er eine Gabe hat.“

„Weiß ich ja. Weiß ich."

Im Schrank zog Olivia eine Grimasse und zeigte auf Charlie. „Du", formte sie lautlos.

Charlie zuckte wieder die Achseln. Was meinten sie nur? Dr. Bloor und sein finsterer Sohn. Was für ein Mädchen war am Aufwachen? Warum musste Manfred Mr Pilgrim im Auge behalten? Er lauschte nach weiteren Hinweisen.

Doch Manfred und sein Vater waren bereits auf dem Weg zur Tür. Charlie fürchtete schon, nichts mehr über sich und das erwachende Mädchen zu erfahren. Aber dann sagte Manfred im Hinausgehen: „Es wird nicht mehr lange dauern. Asa hat gut aufgepasst. Er ist sich ziemlich sicher, dass das Ding bei dem Jungen mit dem Hund versteckt ist. Wir müssen nur die Eltern aus dem Weg schaffen, dann haben wir's."

„Manfred." Dr. Bloors Stimme klang jetzt schon ziemlich weit weg, aber die Worte waren immer noch klar zu verstehen. „Es muss vernichtet werden, ehe es sie aufweckt."

Das Licht ging aus, die Tür zu.

Die Kinder waren noch ein paar Sekunden mucksmäuschenstill. Als sie sich sicher sein konnten, dass sie allein waren, sagte Olivia: „Hm, das war doch interessant, oder?"

„Lasst uns von hier verschwinden", schlug Charlie vor. „Ich hab euch eine Menge zu erzählen."

Billy sprang als Erster aus dem Schrank. Er rannte schon über die umgestürzte Tür und die holprigen Stufen hinauf, ehe die beiden Größeren sich auch nur den Staub abgeklopft hatten.

Was sie sich ohnehin hätten sparen können. Als sie endlich aus dem Da-Vinci-Turm herauskrochen, waren sie alle drei wieder voller Spinnweben. Olivia hatte einen geschwollenen Knöchel und aufgeschürfte Knie, nahm es aber ganz cool.

Charlie war schwer beeindruckt. „Ich finde, du solltest damit zur Hausmutter gehen", sagte er. „Vielleicht ist ja irgendwas ganz Fieses in dem ganzen Staub, ein uraltes Virus oder so was."

„Zur Hausmutter?", sagte Olivia. „Sie würde mich garantiert fragen, was ich gemacht habe. Ich verstecke meine Knie einfach unter einer Strumpfhose, und Mum kann sich dann morgen darum kümmern."

Billy erinnerte Charlie daran, dass er ihnen etwas erzählen wollte.

„Eine ganze Menge", sagte Charlie. „Was Manfred und Dr. Bloor da geredet haben – das erklärt alles, was mir in letzter Zeit passiert ist."

Olivia schlug vor, in ihren Schlafsaal zu gehen, weil er näher war als der Schlafsaal der Jungen. „Ist gleich die dritte Tür auf diesem Gang", sagte sie. „Dort können wir uns sauber machen, bevor die Hausmutter ihre Runde dreht."

Aber das war kein guter Tipp. Die Hausmutter war bereits auf der Pirsch. Als sie gerade vor Olivias Schlafsaal ankamen, ging die Tür auf und die Hausmutter kam heraus. Da erst erkannte Charlie, warum ihm die Stimme so bekannt vorgekommen war. Die Hausmutter war Lucretia Darkwood.

Billy und Olivia sahen natürlich nur die Hausmutter vor sich, aber Charlie war so schockiert, dass es sich anfühlte, als hätte ihn jemand voll in die Magengrube geboxt. Er schnappte nach Luft und stotterte: „Tante Lu-Lu-Lucretia!"

„Für dich bin ich hier die Hausmutter, Miss Darkwood!", fauchte Tante Lucretia.

„Ich w-w-wusste nicht, dass du Hausmutter bist", stammelte Charlie, noch immer unter Schock.

„Wir müssen heutzutage alle unser Brot verdienen", sagte Lucretia.

Sichtlich verdutzt guckten Olivia und Billy zwischen Charlie und Tante Lucretia hin und her.

„Ihr seid ja ganz dreckig", fuhr Lucretia fort. „Wo wart ihr?"

Darauf war Olivia vorbereitet. Ohne auch nur im Geringsten zu zögern, erklärte sie: „Wir waren draußen im Garten, und als wir wieder reinwollten, war die Tür abgeschlossen, also sind wir ums Haus gegangen, bis wir ein offenes Fenster gefunden haben. Da sind wir reingeklettert, in so einen leeren, total dreckigen Raum. Na ja, wir sind eher rein*gefallen*, weil das Fenster so hoch war."

Die Hausmutter runzelte die Stirn. Nahm sie Olivia diese Geschichte ab? Dass jemand die Tür zum Garten abgeschlossen hatte, war durchaus möglich.

Schließlich sagte sie unwirsch: „Ich würde euch allen weitere vierundzwanzig Stunden Arrest geben, aber zufällig will ich ebenfalls meinen freien Tag haben. Also kommt ihr diesmal mit einer Verwarnung davon."

„Danke, Miss Darkwood", sagte Olivia überschwänglich.

„Aber", sagte die Hausmutter, die so leicht denn doch nicht auszutricksen war, „ihr geht jetzt sofort ins Bett."

„Aber wir haben doch noch eine Stunde", sagte Billy tapfer.

„Die werdet ihr brauchen, um euch zu waschen", blaffte Lucretia. „Ab jetzt, marsch." Sie wandte sich Olivia zu. „Und du lässt dir erst mal diese Knie verarzten."

Charlie und Billy überließen Olivia der keineswegs zärtlichen Fürsorge der Hausmutter und machten sich auf den Weg zu ihrem eigenen Schlafsaal.

Man musste zugeben, so eine leere Schule hatte ihre Vorzüge. Das Wasser in den Leitungen war heiß. Bisher hatte Charlie nur ein einziges kaltes Bad ergattern können. Nicht, dass Baden seine Leidenschaft gewesen wäre. Aber heute nahm er das längste und heißeste Bad seines Lebens.

Fünf Minuten, nachdem die Jungen ins Bett gestiegen waren, klopfte es an der Tür und Olivia kam herein. Sie trug einen weißen Samtmorgenrock mit großen lila Blumen darauf und ihr vorhin noch violettes Haar war jetzt mausbraun.

„Die Hausmutter hat drauf bestanden, dass ich's wasche", teilte sie den Jungen mit. „War nur ein Tönungsspray." Sie pflanzte sich aufs Fußende von Charlies Bett. „Also, was hast du uns zu erzählen?"

„Es ist so", begann Charlie und erzählte ihnen dann alles, was ihm widerfahren war, von dem Moment, da er das Foto von dem fremden Mann und dem Baby gesehen hatte, bis zu seinem ersten Tag im Bloor. „Ich dachte die ganze Zeit, das, was da in dem Kasten ist, wäre wertvoll, irgendetwas Kostbares, das man wieder gegen Miss Ingledews Nichte – wer immer das ist – eintauschen könnte. Aber jetzt sieht's so aus, als ob es etwas wäre, das Dr. Bloor unbedingt vernichten will."

„Bevor es das Mädchen aufweckt", ergänzte Olivia. „Und das Mädchen muss demnach das gestohlene Baby sein."

„Also ist der Kasten trotzdem noch wertvoll", schloss Billy, „wegen dem, was er kann. Das ist wie so eine Art Zauber."

„Hmm." Olivia wippte mit den Beinen. „Wisst ihr, was ich glaube?" Sie wartete gar nicht erst eine Antwort ab. „Ich glaube, Manfred hat das Mädchen hypnotisiert. Vielleicht war sie ja von Anfang an hypnotisiert, seit sie gestohlen wurde oder eingetauscht oder was auch immer. Aber jetzt lässt die Wirkung nach, deshalb muss Manfred es immer wieder machen, damit sie nicht aufwacht und wegrennt oder sich wieder erinnert, wer sie wirklich ist."

„Olivia, du bist genial", rief Charlie. „Zuerst dachte ich ehrlich gesagt du wärst das Mädchen."

„Ich? Garantiert nicht. Ich wüsste es, wenn ich hypnotisiert wäre." Olivia grinste. „Aber ich bin mir sicher, dass ich rauskriegen kann, wer es ist."

„Wie?", fragte Charlie.

„Beobachtung. Darin bin ich gut. Wenn das Baby vor acht Jahren eingetauscht wurde und damals fast zwei war, muss es jetzt ungefähr so alt sein wie wir. Und es muss Gaben haben, weil Dr. Bloor es ja wohl deswegen haben wollte. Also, auf wen passt diese Beschreibung? So viele seid ihr Sonderbegabten doch nicht."

„Zwölf", sagte Billy. „Fünf davon sind Mädchen. Zelda ist zu alt, sie ist schon dreizehn. Beth auch. Bleiben also Dorcas, Emilia und Bindi."

„Dorcas kann es nicht sein", erklärte Olivia. „Sie ist so munter. Die unhypnotisierteste Person, die ich je gesehen habe."

„Es muss Emilia sein!", rief Charlie aus. „Aber natürlich. Denkt doch mal nach. Sie sieht doch immer aus wie in Trance oder was. Und sie hat Angst vor Dr. Bloor."

„Hat die nicht jeder?", sagte Olivia. „Aber ich glaube, du hast Recht. Sie ist in meinem Schlafsaal, also werde ich die Augen offen halten. Ich geh jetzt wohl besser. Nacht, Jungs. Bis morgen Früh." Olivia sprang vom Bett und marschierte hinaus.

Sie war kaum draußen, als Lucretia Darkwoods Stimme „Licht aus!" blaffte und eine weiße Hand um den Türrahmen kroch und die Lampe ausknipste.

Einen Moment lang schwiegen beide Jungen. Da waren vier leere Betten zwischen Charlie und Billy. Auf der anderen Seite des Raums waren alle Betten leer. Charlie war das richtig unheimlich. Er fragte sich, wie es wohl für Billy war, jedes Wochenende allein in diesem großen, dunklen Raum zu liegen.

„Du, Billy", wisperte er. „Nächstes Wochenende – kannst du da mit zu mir kommen? Meinst du, sie lassen dich?"

„Oh, ja“, sagte Billy eifrig. „Ich war schon mal bei Fidelio zu Hause. Also lassen sie mich sicher auch mit zu dir gehen.“

„Gut.“

Charlie hörte ein Quietschen, dann das leise Tappen bloßer Füße, und ein dünner Taschenlampenstrahl näherte sich seinem Bett. Er erkannte Billys kleine Gestalt in einem hellblauen Schlafanzug.

„Charlie, du hast doch gesagt, du kannst hören, was Leute auf Fotos reden?“

„Ja“, sagte Charlie unsicher. „Manchmal.“

Ein zerknittertes Foto wurde auf sein Kopfkissen gelegt.

„Kannst du mir sagen, was die Leute auf dem Bild hier reden?“, bat Billy. „Das sind meine Eltern.“

Charlie starrte auf das Foto. Er sah ein junges Paar unter einem Baum stehen. Das Kleid der Frau war so hell, dass sie fast wie ein Geist aussah. Sie hatte hellblondes, beinah weißes Haar. Beide lächelten, aber nur mit dem Mund. Die Augen der Frau wirkten ängstlich, die des Mannes zornig.

Die dröhnende Stimme traf Charlie wie ein Schlag.

Nun lächeln Sie mal für Ihren kleinen Jungen, Mrs Raven. Ist das so schwer? Unverkennbar, diese kalte, tiefe Stimme.

Der junge Mann sagte: **Glauben Sie bloß nicht, dass Sie damit durchkommen.**

Schauen Sie meinen Sohn an, Mr Raven. Ist er nicht hübsch, mein kleiner Manfred? So ist's gut. Schauen Sie ihm genau in die Augen. Wie zwei glänzende Kohlen, nicht wahr?

„Hörst du was?“, drängelte Billy.

Charlie wusste nicht, was er antworten sollte. Wie konnte er Billy diese schrecklichen Worte zumuten? Er beschloss zu lügen, aber ehe er den Mund aufmachen konnte, passierte noch etwas. Etwas, was er noch nie erlebt hatte. Er hörte auf einmal die Gedanken des jungen Mannes.

Wir können immer noch fliehen. Wir können Billy nehmen und weit wegfahren, irgendwohin, wo sie uns nie finden. Wenn mich dieser Junge nur nicht so anstarren würde. Seine Augen sind wie Pech!

„Was ist?“, fragte Billy gespannt.

„Die Frau …“ Charlies Hirn ratterte. „Die Frau hat gesagt: ‚Mach schnell, ich muss zurück zu Billy.‘ Und der Mann hat gesagt: ‚Ja, unser Baby ist was ganz Besonderes. Das wird mal ein ganz Großer!‘“

Selbst in dem funzeligen Licht der Taschenlampe konnte er Billys seliges Lächeln erkennen.

„Sonst noch was?“, fragte Billy.

„Nein. Tut mir Leid.“

„Hat der, der das Foto gemacht hat, auch was gesagt? Ich hab nie herausgefunden, wer das war.“

„Nein, der hat nichts gesagt.“ Charlie gab Billy das Foto zurück.

„Eines Tages werde ich vielleicht adoptiert“, sagte Billy. „Dann hab ich wieder Eltern und kann nach Hause fahren wie alle anderen.“ Er kroch wieder ins Bett und gleich darauf schlief er fest, das zerknitterte Foto tief unterm Kopfkissen.

Charlie lag noch lange wach und versuchte, sich zusammenzupuzzeln, was hier im Bloor ablief. Babys waren gestohlen worden, Kinder waren verschwunden und Väter ebenfalls. Sein Vater, den er für tot gehalten hatte, lebte noch, wusste aber nicht, wer er war.

„Onkel Paton", murmelte Charlie. „Der kann es rausfinden. Ich wette, er weiß sowieso mehr, als er zugibt."

Einen Tag noch, dann würde er wieder zu Hause sein. Im Geist formulierte er bereits Fragen an Onkel Paton, als er schließlich einschlief.

Ein kleines Duell

Am nächsten Morgen, beim Frühstück, stellte Charlie erleichtert fest, dass Manfred nicht mit am Tisch saß.

„Am Wochenende schläft er immer aus“, erklärte Billy. „Er ist die halbe Nacht auf, von unserem Fenster aus sieht man seine Kerzen brennen.“

„Was macht er dann?“, murmelte Charlie.

„Üble Zaubertricks üben“, vermutete Olivia und verdrehte die Augen.

Das Problem war, dachte Charlie, dass es wahrscheinlich stimmte.

„Dann wird er uns auch den ganzen Vormittag nicht beaufsichtigen?“, fragte er.

„Oh, nein“, versicherte Billy. „Wir müssen raufgehen und arbeiten, klar. Unsere Bücher liegen bereit und ein Blatt mit Fragen, die wir beantworten müssen, aber wir können malen und überhaupt tun, was wir wollen, solange wir nur bis zwölf dort bleiben und mit den Fragen fertig werden.“

Sie gingen ins Königszimmer, wo Charlie ein Blatt mit hundsgemeinen Fragen vorfand. Er war noch nicht mal halb durch, als ihm Fidelio einfiel. „Ich hab versprochen, um halb zwölf im Musikturm zu sein“, erklärte er den anderen. „Fidelio kommt vorbei, um mir zu signalisieren, ob er den Kasten weggeschafft hat."

„Wir lassen uns irgendwas einfallen", sagte Olivia heiter. „Und falls du deine Fragen nicht fertig kriegst, kannst du bei mir abschreiben, wenn du wieder da bist."

„Danke", sagte Charlie aufrichtig dankbar. Dann fiel ihm ein, dass er ja keine Ahnung hatte, wie man in den Musikturm kam. Es würde ewig dauern, allein hinzufinden.

„Fidelio meinte, du könntest mir vielleicht den Weg zeigen, aber wenn du hier bleiben musst, um mir den Rücken zu decken ..."

„Ich zeichne dir einen Plan", sagte Olivia.

Sie hielt Wort. Während Charlie mit seinen Fragen kämpfte und alle fünf Minuten auf die Uhr sah, zeichnete Olivia fein säuberlich einen Plan der Gänge, die zum Musikturm führten. Sie schob ihn Charlie hin.

„Wirst du daraus schlau?", fragte sie.

Charlie studierte den Plan. „Ja. Ich nehme die letzte Tür, ganz am Ende der Halle."

„Genau."

„Ist gleich halb zwölf", sagte Billy.

„Wenn jemand reinkommt, sagen wir, du bist auf dem Klo", versprach Olivia.

Charlie ging zur Tür, öffnete sie und spähte hinaus. Niemand in Sicht. Er winkte Olivia und Billy kurz zu, trat auf den Gang hinaus und schloss die Tür hinter sich.

Mit Hilfe der Skizze gelangte er in die Halle, wo er rasch zu einer kleinen Tür vorn beim Haupteingang rannte. Die uralte Tür schien abgeschlossen. Charlie rutschte das Herz in die Hose. Er drehte den Eisenring, der als Türgriff diente, und beim dritten Versuch schwang die Tür auf. Charlie trat in einen dunklen Gang und schloss die Tür sorgfältig hinter sich.

Ihm war klar, dass er sich jetzt in einem Teil des Gebäudes befand, der genau unter Manfreds Zimmer lag, also schlich er auf Zehenspitzen weiter.

Der dunkle, steingeflieste Gang endete in einem leeren Raum unten im Musikturm. Charlie sah die Tür, durch die Billy die Katzen hereingelassen haben musste. Jetzt war sie fest verriegelt. Gegenüber der Tür führte eine Steintreppe in die oberen Stockwerke.

Charlie stieg die enge Wendeltreppe hinauf. Es gab kein Geländer, ja nicht einmal eine Kordel zum Festhalten. Schließlich kam er in einen weiteren leeren Raum mit zwei Fenstern, die auf den Platz hinausgingen. Er spähte hinaus. Keine Spur von Fidelio. Vielleicht war er ja nicht hoch genug, um den richtigen Überblick zu haben. Er stieg ins nächste Stockwerk hinauf und ohne Zwischenstopp weiter ins dritte. Von hier aus konnte er die ganze Innenstadt sehen. Es war ein strahlend kalter Vormittag und in der Ferne ragte die riesige Kathedrale wie ein prächtiges Monster aus dem Dächermeer. Das goldene Turmdach funkelte im Sonnenlicht.

Plötzlich sah er zwei Gestalten drunten am Brunnen vorbeirennen und am Fuß des Turms stehen bleiben. Sie winkten. Fidelio hatte Benjamin mitgebracht.

Charlie winkte zurück. War es Fidelio gelungen, den Kasten bei sich zu verstecken? Charlie hielt den emporgereckten Daumen an die Fensterscheibe und zuckte die Achseln. Er machte eine fragende Geste mit den Händen. Hatten sie ihn verstanden?

Offenbar nicht. Fidelio und Benjamin benahmen sich sehr merkwürdig. Benjamin zog an einer unsichtbaren Strippe, während Fidelio die Arme nach hinten ausstreckte und mit den Händen wedelte wie mit einem Schwanz.

Charlie schüttelte den Kopf und zuckte wieder die Achseln. Was machten sie da? Das ergab doch keinen Sinn.

Die beiden Jungen waren offensichtlich wegen irgendetwas total aufgekratzt, aber Charlie wollte doch wissen, was mit dem Kasten war. Er versuchte, mit den Händen einen Kasten anzuzeigen, und formte mit übertriebenen Mundbewegungen Fragen: „Ist er in Sicherheit? Der Kasten? Wo ist er?"

Doch es nützte alles nichts. Benjamin und Fidelio hatten irgendetwas anderes im Kopf. Aber was es auch immer sein mochte, Charlie würde es frühestens heute Abend herausfinden. Er winkte noch einmal und wollte gerade die Treppe wieder hinunterrennen, als er plötzlich Schritte hinter sich hörte. Wenn er die Tür zum Korridor nahm, würde er womöglich genau vor Manfreds Zimmer landen. Der einzige Fluchtweg war nach oben.

Als Charlie die Treppe zum vierten Stock hinaufschlich, drang ferne Musik das schmale Treppenhaus herab. Jemand spielte Klavier. Wunderschön. Es war klangvolle, komplizierte Klaviermusik. Der Pianist schien jede einzelne Taste der Klaviatur zu benutzen, und Charlie fand sich von der Musik angezogen wie durch eine Zauberschnur. Ohne im vierten Stock Halt zu machen, stieg er immer weiter hinauf, jetzt langsamer und fast schon furchtsam, weil er einfach nicht stehen bleiben konnte. Und weil er nicht wusste, was er ganz oben vorfinden würde.

Der Raum, in den er schließlich gelangte, war nicht leer wie die Turmzimmer weiter unten. Dieser Raum war voller Musikalien. Am Boden lagen Stapel von Notenblättern und die Wände säumten Regale mit ledergebundenen Partituren: Mozart, Chopin, Beethoven, Bach, Liszt. Komponistennamen. Manche kannte Charlie, andere hatte er noch nie gehört.

Der Strom von Tönen kam durch eine kleine Eichenholztür. Charlie griff an die Türklinke. Sie gab nach und die Tür ging auf. Er stand an der Türschwelle und guckte in den Raum. Der war leer bis auf einen riesigen schwarzen Flügel und den Mann, der an ihm saß: Mr Pilgrim. Der seltsame Klavierlehrer guckte einfach durch Charlie hindurch; er schien gar nicht wahrzunehmen, dass die Tür offen war, obwohl der Luftzug ein paar Notenblätter von der Fensterbank wehte.

Charlie wusste nicht recht, was tun. Er stand wie gebannt da, trat dann schließlich ein und schloss die Tür hinter sich. Mr Pilgrim spielte weiter, starrte abwechselnd auf seine Hände und in den Himmel hinter den Fensterscheiben. Sein Gesicht war leer, die Augen dunkel und bodenlos.

In der Ferne begann die Turmuhr der Kathedrale zu schlagen. Eins, zwei, drei … es war zwölf Uhr, ging Charlie auf. So spät schon. Die anderen würden sich fragen, wo er steckte. Womöglich würde ihn Manfred suchen. Er wandte sich zum Gehen, aber plötzlich hörte Mr Pilgrim auf zu spielen. Er schien auf die Schläge der Turmuhr zu lauschen. Beim zwölften Schlag stand Mr Pilgrim auf. Er sah Charlie in der Tür stehen und zog die Augenbrauen zusammen.

„Ich … tut mir Leid, Sir, ich hab mich verlaufen", sagte Charlie, „und Ihre Musik war so … na ja, so toll, Sir, dass ich einfach zuhören musste."

„Was?", sagte Mr Pilgrim.

„Ich wollte unbedingt zuhören, Sir."

„Oh."

„Entschuldigen Sie die Störung", murmelte Charlie. „Ich geh jetzt wohl besser."

„Warte." Der seltsame Lehrer kam um den Flügel herum und auf Charlie zu. „Wer bist du?"

„Ich bin Charlie Bone, Sir."

„Charlie?"

„Ja."

Für einen Moment flackerte so etwas wie Interesse in Mr Pilgrims dunklen Augen auf, war dann wieder weg. „Aha", murmelte er. „Dann sieh mal zu, dass du wieder runterkommst."

„Ja, Sir." Charlie verschwand blitzartig. Er rannte die Wendeltreppe doppelt so schnell hinunter, wie er heraufgekommen war. Er schaffte es, ins Königszimmer zu gelangen, ohne jemand anderen zu treffen als eine Putzfrau, die ihn angrinste und ihm zuzwinkerte, als er durch die Halle sauste.

„Was hast du denn gemacht?“, fragte Olivia, als Charlie hereingestürmt kam. „Manfred war schon zweimal hier und wollte wissen, wo du bist.“

„Was habt ihr gesagt?“, fragte Charlie.

„Was wir ausgemacht hatten. Dass du auf dem Klo bist.“

„Zwei Mal?“, fragte Charlie beunruhigt.

„Beim zweiten Mal hab ich gesagt, du hast Bauchschmerzen“, erklärte Billy ernst. „Aber ich weiß nicht, ob er mir geglaubt hat.“

In dem Moment kam Mr Paltry herein, sammelte die Bücher ein und wies die Kinder an, zum Mittagessen zu gehen.

Das Mittagessen bestand aus Käsesandwiches und einem Apfel pro Nase. Die Lehrer, die Samstagsdienst hatten, saßen am hohen Tisch, aber Manfred und Dr. Bloor tauchten nicht auf.

„Die essen am Wochenende immer drüben im Westflügel“, erklärte Billy, „mit Mr Bloor und dem Rest der Familie.“

Charlie war verdutzt. „Es gibt noch mehr Bloors?“

„Einen. Einen uralten Mann“, sagte Billy. „Ich hab ihn noch nie gesehen, aber der Hund der Köchin hat's mir erzählt.“

„Von dem Hund erfährst du wohl eine Menge“, bemerkte Olivia.

„Ja“, sagte Billy.

Nach dem Mittagessen durften sie in den Garten hinaus, und Olivia bestand darauf, näher an die Ruine heranzugehen. Billy war nicht gerade scharf darauf, aber Charlie war neugierig.

„Komm schon, Billy“, drängelte Olivia. „Wir gehen nicht rein. Wir gucken nur mal. Ich hab noch nie beim Ruinenspiel mitgemacht.“

„Ich auch nicht“, sagte Charlie.

„Meint ihr, ich?“, brummelte Billy, folgte dann aber den anderen widerstrebend zu den düsteren rotbraunen Mauern. Die waren, nach Charlies Schätzung, mindestens vier Meter hoch und enorm dick. Das gewaltige Steingebilde ragte aus den Bäumen hervor wie die Mauern einer verwunschenen Stadt. Den Eingang bildete ein breiter Torbogen und dahinter sahen sie einen bemoosten, gepflasterten Innenhof, von dem fünf schummrige bogenförmige Durchgänge abgingen.

Charlie dachte an das verschwundene Mädchen. Ihn schauderte. „Was geht da drinnen vor sich?“, murmelte er.

Olivia erriet seine Gedanken. „Also, ich werde aufpassen, dass ich nie allein dort drinnen bin, keine Sekunde. Mich friert es, wenn ich dran denke, was mit dem Mädchen passiert ist. Sie sagen, ihr Umhang war total zerfetzt.“

„Das war ein Wolf“, sagte Billy.

„Ein Wolf?“ Charlie und Olivia starrten ihn an.

„Hat mir der Hund der Köchin erzählt“, fuhr Billy fort. „Der lügt nicht. Hunde lügen nie. Eigentlich hat er gesagt, es war so eine *Art* Wolf. Er wohnt im Internat, aber nachts kommt er raus in die Ruine.“

Unwillkürlich sahen sie zum Himmel, an dem sich bereits die ersten Abendwolken sammelten. Olivia trat einen

Schritt zurück, rannte dann über die Wiese und heulte theatralisch: „Neiiiiin! Neiiiiin! Neiiiiin!"

Die beiden Jungen rannten hinter ihr her und lachten über ihre fliegenden weißen Beine und ihr komisches, schrilles Geheul, obwohl Charlie insgeheim zugeben musste, dass in dem Gelächter auch ein bisschen Angst mitschwang.

Sie stürmten durch den Eingang und prallten förmlich mit Manfred zusammen.

„Olivia Vertigo, geh packen", sagte er kalt. „Bone, du kommst mit mir."

„Warum?", fragte Charlie und guckte stur auf den Fußboden.

Manfred zischte: „Weil ich es sage."

Charlie war versucht, mit Olivia zu den Schlafsälen hinaufzurennen. Bald würde seine Mum da sein. Sie konnten ihm ja wohl nicht verbieten, mit ihr nach Hause zu fahren? Aber andererseits – vielleicht konnten sie es ja doch.

Manfred drehte sich um und schnippte mit den Fingern. Charlie grinste die anderen beiden an und ging hinter dem älteren Jungen her.

„Viel Glück!", flüsterte Olivia.

Manfred steuerte das Zimmer der Aufsichtsschüler an. Heute war es leer, und Manfred erlaubte Charlie, sich in einen der Sessel zu setzen, während er selbst seinen gewohnten Platz hinter dem großen Schreibtisch einnahm.

„Guck nicht so entsetzt, Charlie!" Manfred versuchte zu lächeln, was ihm jedoch nicht so recht gelang. „Ich fress dich nicht."

Davon war Charlie nicht so überzeugt. Er guckte eisern auf den Fußboden.

„Ich möchte nur wissen, wo du den Kasten gelassen hast, den dir Miss Ingledew gegeben hat. Der gehört nämlich uns, weißt du?“ Manfreds Stimme war sanft und einlullend, aber Charlie fiel nicht darauf herein.

„Ich weiß nicht, wovon du redest“, sagte er.

„Natürlich weißt du das, Charlie. Dir nützt der Kasten doch nichts. Im Gegenteil, er bringt dir nur Probleme. Nun sag schon, wo ist er?“

Als Charlie nicht antwortete, ging Manfred allmählich die Geduld aus. „Schau mich an!“, blaffte er.

Charlie löste den Blick nicht vom Fußboden.

„Was glaubst du, wie lange du das durchhalten kannst?“, sagte Manfred höhnisch. „Komm schon, schau mich an. Nun mach schon, nur einmal kurz hergucken. Tut doch nicht weh.“

Charlie merkte, wie sein Blick langsam von Manfreds blassem Gesicht angezogen wurde. Er konnte nichts dagegen machen.

Wenn es Manfred gelang, ihn zu hypnotisieren, war alles verloren. Er wusste, er würde ihm alles sagen. Aber dann kam ihm plötzlich ein anderer Gedanke. Vielleicht konnte er Manfred ja trotzen. Wenn er in Manfreds Gesicht las und auf seine Gedanken lauschte, konnte er doch vielleicht die Macht des Älteren brechen.

Also sah Charlie in das schmale, kalte Gesicht und die kohlschwarzen Augen und versuchte, Manfreds Gedanken zu hören. Aber da war keine Stimme. Stattdessen schob sich ein Bild in Charlies Kopf, das Bild eines Mannes am Klavier.

„Hör auf!“, herrschte ihn Manfred an. „Lass das, Bone!“

Doch Charlie hielt das Bild fest und jetzt hörte er auf einmal Musik, klangvolle, temporeiche, wunderschöne Klaviermusik.

„Aufhören!“, kreischte Manfred.

Ein Glas Wasser sauste an Charlie vorbei und zerbarst an der Wand hinter ihm. Er schnellte gerade noch aus dem Sessel, als ein dickes Buch auf ihn zugeflogen kam. Das nächste Wurfgeschoss, das sich Manfred schnappte, war ein gläserner Briefbeschwerer, doch ehe er ihn schleudern konnte, ging die Tür auf, und Dr. Bloor guckte herein.

„Was ist denn hier los?“, brüllte er.

„Er will nicht antworten“, zischte Manfred. „Er blockiert mich. Er versteht sich auch auf mentale Tricks.“

„Interessant“, sagte Dr. Bloor. „Hochinteressant. Du darfst dich nicht so gehen lassen, Manfred. Ich habe dich gewarnt. Du musst dich beherrschen.“

Charlie guckte zur Wand. Glasscherben lagen auf der Rückenlehne des Sessels, in dem er gesessen hatte, und die rosa Tapete hatte einen dunklen Wasserfleck.

„Deine Mutter wartet unten, Charlie“, sagte Dr. Bloor. „Geh und pack deine Sachen. Sofort.“

„Ja, Sir.“ Charlie ging, so schnell er sich traute, hinaus.

Im Schlafsaal wartete Billy auf ihn. Er war nicht allein. Neben seinem Bett auf dem Fußboden lag der älteste Hund, den Charlie je gesehen hatte. Er war ungemein fett und sein braunes Hängegesicht war so faltig und zerknautscht, dass man nur schwer ausmachen konnte, wo sich Maul und Augen befanden. Er atmete schwer, was auch kein Wunder war, da er ja von der Küche mehrere Treppen heraufgekommen sein musste. Sein Geruch erinnerte Charlie an das angegammelte Gemüse seiner Mutter.

„Darf der hier rein?", fragte Charlie ängstlich.

„Weiß doch keiner", beruhigte ihn Billy. „Am Wochenende guckt die meiste Zeit keiner nach mir. Selbst die Hausmutter geht am Samstag."

Charlie warf ein paar Sachen in seine Reisetasche. „Ich wollte, du könntest mit mir kommen", sagte er. „Muss doch schrecklich hier sein, nachts im Dunkeln."

„Bin ich gewöhnt", sagte Billy. „Und ich hab ja Benedikt zum Reden. Heute haben wir viel zu besprechen."

„Benedikt?" Charlie musterte das zerknitterte, fette Wesen zu Billys Füßen.

„Hübscher Name, was?", sagte Billy.

Charlie widersprach nicht. Er hätte gern gesehen, wie Billy mit einem Hund redete, aber er konnte es nicht erwarten, nach Hause zu kommen. Er verabschiedete sich von Billy und rannte durch all die Flure und all die Treppen hinunter.

Die Botschaft des Erfinders

Mrs Bone saß auf einem der mächtigen, gedrechselten Stühle beim Hauptportal. Charlie sah sie zuerst gar nicht, da ihm Dr. Bloors massige Gestalt den Blick versperrte. Der Schulleiter redete auf Amy Bone ein, und sie guckte so ängstlich wie ein Schulmädchen, das etwas verbrochen hat. Als sie Charlie sah, winkte sie ihm verstohlen zu und lächelte dabei nervös.

Dr. Bloor drehte sich um. „Ah, da sind wir ja", sagte er bemüht leutselig. „Ich habe deiner Mutter gerade erzählt, wie gut du dich in deiner ersten Woche hier geschlagen hast, abgesehen von dem kleinen – ähem – Fehlverhalten mit dem Umhang."

„Ja, Sir."

Charlie fragte sich, wie er seiner Mutter das mit dem zerschlissenen Umhang erklären sollte. Er würde ihn wohl einfach verstecken müssen.

Mrs Bone stand auf, küsste Charlie rasch auf die Wange und bugsierte ihn hastig zur Tür hinaus, ehe irgendwer noch etwas sagen konnte.

„Schönes Wochenende", rief Dr. Bloor, offensichtlich mit Absicht, denn das Wochenende war ja schon halb vorbei.

„Ja, Sir", sagte Charlie hastig und unterließ es, ein Danke hinzuzufügen.

Seine Mutter sprach das „Fehlverhalten" mit keinem Wort an.

„Ich hoffe, es macht dir nichts aus, zu laufen, Charlie. Es ist noch nicht dunkel genug, dass Paton aus dem Haus gehen könnte, und ich war einfach nicht in der Lage, das Geld für ein Taxi aufzutreiben. Und da du den Schulbus verpasst hast ..."

„Tut mir Leid, Mum."

„Es war nicht fair, dir gleich am ersten Wochenende Arrest zu geben", sagte sie erbost. „Aber wir werden es vergessen, was? Maisie hat all deine Lieblingssachen zum Essen eingekauft."

Charlie hatte jetzt schon Hunger.

Sie überquerten den Platz mit dem Brunnen und nahmen den kleinen Durchgangsweg zur High Street. Erst als sie die High Street schon halb hinunter waren, merkte Charlie, dass auf der anderen Straßenseite ein alter Mann mit ihnen Schritt zu halten suchte.

Charlie wusste sofort, wer das war. Die Verkleidung war einfach jämmerlich. Keins der Altmännerkleidungsstücke passte richtig und der weiße Bart war offensichtlich falsch. Er stand in zu krassem Gegensatz zu dem leuchtend roten Haar, das hinten unter der schäbigen Schildmütze hervorguckte. „Kannst du ein bisschen schneller gehen, Mum?", fragte Charlie. „Wir werden nämlich verfolgt."

„Verfolgt?" Mrs Bone blieb stehen und sah sich um. „Wer verfolgt uns?"

„Nur ein Junge", erklärte Charlie. „Drüben auf der anderen Straßenseite. Es ist idiotisch, weil er sowieso weiß, wo ich wohne. Es macht ihm wohl einfach Spaß, Leuten nachzuschleichen."

„Komm, Charlie!" Mrs Bone packte Charlie am Arm und zog ihn in einen weiteren schmalen Durchgangsweg. „So brauchen wir zwar länger, aber ich kann es nicht ausstehen, verfolgt zu werden."

Das war seiner Mutter schon einmal passiert, ging Charlie auf. Kurz nach ihrer Hochzeit hatte sein Vater angefangen, sich auf der Straße nervös umzugucken. Das hatte sie ihm selbst erzählt. Aber wer hatte sie damals verfolgt?

Mrs Bone nahm lauter kleine Durchgangswege, die Charlie nicht kannte. „Hier bin ich schon ewig nicht mehr langgegangen, aber es hat sich nicht groß verändert. Ah, da sind wir ja!" Plötzlich waren sie auf dem kleinen Platz vor der Kathedrale. „Oh!", rief sie und griff sich ans Herz, als raubte ihr der Anblick des riesigen Gebäudes den Atem. „Hier hat dein Vater immer Orgel gespielt", murmelte sie. „Aber ich war nicht mehr hier, seit ... seither."

Sie beschleunigte ihren Schritt, als könnte sie gar nicht schnell genug von diesem Ort wegkommen, und prompt kamen sie an der Buchhandlung Ingledew vorbei.

„Ich kenne die Frau, die den Laden hier hat", sagte Charlie und spähte durch die Schaufensterscheibe. „Können wir kurz reingehen?"

„Geschlossen", sagte seine Mutter rasch. „Steht doch auf dem Schild." Und im Weitergehen setzte sie hinzu: „Paton war gestern Abend hier. Er ist mit einer ganzen Tasche voller Bücher nach Hause gekommen. Irgendwas ist in deinen Onkel gefahren, er ist überhaupt nicht mehr er selbst."

Kam Onkel Paton endlich aus der Deckung?

Maisie hatte sie längst kommen sehen. Als Charlie durch die Küchentür trat, war der Wasserkocher schon an, und auf dem Tisch stand ein Festmahl für ihn bereit.

„Sie hatten kein Recht, dich noch einen ganzen Tag dort zu behalten", rief Maisie und erdrückte Charlie beinahe.

„Er hat gegen die Regeln verstoßen", kam es aus dem Schaukelstuhl beim Herd. „Er muss es lernen." Grandma Bone sah Charlie stirnrunzelnd an. „Also, wirklich, dein Haar, Junge! Hattest du keinen Kamm mit?"

„Doch", sagte Charlie patzig, „aber die *Hausmutter* macht nicht so ein Getue um unsere Haare, und du weißt ja wohl, wen ich meine!"

„Tante Lucretia natürlich", fauchte Grandma Bone.

Maisie und Amy starrten sie verblüfft an.

„Warum hast du uns das nicht gesagt?", rief Charlies Mutter schließlich.

„Warum sollte ich?", schnaubte die alte Frau und wandte sich wieder ihrem Buch zu, als wäre nichts gewesen.

„Hm", sagte Maisie. „Manche Leute haben eben einfach keine Manieren."

Grandma Bone ignorierte diese Bemerkung ebenso wie die üppige Teemahlzeit, der die übrigen Hausbewohner herzhaft zusprachen – außer Paton natürlich.

Charlie lag es auf der Zunge, nach seinem Onkel zu fragen, aber Grandma Bone sah so frostig drein, dass er es sich verkniff. Er wollte nicht noch mehr Streitereien riskieren, er wollte sich einfach nur den Bauch mit gutem Essen voll schlagen und dann zu Benjamin rübergehen.

„Und wo willst du jetzt hin?", fragte Grandma Bone nach dem Tee, als Charlie auf dem Weg zur Haustür war.

„Zu seinem Freund natürlich", sagte Maisie.

„Und wieso bitte?", fragte Grandma Bone. „Es ist seine Pflicht, bei seiner Familie zu bleiben, wenn er am Wochenende zu Hause ist."

„Mach dich nicht lächerlich, Grizelda", sagte Maisie. „Geh du nur, Charlie."

Charlie witschte zur Tür hinaus, ehe Grandma Bone den Mund wieder aufmachen konnte. Er rannte zu Nummer zwölf hinüber, wo er nicht nur Benjamin, sondern auch Fidelio vorfand. Sie schienen sehr aufgeregt und schleppten Charlie direkt in die Küche, wo der Tisch mit den Überresten von Pizza, Backofen-Pommes-Frites, Bananen und Keksen übersät war. Runnerbean tat sich gerade an den heruntergefallenen Bröseln gütlich, doch als er Charlie sah, begrüßte er ihn stürmisch, indem er an ihm hochsprang und ihm mit einer äußerst klebrigen Zunge übers Gesicht leckte.

Charlie schaffte es, sich von Runnerbean zu befreien, während Benjamin zu erzählen begann, was passiert war. Anscheinend hatten sie eine wichtige Entdeckung gemacht.

„Es war Fidelios Idee", sagte Benjamin. „Du weißt doch, die Stimme in dem Hund, den du mir geschenkt hast, na ja, Fidelio meinte, wenn wir vorspulen, sei da vielleicht noch mehr drauf. Und da war noch mehr. Viel mehr."

„Das wolltet ihr mir also heute Morgen sagen“, sagte Charlie. Plötzlich ergab die seltsame Pantomime seiner Freunde doch einen Sinn. „Ihr habt gespielt, dass ihr einen Hund am Schwanz zieht.“

„Hast du das nicht kapiert?“ Fidelio grinste. „Setz dich hin, Charlie, und hör zu. Das ist eine Wahnsinnsgeschichte.“

Charlie begriff, dass es seinen Freunden gelungen war, Dr. Tollys Kasten aus dem Keller heraufzuhieven. Er zog sich einen Stuhl heran und setzte sich. Der Metallhund stand mitten auf dem Tisch, zwischen Kartonfetzen und Krümeln.

„Hör gut zu“, sagte Fidelio. Er zog am Schwanz des Hundes, und sobald Dr. Tollys vertraute Stimme die Gebrauchsanweisung herunterzuleiern begann, drückte Fidelio auf das linke Hundeohr und spulte vor. „Pass auf“, sagte er. „Jetzt kommt’s.“

Als Dr. Tolly wieder sprach, klang seine Stimme anders, trauriger und eindringlicher. Charlie rückte näher heran.

Meine liebe Julia, begann die Stimme, *wenn du das hier hörst, hast du das Geheimnis um mein geliebtes Kind gelüftet – das Kind, das einst Emma Tolly war und jetzt einen anderen Namen trägt. Ich hoffe, du hast einen sicheren Ort für den Kasten mit der Aufschrift* Tolly Schlag-Zwölf *gefunden. Es war mir nicht möglich, dir einen Schlüssel zu schicken oder dir Anweisungen zukommen zu lassen, wie du den Kasten aufbekommst, denn ich kann niemandem trauen, Julia. Sie lauschen an meiner Tür, sie entwenden meine Briefe, und wenn du diese Botschaft abhörst, werden sie mir auch schon das Leben genommen haben. Ich bin bereits sehr schwach. Ich kann das Bett nicht mehr verlassen. Meine Feinde haben mich vergiftet, Julia, und das ist nur die gerechte Strafe für das, was ich meinem Kind angetan habe.*

Deshalb erzähle ich dir jetzt, wie das alles kam, wie ich in diese erbärmliche Situation geraten bin.

Wie du weißt, hatte ich beschlossen, unsere kleine Emma wegzugeben. Was mich dazu trieb, war die Habgier. Im Tausch für meine Tochter boten sie mir die aufregendste Herausforderung meines Lebens. Sie gaben mir ein Abbild meines Ahnen, des Ritters aus Toledo mit dem schärfsten Schwert der Welt.

Ich sollte die Figur zum Leben erwecken – wie hochmütig von mir zu glauben, dass ich es könnte. Fünf Jahre mühte ich mich ab. Vergebens. Ich bin nur Wissenschaftler, kein Zauberer. Als Emma sieben war, wollte ich sie zurückhaben. Aber sie weigerten sich. Ich hätte meine Aufgabe nicht erfüllt, sagten sie.

Hier nieste Benjamin und brach so den Bann der eindringlichen Stimme.

„Na ja, ist schon interessant“, sagte Charlie. „Verrät uns aber auch nicht gerade viel.“

„Das mit dem Vergiften ist *hoch*interessant“, sagte Benjamin.

„Passt auf“, befahl Fidelio und hielt das Band an. „Jetzt kommt das Beste. Der Teil, wo’s richtig spannend wird.“

Benjamin und Charlie schwiegen gehorsam, während Fidelio das Band wieder anlaufen ließ. Wieder dröhnte Dr. Tollys tiefe Stimme aus dem Metallhund.

Julia, sie versprachen mir, ich könnte sie sehen, könnte sie besuchen. Ich dachte, es wäre gut für die kleine Emma, in einer liebevollen Familie aufzuwachsen, mit einer Mutter, einem Vater und einem Bruder, statt nur mit einem mürrischen, zerstreuten Kauz wie mir. Aber sie sollten ihr sagen, wer sie wirklich ist, damit sie sich vielleicht eines Tages dafür entscheiden könnte, zu mir zurückzukehren – und zu dir, liebe Julia. Das war meine Hoffnung. Da wusste ich noch nicht, was Manfred vermochte.

Charlie sah Fidelio an. Der verdrehte die Augen. Benjamin flüsterte: „Ist das der ...?“

„Sch-Sch!“, sagte Fidelio.

Erinnerst du dich, fuhr Dr. Tolly fort, *an jenen Tag? Weißt du noch, wie ich in den Buchladen gekommen bin und du Emma das neue weiße Kleidchen angezogen und ihr eine Schleife ins Haar gebunden hast? Aber du wolltest nicht mit uns auf den Platz vor der Kathedrale kommen. Hättest du's nur getan.*

Sie waren zu viert: Bloor, seine Frau, sein Sohn und der Alte. Der Junge war damals etwa acht. Sie legten mir einen Kasten zu Füßen, und darin war tatsächlich eine Figur. Dann nahm ich meine Kleine hoch, und der Alte streckte die Arme aus.

Und da geschah es, Julia. Das war der Moment, in dem alles aus dem Ruder lief. Als die mächtige Turmuhr über uns zu schlagen begann, kam ein Mann aus der Kathedrale. Ich erkannte ihn sofort. Es war der junge Organist. Der Chor sang noch, als der junge Mann auf uns zukam. Er hob die Hand und sagte: „Halt! Das dürfen Sie nicht tun!"

Als er sich mir in den Weg stellte, schlug ihm der alte Mann ins Gesicht. Der Organist schlug zurück, und der Alte fiel hin und knallte mit dem Kopf aufs Pflaster. Er schrie vor Schmerz. Und dann merkte ich, wie Manfred den jungen Mann anstarrte; seine Augen waren wie glimmende Kohlen. Der Organist schlug sich die Hände vors Gesicht und sank in die Knie.

Emma weinte inzwischen vor Angst, aber Manfred richtete seine schrecklichen Augen auf mich und irgendwie drückte ich ihm das schreiende Kind in die Arme. Während die Turmuhr zwölfmal schlug, sah er sie an, und sie hörte auf zu weinen. Sie war wie versteinert.

Ich war so feige, Julia. Ich habe etwas Schreckliches getan. Ich bin weggelaufen. Ich habe den Kasten genommen und bin durch die schmalen Gässchen geflüchtet, als wären sämtliche Teufel der Hölle hinter mir her.

Später fand ich heraus, dass sie Emma in eine andere Familie gegeben haben. Wohin wollten sie mir nicht sagen. Der Alte war durch den Sturz für immer behindert. Und den jungen Organisten habe ich nie wieder gesehen. Mir wurde klar, dass er und meine kleine Emma hypnotisiert worden waren, ja, schlimmer noch, dass sie für den

Rest ihres Lebens unter einem Zauberbann stehen würden, es sei denn, ich fände ein Mittel, sie aufzuwecken. Und ich habe es gefunden, Julia. Jedenfalls glaube ich das. Der Kasten mit der Aufschrift Tolly Schlag-Zwölf *enthält ein Geräusch, das unsere kleine Emma aller Wahrscheinlichkeit nach aufzuwecken vermag. Die Bloors haben herausbekommen, woran ich gearbeitet habe, und wollen meine Erfindung jetzt natürlich vernichten. Wenn du auf die Buchstaben seitlich am Kasten drückst, fest, aber sorgsam der Reihe nach, geht er auf.*

„Das ist also der Trick", sagte Charlie.

„Warte!" Fidelio hob die Hand. „Hör dir das noch an!"

Fast hätte ich's vergessen, sagte Dr. Tollys Stimme. *Warum sie mein Kind haben wollten? Wir waren Schulkameraden, Dr. Bloor und ich. Es war doch nur natürlich, dass ich mich meinem alten Freund anvertraute. Wem hätte ich es sonst sagen sollen? Emma kann fliegen. Es ist nur einmal vorgekommen, als sie ein paar Monate alt war. Aber wer weiß …?*

Pass auf dich auf, Julia. Diese Aufnahme ist jetzt zu Ende. Der Kurier steht vor der Tür. Leb wohl.

„Na, was sagst du?", sagte Fidelio. „Irre Geschichte, oder? Stell dir vor! Das Mädchen, wer immer das sein mag, kann fliegen."

„Wir glauben, es ist Emilia Moon", murmelte Charlie. „Und der Organist …"

„Was ist mit dem Organisten?“, fragte Fidelio.

„Nichts“, wich Charlie aus. Der Organist – das konnte sein Vater gewesen sein. Aber wie sollten sie ihn jetzt finden? Er konnte überall sein. Zuerst mussten sie Emma Tolly aufwecken und dann, eines Tages, vielleicht seinen Vater.

Fidelio brannte darauf, zur Tat zu schreiten. „Wir müssen den Kasten hier wegschaffen, heute Abend noch“, sagte er. „Jetzt, wo wir wissen, was er kann.“

„Asa ist mir wieder auf den Fersen“, gab Charlie zu bedenken. „Er wird uns auf Schritt und Tritt beobachten.“

„Kein Problem“, sagte Fidelio. Er zeigte Charlie den riesigen Xylofonkasten, den er mitgebracht hatte. „Mein Dad hat gesagt, er holt mich mit dem Auto hier ab. Wenn ihr beide schon mal losgeht, einmal um den Block oder so, wird Asa euch vermutlich folgen. Dad kommt in etwa zehn Minuten. Wenn es klappt, kriegt Asa gar nicht mit, wie ich den Xylofonkasten raustrage. Und wenn doch, wird er denken, es wäre einfach irgendein Instrument.“

Das fanden alle einen genialen Plan. Dr. Tollys Kasten wurde in den leeren Xylofonkasten gehievt, und Charlie und Benjamin spazierten los, in Richtung Park. Es war schon dunkel, aber solange Runnerbean freudig neben ihnen hertrabte, fühlten sie sich ganz sicher.

Bald schon bemerkten sie, wie der miserabel verkleidete Asa auf der anderen Straßenseite von Baum zu Baum huschte, aber sie versuchten sich nicht anmerken zu lassen, dass sie ihn gesehen hatten.

Nachdem sie zwanzig Minuten durch die Gegend gelaufen waren, kehrten Charlie und Benjamin wieder in die

Filbert Street Nummer zwölf zurück. Fidelio und sein Riesenkasten waren verschwunden.

„Wir haben's geschafft!“, jubelte Benjamin.

„Guter alter Fidelio“, sagte Charlie. „Ich geh jetzt wohl besser nach Hause. Bis morgen dann.“

„Dann bringen wir Miss Ingledew die Kassette, oder?“

„Gute Idee.“

Er rannte zu Nummer neun hinüber, weil er es kaum erwarten konnte, seinem Onkel alles zu erzählen. Paton stand zwar praktischerweise allein in der Diele, war aber nicht in der Stimmung, sich Geheimnisse anvertrauen zu lassen. Er trug einen todschicken schwarzen Anzug und zu Charlies Verblüffung eine lila Fliege. Sein Haar war ordentlich geschnitten, und sein Gesicht sah ganz weiß und frisch rasiert aus. Er roch nach etwas herb Duftendem statt nach der üblichen Mischung aus Tinte und altem Papier.

„Wow!“, sagte Charlie. „Wo willst du denn hin, Onkel Paton?“

Paton wirkte verlegen. „Du hast mich doch gebeten, einen Schlüssel zu holen“, sagte er. „Bei Miss Ingledew.“

„Den brauchen wir jetzt nicht mehr“, flüsterte Charlie.

Paton ging gar nicht darauf ein. „Ich, äh ...“ Er räusperte sich. „Ich führe Miss Ingledew zum Essen aus.“

„Echt!“ Das waren allerdings erstaunliche Neuigkeiten. Solange Charlie denken konnte, hatte Paton nie jemanden zum Essen ausgeführt.

Sein Onkel senkte die Stimme, beugte sich dicht an Charlies Ohr und flüsterte: „Grizelda ist das gar nicht recht.“

„Kann ich mir denken", sagte Charlie grinsend.

Onkel Paton klopfte ihm auf die Schulter, zwinkerte ihm zu und ging. Es war sehr dunkel draußen.

Charlie fieberte regelrecht mit seinem Onkel mit. Er wünschte ihm im Stillen viel Glück und einen unfallfreien Abend.

Grandma Bone hatte sich in ihrem Zimmer eingeigelt, daher herrschte in der Küche eine nette, friedliche Atmosphäre. Maisie und Charlies Mutter lasen Illustrierte. Als Charlie hereinkam, sahen sie auf, weil sie darauf brannten, alles über seine erste Woche in der neuen Schule zu erfahren. Charlie erzählte ihnen die lustigen und interessanten Dinge. Er sagte nichts von Gabriel Silk und seiner seltsamen Behauptung, Charlies Vater sei gar nicht tot. Auch das mit dem Umhang ließ er weg. Dafür würde er später eine Ausrede finden müssen.

Er durfte viel länger aufbleiben als sonst. Da Grandma Bone aus dem Weg war, bestand niemand auf der Einhaltung von Schlafenszeiten. Außerdem war morgen Sonntag, und seine Mutter hatte ihm versprochen, er könne ausschlafen, solange er wolle. Doch schließlich fielen Charlie die Augen zu. Er gähnte mehrmals und musste zugeben, dass er jeden Moment einzuschlafen drohte. Er gab Maisie und seiner Mutter je einen Gutenachtkuss und ging zu Bett.

Charlie hätte nicht sagen können, wie lange er geschlafen hatte, als er plötzlich merkte, dass draußen etwas Seltsames vor sich ging. Da waren langsame Schritte vor seiner Tür. Hin und her. Hin und her. Dann knarrte die Treppe, und jemand lief durch den Flur im Erdgeschoss. Trotz seiner Müdigkeit schlüpfte Charlie aus dem Bett und schlich nach unten.

Onkel Paton saß am Küchentisch vor einer traurig flackernden Kerze. Er hatte Jackett und Fliege auf den Boden geworfen und das Gesicht in den Armen vergraben.

„Onkel Paton, was ist denn? Was ist passiert?"

Sein Onkel antwortete nicht. Er stöhnte nur. Charlie zog sich einen Stuhl heran, setzte sich seinem Onkel gegenüber und wartete, dass sich Paton von dem erholte, was ihn in so tiefe Verzweiflung gestürzt hatte.

Schließlich hob Paton den Kopf und sagte: „Es ist alles aus, Charlie."

„Was ist aus?", fragte Charlie.

„Ich konnte nichts machen", sagte Paton schwermütig. „Es musste so kommen. Unsere Freundin, Miss Ingledew, sah einfach umwerfend aus. Sie trug ein schwarzes Kleid, und mit ihrem hochgesteckten Haar und ihrem weißen Schwanenhals ... na ja, ich war überwältigt."

„Klar", sagte Charlie.

„Bis zum Dessert habe ich mich beherrscht."

„Oh. Gut."

„Nein, nicht gut", stöhnte Paton. „Obwohl sie den größten Teil des Essens wohl wirklich genossen hat."

„Was gab es denn?"

„Austern. Cäsar-Salat. Gebratene Ente und einen Pawlowa-Pudding."

„Mjamm!", machte Charlie, obwohl ihm das alles, außer der Ente, gar nichts sagte.

„Aber der Wein ist mir zu Kopfe gestiegen und ich war so berauscht, so glücklich." Paton seufzte schwer. „Auf unserem Tisch stand eine Kerze, das war also kein Problem, aber hinter Julia, an der Wand, war eine Lampe mit einem roten Schirm, und – peng! – war sie zerplatzt. Überall Glassplitter. In ihrem Haar und auf dem wunderschönen schwarzen Kleid. Ich bin aufgesprungen, und prompt ging noch eine Lampe am Nachbartisch hoch. Stell dir diese Peinlichkeit vor!"

„Aber es wusste doch keiner, dass du das warst", sagte Charlie.

„Ach, aber dann habe ich mich völlig zum Narren gemacht. ‚Entschuldigung, Entschuldigung!', hab ich gerufen, und schon zerplatzte die nächste Lampe. Ich bin unter hektischen Entschuldigungen hinausgerannt. Es war ja so peinlich! Ich konnte nicht da drinnen bleiben. Alle Lampen im ganzen Lokal wären explodiert."

„Mach dir nichts draus", sagte Charlie tröstend. „Dir fällt bestimmt was ein, wie du Miss Ingledew die ganze Sache erklären kannst."

„Aber, Charlie, ich habe das Essen nicht bezahlt!", rief Paton. „Stell dir doch mal vor. Sie hält mich doch für einen Feigling, der vor Angst wegrennt, wenn ein paar Glühbirnen platzen. Und dann lasse ich sie auch noch auf der Rechnung sitzen."

„Du musst ihr wohl einfach die Wahrheit sagen."

„Neiiin!" Onkel Paton ächzte verzweifelt. „Wir sind verdammt, Charlie. Wir beide. Durch unser Anderssein. Unser unseliges Familienerbe."

„Sind wir nicht“, sagte Charlie entschieden. „Bitte, reiß dich zusammen, Onkel Paton. Ich muss dir was sehr Wichtiges erzählen, und du musst dich konzentrieren.“ Onkel Paton legte wieder den Kopf auf die Arme, und diesmal schien er nicht willens, sich wieder aufzurichten. Also begann Charlie einfach zu erzählen, was Dr. Tolly auf das Band gesprochen hatte. Da hob Paton dann endlich doch den Kopf, und Charlie hatte seine volle Aufmerksamkeit.

„Grundgütiger!“, rief Paton, als Charlie zu der Sache mit dem Organisten kam. „Lyell!“

„Es war *doch* mein Vater, oder?“

„Das muss er gewesen sein“, sagte Paton. „Erzähl weiter, Charlie.“

Als Charlie schließlich die ganze bizarre Tonbandgeschichte wiedergegeben hatte, wirkte Paton schon wesentlich lebendiger.

„Mein Junge, das übersteigt wirklich alle Worte“, sagte er. „Tragisch. So unendlich tragisch. Das arme Kind. Und dein Vater – wenn ich das doch nur hätte verhindern können. Für mich steht außer Zweifel, dass der Versuch, dem Kind zu helfen, sein eigenes Schicksal besiegelt hat.“

„Aber, Onkel Paton, mein Vater ist noch am Leben“, sagte Charlie.

„Was? Nein, tut mir Leid, Charlie, aber das stimmt nicht.“

Charlie erzählte seinem Onkel von Gabriel Silk, dem blauen Umhang und dem Schlips seines Vaters. „Ich glaube nicht, dass er gelogen hat“, sagte Charlie. „Du hättest ihn sehen sollen, Onkel Paton. Er weiß so was. So wie ich Stimmen höre und Manfred Leute hypnotisieren kann ... und du Glühbirnen zum Platzen bringst."

„Dann muss ich dir wohl glauben, Charlie. Aber ich habe die Stelle gesehen, wo das Auto in den Steinbruch gestürzt ist. Dein Vater hätte nicht mehr aussteigen können, und selbst wenn, wo ist er dann jetzt?"

Charlie zuckte nur traurig die Achseln. Er wusste darauf auch keine Antwort, aber es war immerhin interessant zu erfahren, dass die Leiche seines Vaters nie gefunden worden war.

„Ich glaube, Grandma Bone hat sie davon abgehalten, ihn umzubringen – weil er doch ihr Sohn war. Aber sie hat diese ganze Sache zugelassen, das mit dem Unfall und alles, weil sie ihn nicht dazu kriegen konnte, zu tun, was sie wollte. Sie haben alle mitgemischt, die Bloors und die Darkwoods, alle außer dir, Onkel Paton. Wenn jemand was tut, was ihnen nicht passt, oder ihnen irgendwie im Weg ist, dann bringen sie denjenigen einfach um oder lassen ihn verschwinden oder sorgen dafür, dass er für immer vergisst, wer er ist."

„Ach, Junge!" Paton hieb jäh mit der Faust auf den Tisch. „Ich bin mit schuld. In Deckung zu bleiben reicht nicht. Ich wusste, dass da etwas im Gange ist, das kann ich nicht leugnen. Meine Schwestern heckten offensichtlich etwas aus, sie waren die ganze Zeit am Flüstern und Tuscheln. Sie trafen sich heimlich, und sie bekamen Besuch von Dr. Bloor und seinem grässlichen Großvater Ezekiel, und ich habe es nicht weiter beachtet."

„Großvater?", fragte Charlie verdutzt.

„Jawohl, Großvater“, sagte Paton. „Ein böser alter Mann, das kann ich dir sagen. Er muss jetzt über hundert sein. Eines Abends rief mich Lyell an. Er war irgendeiner niederträchtigen Sache auf die Spur gekommen und wollte meinen Rat. Damals wohnte er auf der anderen Seite der Stadt mit dir und deiner Mutter. Ich verabredete mich vor der Kathedrale mit ihm.“ Paton schlug sich die Hände vors Gesicht. „Ich bin nicht hingegangen, Charlie“, stöhnte er. „Hab’s einfach vergessen. Ich war so mit der Arbeit an meinen Buch beschäftigt. Aber was ist schon ein Buch, verglichen mit einem Menschenleben? Ich habe deinen Vater nie wieder gesehen.“

Trotz der rätselhaften und schrecklichen Geschehnisse, die sich mit dem Verschwinden seines Vaters verbanden, war Charlie ganz schön stolz. Sein Vater hatte etwas Schlimmes zu verhindern versucht.

„Onkel Paton, morgen bringe ich Miss Ingledew Dr. Tollys Kassette“, sagte er.

„Und wenn ich dort bin, versuche ich, das für dich in Ordnung zu bringen – die Sache mit den explodierenden Lampen und alles.“

„Das ist sehr nett von dir“, sagte Paton traurig, „aber ich fürchte, es ist aussichtslos.“

„Ist es nicht“, erwiderte Charlie. Plötzlich wurde ihm bewusst, dass sein Onkel und er einen ganz schönen Lärm machten. Wie kam es, dass Grandma Bone noch nicht wild auf den Boden klopfte oder die Treppe herunterstapfte, um ihre Nase in die Küche zu stecken?

„Was ist denn mit Grandma?“, fragte er.

Zum ersten Mal an diesem Abend lächelte Paton. „Ich habe ihr etwas in die Milch getan. Sie wird so schnell nicht wieder wach. Vermutlich nicht vor morgen Nachmittag."

Charlie kicherte los. Er konnte es sich nicht verkneifen. Lachend und ausgelassen stiegen er und sein Onkel die Treppe hinauf. Ihre Probleme waren vergessen. Für den Moment.

Eine finstere Abmachung

Als Billy Raven Charlie erklärt hatte, es mache ihm gar nichts aus, allein in dem großen Schlafsaal zu sein, war das nicht ganz ehrlich gewesen. In Wahrheit fürchtete Billy die Samstagnacht. Es fiel ihm schwer einzuschlafen, wenn klar war, dass er noch einen ganzen Tag und eine weitere Nacht allein zubringen musste.

Zugegeben, Benedikt leistete ihm Gesellschaft, aber von Menschen verstand der alte Hund nicht gerade viel. Seine Gesprächsthemen waren Dinge, wie sie Tiere bewegten, und jetzt, wo er alt wurde, klagte er ständig über seine Gebrechen. Billy war voller Mitgefühl, hätte aber doch lieber einen anderen Jungen zum Reden gehabt. Oder sogar ein Mädchen.

Billy wusste, es gab noch mehr Waisenkinder am Bloor, aber sie waren alle von netten Leuten adoptiert worden. Billy fragte sich oft, warum ihn niemand hatte haben wollen. Er kam dann immer zu dem Schluss, dass es wohl an seinem seltsamen Aussehen lag; vielleicht machten sein weißes Haar und seine dunkelroten Augen den Leuten ja Angst.

Auf der anderen Seite des Hofs leuchteten die Kerzen in Manfreds Zimmer wie gespenstische Irrlichter. Billy beobachtete sie eine Weile, ließ dann die Vorhänge offen und stieg über Benedikt hinweg in sein Bett. Er hatte sich kaum hingelegt, als der alte Hund grunzte und sich aufsetzte.

„Billy soll kommen", sagte Benedikt.

„Wohin?", fragte Billy ein bisschen erschrocken.

„Zum alten Mann. Sofort. Benedikt bringt Billy hin."

„Jetzt? Aber es ist doch dunkel ... und ... was will er denn von mir?"

„Benedikt weiß nicht. Billy muss einfach nur Benedikt folgen."

Billy schlüpfte in seine Hausschuhe, nahm die Taschenlampe aus der Schublade, wickelte sich in seinen Bademantel und folgte Benedikt aus dem Schlafsaal.

Die Batterie in Billys Taschenlampe war schon sehr schwach und er hatte große Mühe, Benedikts puscheligen Schwanz vor sich herwackeln zu sehen. Billy hatte schon die ganze Zeit einen der anderen Jungen bitten wollen, ihm eine Batterie zu besorgen. Aber er hatte nicht recht gewusst, wen er fragen sollte. Am nächsten Wochenende würde er mit zu Charlie gehen. Charlie würde ihm bestimmt eine neue Batterie beschaffen.

Benedikt lief viel schneller als sonst, und Billy musste zwischendurch rennen, um mit dem Hund Schritt halten zu können. Als sie an eine Treppe kamen, wurde Benedikt jedoch erheblich langsamer. Keuchend hievte er sich die Stufen hinauf. Am oberen Ende der Treppe war es warm und stickig. Sie kamen jetzt in den Wohnbereich der Bloors. Billy schauderte bei dem Gedanken, Manfred könnte ihn direkt vor seiner Tür erwischen.

„Bist du sicher?“, fragte Billy den Hund. „Hast du dich bestimmt nicht geirrt?“

„Benedikt irrt sich nie“, schnaufte der Hund. „Billy muss Benedikt folgen.“

Billy folgte ihm durch Gänge, die nach Stearinkerzen rochen, dann eine weitere Treppe hinauf in ein Schattenreich, wo an den Wänden Gaslichter zischten und spuckten und Spinnweben schlaff von der dunklen, bröckelnden Decke hingen.

„Riecht gut“, bemerkte Benedikt.

„Gut? Es riecht nach faulen Eiern und ... irgendwas Totem.“

„Gut“, beharrte Benedikt. Er stand jetzt vor einer schwarzen Tür mit einem riesigen Messingknauf. Der Lack war an einer Stelle tief zerfurcht, und als Benedikt die eine Vorderpfote hob und an der Tür zu kratzen begann, ging Billy auf, warum. Offensichtlich kam der alte Hund oft hierher.

Nach dreimaligem Scharren sagte eine brüchige, hochmütige Stimme: „Herein!“

Billy drehte den Knauf und trat ein. Er stand in einem riesigen Raum. Das einzige Licht war der Schein des Feuers in einem mächtigen steinernen Kamin am anderen Ende. Dort am Feuer saß ein alter Mann im Rollstuhl. Dünnes, weißes Haar hing unter einer roten Wollmütze hervor. Das knochige Gesicht sah aus wie ein Totenkopf. Die dunklen Augen lagen tief in den Höhlen, die Wangen waren eingefallen, die Lippen schmal. Der schreckliche Mund lächelte, als Billy eintrat.

„Komm näher, Billy.“ Der alte Mann wackelte mit einem langen, krummen Finger.

Billy schluckte und gehorchte. In dem Raum war es so heiß, dass man kaum Luft bekam, und Billy konnte nicht verstehen, warum der alte Mann eine Wolldecke um die Schultern trug. Billy tat ein paar Schritte in den Raum und blieb dann wieder stehen. Benedikt watschelte an ihm vorbei und ließ sich schnaufend am Feuer nieder.

„Es ist ziemlich heiß hier drinnen, Sir“, sagte Billy und rang nach Luft.

„Daran gewöhnt man sich. Mein Hundchen hat gern ein schönes, warmes Kaminfeuer, was, Percy?“ Der alte Mann grinste den Hund liebevoll an. Aber genau konnte man das nicht sagen, vielleicht verzog er auch nur angewidert das Gesicht.

„Ich dachte, der Hund gehört der Köchin, Sir.“

„Er *glaubt*, dass er der Köchin gehört, weil ich nicht mehr mit ihm spazieren gehen kann. Stimmt's, Percy?“

„Er hat mir gesagt, er heißt Benedikt.“ Billy wagte sich ein wenig weiter vor.

„Sein Name ist Percival Pettigrew Pennington Pitt. Er *glaubt* nur, dass er Benedikt heißt.“ Der alte Mann gab ein keckerndes Lachen von sich. „Möchtest du einen Kakao, Billy?“

Billy hatte noch nie Kakao getrunken. Er wusste nicht, was er sagen sollte.

„Der ist schön heiß und süß und schenkt einem angenehme Träume.“

Der krumme Finger wackelte wieder.

„Da am Feuer steht ein Töpfchen mit Milch. Die müsste schon warm sein. Und auf dem Tischchen dort findest du zwei blaue Becher mit Kakaopulver und Zucker, schon fertig gemischt. Du gießt einfach nur die Milch in die Becher und rührst ordentlich um, und dann können wir gemütlich miteinander plaudern, nicht wahr, Billy?"

„Ja", sagte Billy.

Er befolgte die Anweisungen des alten Mannes, und kurz darauf saß er in einem großen, bequemen Sessel und genoss seinen ersten Kakao sehr.

Der alte Mann schlürfte ein paarmal laut und sagte dann: „Nun, Billy, du fragst dich sicher, wer ich bin. Ich bin Mr Bloor der Allerälteste. Haha!"

Wieder das ungesund klingende Keckern. „Aber ich heiße auch Ezekiel. Du darfst mich Mr Ezekiel nennen."

„Danke", sagte Billy.

„Fein! Fein! Also, Billy, du hast ein Problem, nicht wahr? Du bist noch nicht adoptiert worden, stimmt's? Und das ist doch jammerschade, oder? Möchtest du nicht gern adoptiert werden, Billy? Möchtest du nicht gern nette, freundliche, fröhliche Eltern haben?"

Billy richtete sich auf. „Doch!", rief er aus.

Da war ein kurzes, böses Flackern in den bodenlosen Augen.

„Dann sollst du sie bekommen, Billy. Ich habe genau die richtigen Eltern für dich. Es sind wunderbare Menschen und sie möchten dich unbedingt haben."

„Wirklich?" Billy konnte es kaum glauben. „Aber woher kennen sie mich denn?"

„Wir haben ihnen alles über dich erzählt. Sie wissen, wie gescheit du bist und was für ein braver Junge du bist, und sie haben dein Schulfoto gesehen."

„Dann wissen sie, dass ich ..." Billy fasste an sein weißes Haar.

Mr Ezekiel lächelte wieder sein finsteres Lächeln. „Sie wissen, dass du ein Albino bist, ja, und es macht ihnen überhaupt nichts aus."

„Oh." Billy war ganz schwindlig vor Aufregung. Er nahm einen großen Schluck von dem dicken, süßen Kakao, um seine Nerven zu beruhigen.

Mr Ezekiel sah ihn jetzt eindringlich an. „Wenn wir diese Adoption für dich in die Wege leiten, Billy, erwarten wir aber, dass du auch etwas für uns tust."

„Verstehe", sagte Billy unsicher.

„Du hast doch einen neuen Freund gefunden, nicht wahr? Einen Jungen namens Charlie Bone?"

Der Ton des alten Mannes war nett und sanft, und Billy war beruhigt. „Ja", sagte er.

„Ich will, dass du mir ganz genau berichtest, was er tut; wo er hingeht, mit wem er spricht und vor allem was er sagt. Meinst du, das kannst du?" Der alte Mann beugte sich vor und durchbohrte Billy mit seinen unheimlichen schwarzen Augen.

„Ja", flüsterte Billy. „Am nächsten Wochenende gehe ich mit zu ihm, wenn ich die Erlaubnis kriege."

„Die wirst du kriegen, Billy. Das wäre perfekt. Und jetzt kannst du mir erst mal erzählen, was du bisher mitbekommen hast."

Das Ziel seiner Träume vor Augen, für immer bei wunderbaren, netten Eltern zu leben, erzählte Billy dem unheimlichen alten Mann bereitwillig, was dieser wissen wollte. Er dachte nicht, dass es Charlie schaden könnte, und gestand sogar, selbst mit im Da-Vinci-Turm gewesen zu sein und Dr. Bloor belauscht zu haben.

Als Mr Ezekiel das hörte, runzelte er die Stirn und fluchte leise. Doch dann machte er rasch wieder ein freundlich-interessiertes Gesicht, während Billy alles weitergab, woran er sich erinnern konnte. Eine Sache jedoch erfuhr Mr Ezekiel nicht von Billy. Er konnte ihm nicht erzählen, dass Charlie wusste, dass sein Vater noch lebte. Weil Billy nämlich schon geschlafen hatte, als Gabriel Silk sich den blauen Seidenschlips umgelegt hatte.

„Danke, Billy“, sagte Mr Ezekiel, als Billy fertig war. „Du darfst jetzt gehen. Der Hund wird dich in deinen Schlafsaal zurückbringen. Aufstehen, Percy!“

Benedikt plinkerte und erhob sich.

Billy glitt aus dem bequemen Sessel und stellte seinen leeren Becher auf den Tisch. „Wann kann ich meine neuen Eltern sehen, Sir?“, fragte er.

„Alles zu seiner Zeit.“ In der Stimme des alten Mannes war jetzt keine Spur von Wärme mehr. „Zuerst musst du deinen Teil der Abmachung einhalten.“

„Ja, Sir.“ Den schnaufenden Benedikt neben sich, ging Billy zur Tür, wo er sich noch einmal umdrehte und sagte: „Gute Nacht, Sir. Wann soll ich …“

„Percy wird dich herbringen.“ Mr Ezekiel wedelte ihn ungeduldig hinaus.

Als der alte Mann allein war, zeigte er mit dem verkrümmten Finger auf das Milchtöpfchen. Langsam erhob sich der Topf in die Luft und schwebte, auf einen Wink des alten Mannes, behutsam zu seinem leeren Becher.

„Gießen", sagte Mr Ezekiel.

Der Topf neigte sich und goss ein paar Tropfen Milch in den Becher, aber der Rest rann auf das karierte Umschlagtuch des alten Mannes.

„Idiot!", brüllte Mr Ezekiel. „Lernst du's denn nie?"

Benedikt schien von der Hitze im Zimmer erschöpft. Er brauchte eine ganze Weile bis zum Schlafsaal, und in der Zwischenzeit hatte Billys Taschenlampe ihren Geist ganz aufgegeben, sodass er die Hand auf den Kopf des alten Hundes legen musste. Benedikt fand den Weg auch bei völliger Dunkelheit und blieb nur einmal stehen, um zu sagen: „Ohrenweh. Nicht anfassen."

„Entschuldige", sagte Billy.

„Benedikt braucht Tropfen", murmelte der Hund. „Billy besorgt welche?"

Billy hatte keine Ahnung, wie er das machen sollte. „Ich werd's versuchen", sagte er.

Beim Schlafsaal angelangt, sahen sie die Köchin nervös vor der Tür auf und ab gehen. Sie war eine kleine, rundliche Person mit dunklem, schon leicht angegrautem Haar und sehr rosigen Wangen. Genau, wie man sich eine Köchin vorstellt.

„Ich habe den verflixten Hund schon überall gesucht", sagte die Köchin. „Er muss seine Medizin kriegen."

„Er sagt, er braucht Tropfen gegen Ohrenschmerzen“, erklärte ihr Billy.

„Ach?“ Die Köchin wusste über Billys Verhältnis zu Benedikt Bescheid.

„Er braucht Tropfen für und gegen alles, was? Wo warst du denn, Jungchen?“

„Bei dem alten Mann.“

„Armes Kerlchen.“ Die Köchin seufzte mitleidig. „Wenn ich du wäre, würde ich schnell wieder ins Bett hüpfen.“

Billy sagte der Köchin und Benedikt Gute Nacht und ging ins Bett. Er lag noch lange wach und versuchte sich seine neuen Eltern vorzustellen.

Der singende Ritter

Es war einfach toll, am Sonntagmorgen aufzustehen und zu wissen, dass Grandma Bone noch eine ganze Weile schlafen würde. Charlie sprang aus dem Bett und ging nach unten, um mit seiner Mutter und Maisie ein riesiges Frühstück zu verdrücken.

„In letzter Zeit gab's wohl öfter scheußliches Frühstück, was, Charlie-Schatz?", sagte Maisie.

„Fünfmal", stöhnte Charlie. Er erklärte, er wolle einen Teil des Tages mit Benjamin verbringen, werde dafür aber sein Frühstücksgeschirr abwaschen.

Aber davon wollte seine Mutter nichts hören. „Geh nur und amüsier dich, solange du kannst", scheuchte sie ihn fröhlich hinaus.

Benjamin wirkte beunruhigt, als er Charlie einließ. „Meine Eltern haben mir einen Brief geschrieben."

„Ich dachte, die wohnen hier", sagte Charlie.

„Schon, aber sie müssen heute ganz früh weggegangen sein. Ich erinnere mich dunkel, dass Mum reingekommen ist, als es noch finster war, und mir einen Kuss gegeben hat. Beim Aufwachen hab ich dann den Brief auf meinem Kopfkissen gefunden." Benjamin führte Charlie in die Küche, wo Runnerbean gerade seine letzten Cornflakes vertilgte.

„Kann ich mal lesen?“, fragte Charlie.

Benjamin gab ihm den Brief. Er war wohl in ziemlicher Eile geschrieben worden, denn die Schrift schwang sich in rasanten Wellen und Schlaufen.

Lieber Benjamin,

wie du ja weißt, sind wir Privatdetektive. Die letzte Zeit haben wir beide gemeinsam an einem Fall gearbeitet. Dem Fall des verschwundenen Fensterputzers. Das war sehr zeitaufwändig und anstrengend, und es tut uns Leid, lieber Benjamin, dass wir dich so oft allein lassen mussten. Wir werden es wieder gutmachen, wenn wir zurück sind.

Womit wir beim Anlass für diesen Brief wären. Der rätselhafte Fall des verschwundenen Fensterputzers hat soeben eine aufregende Wendung genommen. Wir haben Hinweise bekommen, dass er wahrscheinlich in einer schottischen Höhle gefangen sitzt. Also fahren wir jetzt sofort dort hinauf, ehe er wieder verschwindet.

Pass auf dich auf, Benjamin.

Alles Liebe von Mum und Dad

PS: Eine nette Dame vom sozialen Dienst wird nach dir gucken, bis wir wieder da sind.

„Das mit der netten Dame gefällt mir gar nicht“, sagte Charlie, als er zu Ende gelesen hatte. „Erwachsene haben manchmal ganz merkwürdige Vorstellungen von ‚nett‘.“

„Solange sie gut zu Runnerbean ist, soll mir's egal sein", sagte Benjamin.

Die beiden Jungen beschlossen, jetzt gleich zur Buchhandlung Ingledew zu gehen. Benjamin hatte die Kassette vorsichtshalber zweimal kopiert, für den Fall, dass Manfred auftauchte und sie durchsuchte oder etwas ähnlich Schreckliches passierte. Außerdem hatte er einen großen Koffer in den Keller hinuntergeschubst und eine Decke darauf fallen lassen, um jeden, der nach Dr. Tollys Kasten suchte, erst mal in die Irre zu führen.

„Du warst ja ganz schön aktiv", sagte Charlie bewundernd.

Angeführt von Runnerbean, machten sie sich auf den Weg zur Buchhandlung. Da Sonntag war, fanden sie den Laden natürlich geschlossen, aber nach mehrmaligem Klopfen und Rufen öffnete ihnen Miss Ingledew. Sie trug einen langen grünen Morgenrock und wirkte ziemlich schlecht gelaunt.

„Was wollt ihr?", fragte sie. „Herrgott, es ist Sonntagmorgen."

„Tut mir Leid, Miss Ingledew", sagte Charlie. Dann erzählte er ihr von der Bandaufnahme, die sie in dem Metallhund gefunden hatten. „Die war für Sie gedacht", sagte er, „also haben wir sie hergebracht. Da erfahren Sie alles über Ihre Nichte. Sie ist im Bloor, und wir glauben zu wissen, wie man sie aufwecken kann."

„Aufwecken? Wovon redet ihr? Ihr kommt wohl besser mal herein, alle beide." Sie sah Runnerbean misstrauisch an. „Er frisst doch keine Bücher, oder?"

„Nie", versicherte Benjamin.

Sie folgten Miss Ingledew durch die Vorhangtür in das gemütliche Wohnzimmer mit den vielen Büchern. Runnerbean bewegte sich sehr vorsichtig, um keinen der Büchertürme umzustoßen, die auf dem Fußboden verteilt waren.

Miss Ingledew legte die Kassette in einen ziemlich verstaubten Rekorder ein und bedeutete den Jungen, Platz zu nehmen. Sie quetschten sich gemeinsam in den einzigen freien Sessel – alle anderen waren voller Bücher und Papiere –, während Miss Ingledew sich auf die Schreibtischkante setzte.

Sie drückte die Abspieltaste und Dr. Tollys Stimme ertönte.

Die Jungen beobachteten Miss Ingledew genau. Sie schüttelte beim Zuhören gelegentlich den Kopf und wischte sich mehrmals die Augen. Ab und zu rief sie, „Oh, nein!", und als die Aufnahme dann schließlich zu Ende war, murmelte sie: „Ich erinnere mich noch genau an diesen Tag. Da passierte so etwas Seltsames – ich hätte es mir gleich zusammenreimen können."

„Was passierte denn Seltsames?", fragte Charlie.

„Katzen", sagte Miss Ingledew.

„Katzen?" Charlie setzte sich auf.

„Ich weiß nicht, wo sie herkamen, aber an dem Tag, an dem uns die kleine Emma verlassen sollte, tauchten sie plötzlich in meiner Küche auf. Sie verursachten ein Feuer, indem sie ein Geschirrhandtuch so herunterrissen, dass es genau in die Gasflamme fiel. Es dauerte eine ganze Weile, die Flammen zu löschen. Die Katzen hatten leuchtende Farben – Rot, Orange und Gelb – und umkreisten das Baby, als ob sie es beschützen wollten. Sie verpassten Dr. Tolly einen hässlichen Kratzer im Gesicht, als er die Kleine schließlich hochnahm."

„Eine von ihnen ist auf dem Foto", sagte Charlie.

„Kein Wunder", sagte Miss Ingledew. „Sie waren überall. Aber als Emma weg war, verschwanden sie plötzlich." Sie rieb sich die Stirn. „Die arme kleine Emma schläft also. Das ist alles so unglaublich!"

„Sie ist hypnotisiert worden", korrigierte Charlie. „Das hat Manfred mit mir auch gemacht. Nur dass er sie viel schlimmer hypnotisiert hat. Aber die Wirkung lässt schon nach, Miss Ingledew. Ich hab die Bloors über Ihre Nichte reden hören, und Manfred hat gesagt, er hat die Nase voll, weil er sie die ganze Zeit ‚druntenhalten' muss. Also kann es nicht so schwer sein, sie aufzuwecken, und wir glauben, dass wir das Mittel dazu haben."

„Aber wo ist sie, Charlie?"

„Wir glauben, es ist ein Mädchen namens Emilia Moon", sagte Charlie. „Sie hat blondes Haar und sehr blaue Augen und wirkt immer, als ob sie träumt. Sie sagt nicht viel, aber sie ist sehr gut im Zeichnen."

„Nancy", murmelte Miss Ingledew. „Das klingt haargenau nach meiner Schwester Nancy. Ach, wenn ich sie doch sehen könnte."

„Überlassen Sie das uns, Miss Ingledew", sagte Charlie und sprang auf. „Wir finden schon einen Weg, sie aufzuwecken, und dann kann sie hierher kommen und bei Ihnen wohnen."

Miss Ingledew sah ihn verblüfft an. „Meinst du, das ginge? Vielleicht ist sie ja glücklich da, wo sie ist. Bei diesen Moons."

„Sie sieht aber nicht gerade glücklich aus", sagte Charlie. „Wahrscheinlich weiß sie nicht mal, dass sie fliegen kann."

„Ich halte es für sehr unwahrscheinlich, dass Emma fliegen kann. Jedenfalls hat Dr. Tolly nie etwas davon gesagt." Miss Ingledew schwang sich vom Schreibtisch. „Ich weiß gar nicht, wie ich dir danken soll, Charlie, und dir auch, Benjamin. Ihr habt mir wieder Hoffnung gegeben. Gebt mir Bescheid, wenn ihr mich braucht, ja?"

„Klar doch", sagte Charlie. Er hatte gerade einen winzigen Glassplitter in ihrem Haar glitzern sehen und fragte sich, wie er das unselige Thema der zerborstenen Glühbirnen ansprechen sollte. Er musste es tun, für seinen Onkel. Aber Runnerbean bellte aufgeregt, und sie waren schon durch den Vorhang und auf dem Weg zur Ladentür.

Charlie blieb abrupt stehen und räusperte sich. „Wegen meinem Onkel, Miss Ingledew."

Sie wurde ganz rot. „*Darüber* möchte ich nicht reden", sagte sie.

„Aber es war ein Unfall."

„Unfall? Es war schrecklich peinlich."

„Ich meine die Glühbirnen, Miss Ingledew. Mein Onkel konnte nicht anders."

„Glühbirnen?" Sie verstand gar nichts. „Dein Onkel ist einfach gegangen. Na ja, weggerannt, genauer gesagt. Die Leute mussten ja denken, ich bin ein Ungeheuer."

„Kein bisschen. Ganz im Gegenteil. Es ist passiert, weil er Sie so schön fand."

Als er Miss Ingledews verwirrte Miene sah, legte Charlie einfach los und erzählte ihr kurzerhand von der seltsamen Gabe seines Onkels.

Sie starrte Charlie groß an, erst ungläubig, dann schockiert und schließlich irgendwie alarmiert. „Verstehe", sagte sie. „Wie ungewöhnlich."

„Er würde Sie wirklich gern wiedersehen", fuhr Charlie fort.

„Hm", sagte Miss Ingledew. „Im Moment bin ich ziemlich müde, Jungs." Sie öffnete die Tür und die Jungen traten folgsam hinaus. Hinter ihnen wurde die Tür sehr resolut geschlossen.

„Ich wusste gar nicht, dass dein Onkel so was kann", staunte Benjamin.

„Sag's keinem", bat Charlie. „Ich hätte es Miss Ingledew vielleicht nicht erzählen sollen, aber Onkel Paton will sie unbedingt wiedersehen, und da hab ich mir gedacht, ich sag am besten die Wahrheit."

„Wenn du mich fragst, hat es sie abgeschreckt", sagte Benjamin fröhlich. „Jetzt gehen wir zu Fidelio. Komm. Ich hab eine Skizze, wo er wohnt."

Benjamin und Runnerbean trabten munter los, während Charlie zerknirscht hinterher zockelte. Anscheinend hatte er für seinen Onkel alles nur noch schlimmer gemacht.

Fidelios Haus war nicht zu übersehen oder besser gesagt nicht zu überhören. Es war ein großes, altes Haus, das glücklicherweise ganz allein auf einem kopfsteingepflasterten Platz stand. Das einzig Gartenähnliche war ein schütterer Rasen, der sich hinter einem Mäuerchen um das Haus herum zog. Als sich Charlie und Benjamin dem Haus näherten, war der Lärm, der von drinnen kam, so gewaltig, dass die eichenen Stützpfeiler der Veranda zitterten und zwei Dachziegel herabsausten und auf dem backsteingepflasterten Fußweg zerschellten.

Der Lärm bestand aus dem Klang einer Vielzahl von Instrumenten: Geigen, Celli, eine Flöte, eine Harfe und ein Klavier waren da zu hören. Ein Messingschild an der Tür verkündete, das dies die Gunn Villa sei. Eine Villa stellte man sich doch eigentlich ruhiger vor, dachten sie, als ein Trommelwirbel aus einem Erdgeschossfenster dröhnte.

Charlie fragte sich, wie die Leute dort drinnen jemals die Türklingel hörten. Er sollte es gleich herausfinden. Als er auf den Klingelknopf drückte, donnerte eine tiefe Tonbandstimme: „HAUSTÜR! HAUSTÜR! HAUSTÜR!“

Die beiden Jungen fuhren zurück und Runnerbean jaulte erschrocken auf. Sekunden später öffnete Fidelio die Tür, und Charlie und Benjamin betraten eine Art musikalischen Bienenkorb. Kinder flitzten treppauf, treppab, zu Türen hinein und heraus, beladen mit Notenblättern und verschiedensten Instrumenten.

„Sind das ... ich meine, gehören die alle zu deiner Familie?“, fragte Charlie verblüfft.

„Die meisten“, sagte Fidelio. „Wir sind zehn, Mum und Dad mitgerechnet. Aber da sind auch noch ein paar von unseren Musikerfreunden. Mein ältester Bruder Felix gründet gerade eine Rockband.“

Ein hünenhafter, bärtiger Mann ging durch den oberen Flur und Fidelio rief hinauf: „Das ist Benjamin und das ist Charlie, Dad!“

Mr Gunn strahlte auf sie herab und schmetterte: „Charlie und Benjami-i-n ist die Störung schon verziehn, müssen nicht gleich wieder fliehn.“ Er lachte schallend und verschwand in einem Zimmer, aus dem laute Geigenklänge kamen.

„Tut mir Leid“, sagte Fidelio. „Dad muss aus allem ein Lied machen. Ich hab den Kasten in einen Speicherraum ganz oben gebracht. Kommt mit.“

Er führte seine Freunde und den zitternden Runnerbean die Treppe hinauf und an Türen vorbei, die von Schall vibrierten. Vor dem Raum der Rockband begann Runnerbean so jämmerlich zu jaulen, dass ihm Benjamin die Ohren zuhalten musste.

Sooft sie einem Kind begegneten, das die gleichen Sommersprossen und das gleiche glänzend braune Haar wie er hatte, sagte Fidelio: „Das ist Benjamin, das ist Charlie.“ Und die beiden Jungen ernteten ein strahlendes Lächeln und ein „Tag!“ oder „Hallo!“ oder manchmal auch ein „Ey, alles klar, Kumpel?“.

Schließlich gelangten sie zu einer Tür ganz oben unterm Dach, und Fidelio führte sie in einen Raum, der mit Instrumentenkästen jeder Art und Größe voll gestopft war. „Unser Instrumentenfriedhof“, sagte Fidelio. „Hier lagern wir alles, was kaputt ist und eines Tages vielleicht mal repariert werden könnte.“ Er zog einen Xylofonkasten ans Licht, öffnete ihn und hievte Dr. Tollys Metallkasten heraus.

„Sollen wir ihn aufmachen?", fragte er, nachdem er den Kasten auf den Fußboden gestellt hatte.

Plötzlich war Charlie sich nicht mehr sicher. Er konnte es nicht erwarten, herauszufinden, was in dem Kasten war, aber gleichzeitig hatte er auch ein bisschen Angst. Onkel Paton hatte gemeint, er sollte wohl besser dabei sein, für den Fall, dass irgendetwas schief ging. Aber was konnte in einem so netten, lauten Haus schon schief gehen? Niemand würde die Geräusche hören, die Dr. Tolly arrangiert hatte, und wenn doch, würde sich niemand etwas dabei denken.

„Okay", sagte Charlie.

„Mach du's, Charlie", bat Benjamin.

Charlie trat vor und kniete sich neben den Kasten. Er konnte die Buchstaben jetzt ganz deutlich erkennen: Tolly Schlag-Zwölf. Er berührte das T, fest, aber sorgfältig. Dann das o und jetzt konnte er sich kaum noch bremsen. Es war wirklich ganz leicht. Er drückte nacheinander auf alle Buchstaben, und als er beim letzten, dem f war, hörte man aus dem Kasten ein leises Klopfen.

Charlie erhob sich schnell und trat ein paar Schritte zurück.

Mit einem lauten Knacken schwang der Deckel auf und eine Gestalt erhob sich langsam aus dem Kasten.

Es war ganz und gar nicht das, was Charlie erwartet hatte. Er hatte sich Dr. Tollys Vorfahren als einen alten Mann in samtenen Gewändern vorgestellt. Aber die Figur, die sich da aus dem Kasten erhob, war ein Ritter. Er steckte in einem schimmernden Kettenpanzer und auf dem Kopf trug er einen Helm. Er hatte eine kleine Gesichtsöffnung, durch die man aber nur die Augen und die Nase sah. Es war ein unheimlicher, Furcht einflößender Anblick, diese lange, glänzende Gestalt, die sich wie eine schnell wachsende Blume entfaltete. Das Schrecklichste von allem aber war das funkelnde Schwert, das der Ritter in der rechten Hand hielt.

Als die Figur ihre volle Größe erreicht hatte, hob sie plötzlich das Schwert, und drei Jungen und ein Hund schraken schreiend und kläffend zurück. Und waren dann plötzlich mucksmäuschenstill, weil irgendwo im Inneren des Ritters eine Glocke zu schlagen begann. Eins, zwei, drei ... und immer weiter, und während die Glocke noch schlug, stimmte ein Chor von tiefen Männerstimmen einen altertümlich klingenden Gesang an.

„Das ist Latein", wisperte Fidelio. „Das hab ich schon mal in der Kathedrale gehört."

Plötzlich begriff Charlie, was Dr. Tolly da gemacht hatte. Er hatte die Geräusche benutzt, die seine kleine Emma in dem Moment umgeben hatten, als sie hypnotisiert – oder verzaubert – worden war. Dr. Tolly hatte geglaubt, dass diese Klänge seine Tochter aufwecken könnten und dass Emma, selbst wenn sie sich nicht mehr daran erinnern konnte, wer sie war, doch wenigstens merken würde, dass irgendetwas mit ihr passiert war.

Die Glocke im Inneren des Ritters schlug jetzt zum zwölften Mal. Der Ritter ließ das Schwert sinken und glitt langsam wieder in seinen Kasten zurück. Es war ein seltsamer Anblick, wie er erschlaffte, den Kopf hängen ließ und in sich zusammensank, bis er wieder in seinem mit Seide ausgeschlagenen Bett lag, das jetzt nicht mehr größer als sein glänzendes Schwert war.

„Wow!", hauchte Benjamin.

„Wahnsinn!", sagte Fidelio.

„Ob das Emma wohl wirklich aufweckt?", murmelte Charlie.

Fidelio schüttelte immer noch ungläubig den Kopf. „Wie hat er das gemacht? Woraus ist das Ding?"

„Das Gesicht sieht richtig echt aus", sagte Benjamin. „Die Augen glänzen so."

„Glas", vermutete Charlie. „Und der Rest ist einfach irgendein Kunststoffzeug." Er dachte an all die seltsamen Metallteile in Dr. Bloors Werkstatt. „Ich schätze, Dr. Tolly hat die Bloors jahrelang an der Nase herumgeführt. Hat ihnen Roboter und Metallfiguren und verkleidete Skelette geschickt und so getan, als steckte darin das Geheimnis, das Emilia aufwecken würde. Nur um sie sich vom Hals zu halten. Aber am Ende haben sie ihn gekriegt."

„Ihn schon, aber Schlag-Zwölf nicht", sagte Benjamin.

Charlie schloss den Kasten. „Meinst du, hier ist er bis zum nächsten Wochenende sicher?", fragte er Fidelio.

„Klar. Aber wir brauchen ein Mädchen, das uns hilft, Emilia hierher zu kriegen."

„Kein Problem", sagte Charlie. „Olivia Vertigo steht auf so was."

Die drei machten sich wieder an den Abstieg durch das musikalische Haus, und diesmal trafen sie Mrs Gunn, die die gleichen Sommersprossen und glänzend braunen Haare hatte wie all ihre Kinder. Sie schleppte gerade einen Kontrabass durch den Flur, nahm sich aber die Zeit, im Vorbeigehen jedem der Jungen freundlich den Kopf zu tätscheln.

Von der Gunn-Villa marschierten Benjamin und Charlie zur Filbert Street Nummer neun, wo Maisie ihnen ein tolles Mittagessen versprochen hatte.

Bald schon stärkten sich die beiden mit Brathuhn, Kartoffeln, Pastinaken und noch ein paar ausgefallenen Gemüsesorten von Mrs Bones Gemüsehändler. Es gab drei Sorten Nachtisch und die Jungen aßen alle drei: Eis, Biskuitdessert und Mangostreuselkuchen.

Onkel Paton rief herunter, er habe keinen Hunger, also bekam Runnerbean seine Portion. Maisie überlegte, ob sie Grandma Bone etwas von dem Essen aufheben sollte. Es sehe ihr gar nicht ähnlich, so lange im Bett zu bleiben, wunderte sich Maisie. Charlie grinste leise. „Gib doch den Rest auch noch Runnerbean. Der hat bestimmt mehr Hunger als Grandma Bone."

„Gute Idee", meinte Maisie, und Runnerbean verputzte frohgemut sein zweites Mittagessen.

Benjamin blieb auch noch zum Tee. Da wachte Grandma Bone schließlich auf. In einem grauen Morgenrock kam sie die Treppe heruntergewankt. „Was ist los?", blaffte sie. „Es ist schon vier Uhr. Warum hat mich keiner geweckt?"

„Du warst müde, Grizelda", sagte Maisie. „Da wollten wir dich nicht stören."

„Müde? Ich? Ich bin niemals müde", knurrte Grandma Bone.

Benjamin und Charlie entflohen in den Garten, wo sie Runnerbeans Lieblingsspiele spielten. Eine Weile war alles wie an jedem Wochenende, als hätte sich nichts geändert, seit sie sich mit fünf zum ersten Mal begegnet waren. Damals war ihnen Runnerbean viel größer vorgekommen.

Aber natürlich hatte sich alles geändert. Morgen musste Charlie wieder zurück ins Bloor und heute Abend würde eine fremde Frau kommen, um sich um Benjamin zu kümmern.

„Soll ich mitkommen?“, fragte Charlie, als sein Freund meinte, dass es jetzt wohl Zeit sei, nach Hause zu gehen.

Benjamin schüttelte den Kopf. „Ist schon okay“, sagte er. „Ich hab ja Runner.“

„Hör mal, wenn irgendwas ist, während ich weg bin, ich meine, wenn du Hilfe brauchst, geh zu meinem Onkel Paton. Der ist nicht wie die anderen Darkwoods. Er ist auf meiner Seite.“

„Okay“, sagte Benjamin.

Während Charlie Benjamin und Runnerbean hinterherguckte, hatte er so ein komisches Gefühl in der Magengegend. Irgendetwas stimmte nicht, aber er wusste nicht was.

Benjamin stieg die Eingangstreppe hinauf, schloss die Tür auf und verschwand in Nummer zwölf. Charlie starrte auf die geschlossene Haustür und bereute, dass er seinen Freund nicht begleitet hatte. Aber dann schob er Benjamin erst mal beiseite, weil er seiner Mutter etwas zu erzählen hatte.

Er fand sie allein in ihrem winzigen Zimmer ganz hinten. Offenbar hatte sie sich hierher verzogen, um Grandma Bones Gekeife zu entgehen. Sie patschte auffordernd aufs

Bett, und Charlie setzte sich zwischen die Haufen von Kleidungsstücken, die sie zum Flicken herausgelegt hatte. Er wartete, bis seine Mutter in ihrem Lieblingssessel saß – dem einzigen Stück, das sie aus ihrem alten Haus hatte mitnehmen können – und erzählte ihr dann von Dr. Tollys seltsamer Botschaft.

Mrs Bones verblüffte Miene wurde traurig, als ihr Charlie die Sache mit Emma Tolly erklärte. Er hätte seine Mutter gern mit der Nachricht aufgemuntert, dass sein Vater noch am Leben war, aber er hatte ja noch keinen Beweis. Manchmal dachte er, dass ein bisschen von dem Hypnosezauber, mit dem sein Vater bestraft worden war, auch auf seine Mutter übergegriffen hatte. Sie war so still und in sich zurückgezogen.

Eines Tages würde er seinen Vater finden und retten. Aber zuerst galt es Emma Tolly zu befreien, und das war etwas, was Charlie *sofort* in Angriff nehmen konnte. Diese Woche würde er Manfred keinen Vorwand liefern, ihm Arrest zu geben. Er würde in Deckung bleiben wie Onkel Paton, und am Samstag würden sie einen Weg finden, Emilia Moon in die Gunn-Villa zu lotsen.

Als er aus dem Zimmer seiner Mutter schlüpfte, sah sie auf und sagte: „Bitte sei vorsichtig, Charlie. Tu nichts ... Gefährliches."

Charlie grinste und schüttelte den Kopf, versprach aber nichts.

Es gibt Krieg

Wenn Charlie mit zu Benjamin gegangen wäre, hätte er das, was in jener Nacht geschah, vielleicht verhindern können. Aber wer weiß das schon? Schließlich waren die Darkwoods eine mächtige Familie.

Als Benjamin und sein Hund die Eingangstreppe hinaufstiegen, winselte Runnerbean ängstlich und Benjamin fragte sich, was das wohl für eine „nette“ Dame war, die seine Eltern herbestellt hatten, damit sie sich um ihn kümmerte.

Sie traten gemeinsam in die Diele. Am Fuß der Treppe stand ein schicker schwarzer Koffer, aber von einer Dame keine Spur.

„Hallo!“, rief Benjamin zaghaft.

Jemand kam aus der Küche. Eine große Person, ganz in Schwarz, mit grauem, hochgestecktem Haar und dicken, baumelnden Perlohrringen. Sie hatte keine roten Stiefel an, aber Benjamin ahnte trotzdem, wer sie war. Oder vielmehr, er ahnte, dass sie mit der Frau mit den roten Stiefeln verwandt war.

„Sind Sie …?“ Er wusste nicht, wie er die Frage zu Ende führen sollte.

„Ich bin deine Betreuerin, Kleiner“, sagte sie.

„Aber sind Sie nicht ...?“

„Doch, ich bin eine von Charlies Großtanten. Das gibt dem Ganzen doch fast schon etwas Familiäres, oder? Du darfst Tante Eustacia zu mir sagen.“

„Danke“, sagte Benjamin nervös. „Haben meine Eltern Sie wirklich herbestellt?“

„Natürlich.“ Ihr Ton war jetzt ein wenig ungeduldig. „Warum wäre ich sonst hier?“

„Es ist eben einfach ein bisschen komisch“, sagte Benjamin.

Tante Eustacia überhörte es. „Komm jetzt zu Abend essen“, sagte sie. „Ich habe dir eine schöne, heiße Brühe gemacht.“

Benjamin folgte ihr in die Küche und zog sich einen Stuhl an den Küchentisch. Runnerbean gab einen kleinen Grunzlaut von sich und setzte sich neben ihn.

„Hunde gehören nicht in die Küche“, nörgelte Tante Eustacia. Sie goss etwas dampfende braune Flüssigkeit in ein Schälchen und stellte es vor Benjamin hin. „Ksch!“, zischte sie Runnerbean an. „Raus hier!“

Runnerbean knurrte und fletschte die Zähne.

Tante Eustacia wich einen Schritt zurück. „Was für ein grässlicher Hund. Benjamin, schaff ihn sofort aus der Küche.“

„Kann ich nicht“, entgegnete Benjamin. „Er isst am liebsten, wenn ich esse.“

„Papperlapapp!“ Tante Eustacia riss die Küchenschränke auf, fand eine Dose Hundefutter, löffelte etwas davon in einen Napf mit der Aufschrift WAUWAU und stellte sie in den Gang hinaus. „Los!“, kommandierte sie und drohte Runnerbean mit dem Finger. „Fressen!“ Sie zeigte auf die Schüssel im Gang.

Der Hund verdrehte die Augen und rückte näher an Benjamin heran.

Benjamin befand, dass er sich besser nicht jetzt schon mit Tante Eustacia stritt. Also beugte er sich zu Runnerbean hinunter und sagte: „Geh fressen, Runner. Ist schon okay.“

Runnerbean grunzte und tappte hinaus in den Flur, wo man ihn das Hundefutter aufschlabbern hörte. Benjamin hätte auch lieber Hundefutter gegessen. Das war bestimmt schmackhafter als diese braune Brühe, die sie ihm vorgesetzt hatte.

Als Benjamin das eklige Zeug schließlich hinuntergewürgt hatte, wurde er ins Bett geschickt.

„Morgen ist Schule“, erklärte Tante Eustacia. „Da gehst du besser zeitig schlafen.“

„Schlafen Sie auch hier?“, fragte Benjamin.

„Natürlich“, sagte die Frau grimmig. „Ich soll doch auf dich aufpassen.“

Benjamin fiel wieder ein, dass er ja so tun musste, als sei Schlag-Zwölf noch im Haus. „Du bleibst heute Nacht hier unten“, erklärte er Runnerbean. Er holte den Hundekorb und stellte ihn neben die Kellertür.

Runnerbean guckte verdutzt, stieg aber gehorsam in seinen Korb.

Benjamin ging ins Bett, lag aber noch wach und wartete, dass Tante Eustacia heraufkam. Als er sich sicher war, dass sie endlich im Bett lag, schlich er nach unten zum Telefon in der Diele und wählte Charlies Nummer.

„Hallo!“, ertönte Maisies fröhliche Stimme.

„Hier ist ...“ Weiter kam Benjamin nicht, denn eine dunkle Gestalt war am oberen Ende der Treppe aufgetaucht.

„Was machst du da?“, zischte Tante Eustacia.

Am anderen Ende der Leitung hörte man Maisie fragen: „Hallo! Hallo! Wer ist da?“

„Sofort auflegen“, kommandierte Tante Eustacia.

„Ich wollte doch nur meinen Freund anrufen“, stammelte Benjamin. In dem Moment begann Runnerbean zu bellen.

„Es ist gleich Mitternacht“, blaffte Tante Eustacia. „Marsch, ins Bett!“

„Ja“, sagte Benjamin kläglich. Er legte auf und trottete nach oben in sein Bett.

Am Montagmorgen musste Charlie früh aus dem Haus. Der Bloor-Bus hielt pünktlich um sieben Uhr fünfundvierzig am oberen Ende der Filbert Street; er brauchte noch eine Stunde, um die Musikschüler in verschiedenen Stadtteilen einzusammeln.

Also sah Charlie Benjamin nicht mehr und er bekam kaum mit, dass Maisie ihm hinterherrief: „Benjamin hat spät in der Nacht noch angerufen. Jedenfalls glaube ich, dass er es war, wegen des Gebells.“ Erst im Bus fielen Charlie Maisies Worte wieder ein, und er fragte sich, was Benjamin wohl gewollt hatte.

Als sich alle durch das Portal der Akademie drängten, traf er Fidelio, und sie machten aus, sich in der Pause zu treffen und mit Olivia Vertigo zu reden.

Charlie fühlte sich nicht mehr als Neuer. Diesmal wusste er schon ganz genau, wo was war. Seine Musikstunde bei Mr Paltry-Holzbläser verlief nicht allzu gut, aber immerhin schaffte er es, keinen Arrest zu kriegen, und in Englisch machte er sogar ein paar Sachen richtig.

In der Pause, im großen, nebligen Garten, erspähten Charlie und Fidelio Olivia, die gerade mit ein paar Mädchen redete. Sie sahen alle sehr dramatisch aus, mit weißen Gesichtern, gefährlich wirkenden Schuhen und gebleichten oder gefärbten Haaren. Olivias Haare waren heute indigoblau.

Als Charlie ihr winkte, kam sie zu ihm über den Rasen gestapft – in mächtigen Stiefeln mit dicken Sohlen und Metallkappen.

„Ich wette, wenn Manfred die sieht, musst du sie ausziehen", bemerkte Charlie.

„Ich werde mich bemühen, ihm aus dem Weg zu gehen", sagte Olivia. „Also, was gibt's?"

„Lasst uns ein Stück gehen", schlug Fidelio vor. „Damit wir nicht wie Verschwörer aussehen."

Während Olivia zwischen ihnen dahinstapfte, erzählten ihr die beiden Jungen abwechselnd, was übers Wochenende passiert war. Olivia war ganz aufgeregt. „Ihr braucht mich, um Emilia in die Gunn-Villa zu kriegen, oder?", fragte sie. „Mit einem von euch geht sie bestimmt nirgends hin."

„Du hast's erfasst!", sagte Charlie.

Er hatte bemerkt, dass ihnen Billy Raven in geringer Entfernung folgte, und fragte sich, ob er ihn einweihen sollte. Aber er entschied sich dagegen. Je weniger Leute vorerst das Geheimnis kannten, desto besser. Am nächsten Wochenende würde Billy mit zu ihm kommen. Dann würde er sowieso alles mitbekommen.

Olivia erklärte sich bereit, den Rest der Woche darauf zu verwenden, sich mit Emilia anzufreunden, um sie dann am Wochenende besuchen zu können.

„Leicht wird das bestimmt nicht", sagte Olivia. „Weil Emilia immer so weit weg ist – ihr wisst schon, was ich meine. Aber so ist man vermutlich, wenn man unter Hypnose steht."

Sie winkte und marschierte davon, um die letzten beiden Pausenminuten mit ihren Schauspielfreundinnen zu verbringen.

Gabriel Silk traf Charlie erst in der Cafeteria. Er kam an Charlies und Fidelios Tisch geeilt, wobei die Hälfte seines Wassers auf seinen Teller schwappte. „Tag! Kann ich irgendwas für euch tun?"

„Im Moment nicht, danke", sagte Charlie.

Gabriel wirkte ungewöhnlich fröhlich. Offenbar trug er lauter neue oder mit angenehmen Gefühlen durchtränkte Kleidungsstücke. Charlie dachte, dass es sehr nützlich sein konnte, Gabriel auf seiner Seite zu haben. Er fing schon an, die Leute danach einzuteilen, ob sie für oder gegen ihn waren. Er fragte sich, warum.

Manfred sah er erst beim Abendessen, aber zu seiner Erleichterung nahm der Oberaufsichtsschüler keinerlei Notiz von ihm. Asa hingegen warf ständig lauernde Blicke den langen Tisch entlang. Es gab dasselbe wie letzten Montag: Suppe, Spiegeleier mit Pommes und eine Birne.

„Das Essen ist praktisch jede Woche gleich“, sagte Fidelio. „Morgen gibt es Suppe, Würstchen, Kartoffelbrei, Kohl und einen Apfel.“

Charlie hätte liebend gern seine Gabe, Stimmen zu hören, dagegen eingetauscht, schlechtes Essen in gutes verwandeln zu können. Er schloss die Augen und tat so, als könnte er es. Er fand, dass das fade Ei tatsächlich schon besser schmeckte.

Jetzt, wo er den Weg zum Königszimmer kannte, war er als Erster dort. Fast jedenfalls. Zelda und Beth spielten irgendein Spiel. Sie ignorierten Charlie. Die dunkelhaarige Zelda hatte einen verächtlichen Zug um den Mund. Beth zupfte an ihrem hellen Krisselhaar. Sie saßen sich am Tisch gegenüber und starrten sich finster an. Ein hölzerner Stiftekasten mitten auf dem Tisch bewegte sich erst zur einen, dann zur anderen hin.

Charlie setzte sich auf einen der freien Plätze zwischen ihnen und knallte seine Bücher auf den Tisch.

„Sch-sch!“, zischte Zelda.

Der Stiftekasten schoss auf sie zu.

„Sorry“, sagte Charlie.

Der Stiftekasten verharrte erst unschlüssig und glitt dann auf Beth zu. Sie brummte, starrte ihn grimmig an und schickte ihn wieder in Richtung Zelda. Charlie begriff, dass sie beide dieselbe Gabe hatten: Gegenstände per Gedankenkraft zu bewegen.

Weitere Kinder tröpfelten jetzt ins Königszimmer und störten die Konzentration der beiden Mädchen. Tancred und Lysander kamen zusammen herein. Diesmal grinste Tancred Charlie an. Sein Haar wirkte elektrischer denn je, und Charlie bemerkte, dass es leise knisterte, als er es zurückzustreichen versuchte.

„Na, wie geht's, Charlie Bone?", fragte Lysander mit einem breiten Lächeln.

„Ganz okay, danke." Charlie lächelte zurück.

„Ruhe!", blaffte Zelda, während der Stiftekasten seitwärts ausbrach, vom Tisch flitschte und auf den Boden krachte.

„Komisches Spiel", sagte Lysander.

„Das ist kein Spiel!", fauchte Zelda und hob den Stiftekasten auf.

Charlie hatte diesmal einen Platz auf Manfreds Tischseite ergattert und brauchte daher keine Angst vor den schrecklichen Augen zu haben. Von hier aus hatte er den Roten König viel besser im Blick, und er ertappte sich alle paar Minuten dabei, wie er in das dunkle, geheimnisvolle Gesicht sah.

Es hatte eine seltsam beruhigende Wirkung auf ihn und irgendwie kamen ihm die Hausaufgaben heute plötzlich viel leichter vor als sonst. Er hatte sie sogar schon vor dem Klingeln fertig.

Fidelio und Charlie hatten abgemacht, im Schlafsaal unter keinen Umständen mehr über Schlag-Zwölf zu reden. Billy beobachtete Charlie aufmerksam und kurz vor dem Lichtausmachen kam er an Charlies Fußende.

„Ist es immer noch okay, dass ich am Wochenende mit zu dir komme?“, fragte Billy.

„Klar“, sagte Charlie. „Meine Mum freut sich.“

„Und ... wollt ihr dann irgendwas unternehmen, wegen Emilia Moon?“ Billy klang irgendwie seltsam.

Charlie zögerte. „Ist noch nicht sicher.“ Irgendetwas stimmte mit Billy nicht.

Billy kroch gerade wieder ins Bett, als eine Stimme „Licht aus“ blaffte. Eine große Hand schlängelte sich um den Türpfosten und knipste die Lampe aus. Zu wissen, wem die Hand gehörte, war auch nicht gerade beruhigend. Charlie sah im Geist Tante Lucretia durch die Gänge schleichen und an Türen horchen.

Ehe er schließlich wegdriftete, fiel ihm wieder ein, was Maisie gesagt hatte. „Benjamin hat spät in der Nacht noch angerufen. Jedenfalls glaube ich, dass er es war, wegen des Gebells.“ Warum hatte Benjamin so spät noch angerufen, und warum hatte er ihm nichts ausrichten lassen? Und warum hatte Runnerbean gebellt? Charlie schlief ein, ehe er das Rätsel lösen konnte.

Benjamin schlief noch nicht. Er hatte einen äußerst unangenehmen Tag hinter sich. Es war kalt und windig, und auf dem Heimweg von der Schule hatte er an all die leckeren, heißen Sachen gedacht, die er für sich und Runnerbean zubereiten würde: Würstchen, Pommes, Käsetoast, Hühnernuggets, gegrillte Bananen. „Mjam! Mjam!“, sagte er zu sich selbst. Er hatte es tatsächlich geschafft, Eustacia Darkwood zu vergessen.

Aber da war sie und fuhrwerkte in Benjamins Küche herum, als wäre sie dabei, ein Festmahl zuzubereiten und nicht ein mickriges Schälchen Brühe. Als Benjamin fragte, ob er ein Würstchen haben könne, sah sie ihn mit glasharten Augen an und sagte: „Warum? Es ist doch nicht Weihnachten."

Runnerbean sprang aus seinem Korb, bellte vor Freude und leckte jeden Quadratzentimeter Benjamin ab, den er erreichen konnte: Gesicht, Hände, Ohren und Hals.

„Dieser Hund hat sich den ganzen Tag nicht von der Stelle gerührt", brummte Eustacia. „Ich konnte nicht mal an den Besenschrank."

„Er ist eben ein richtig guter Wachhund", sagte Benjamin – Worte, die er noch bitter bereuen sollte.

Als Benjamin im Bett lag, hörte er Miss Darkwood in den unteren Räumen herumwandern. Was machte sie bloß? Sie hatte doch den ganzen Tag zum Herumschnüffeln gehabt. Er hatte das unheimliche Gefühl, dass da noch jemand im Haus war.

Irgendwann schließlich fielen Benjamin die Augen zu und er sank in einen unruhigen Schlaf.

Ein furchtbarer Lärm weckte ihn: ein Heulen und Quieken und Jaulen. Benjamin sprang aus dem Bett und lief zur Treppe.

„Runner?", rief er hinunter. „Bist du das?"

Die Antwort bestand in einem leisen Knurren, dann ohrenbetäubendem Heulen und Bellen. Irgendetwas fiel über Runnerbean her. Benjamin rannte hastig nach unten.

„Runner! Runner! Ich komme!", rief er.

Ein schreckliches Jaulen, dann das Knallen der Hintertür.

Benjamin rannte den Gang entlang auf die offene Tür zu. Er fiel beinahe über Runnerbeans reglosen Körper.

„Runner!“, rief Benjamin und kniete sich neben den zotteligen Kopf des Hundes.

Runnerbean gab ein jämmerliches Winseln von sich, und als Benjamin mit der Hand über das raue Fell strich, merkte er, dass es ganz verklebt war.

Das Flurlicht ging an und Tante Eustacia stapfte die Treppe herunter. „Was geht hier vor?“, herrschte sie Benjamin an.

„Mein Hund ist angefallen worden“, jammerte Benjamin. „Er ist ganz voller Blut.“

„Gottchengottchen, das ist ja eine schöne Schweinerei!“, verkündete Eustacia. „Wir rufen morgen Früh den Tierarzt an.“

„Ich kann ihn nicht einfach so liegen lassen“, sagte Benjamin. Er rannte in die Küche und kam mit einer Schüssel Wasser und ein paar alten Lappen zurück. Eustacia stand dabei und guckte zu, wie er Runnerbeans Fell säuberte und Desinfektionslösung auftupfte.

Runnerbeans Wunden sahen wie riesige Bissspuren aus. Aber was für ein Tier konnte ins Haus gelangt sein? Und warum?

Eustacia befahl Benjamin, wieder ins Bett zu gehen. Er weigerte sich. „Ich schlafe hier unten bei Runner.“ Er holte sich ein Kissen und eine Decke und lag die ganze Nacht neben dem verletzten Hund.

Im kalten Licht des Dienstagmorgens wirkte Runnerbean sehr schwach. Benjamin wollte nicht zur Schule gehen. „Er könnte sterben, während ich weg bin“, jammerte er.

„Unsinn.“ Miss Darkwood versuchte, Benjamin in sein Zimmer hinaufzuschleifen.

„Nein! Nein! Nein!“, schrie er.

Sie brachte seine Sachen nach unten und versuchte, ihn anzuziehen. Er wand sich und wehrte sich. Sie zog und zerrte an ihm herum.

„Hilfe!“, schrie Benjamin, ohne zu wissen, wen er zu Hilfe rief. Da fiel ihm wieder ein, was Charlie gesagt hatte. Er riss sich los und sauste zur Haustür, stürmte die Stufen hinunter, rannte, noch immer im Schlafanzug, zu Nummer neun hinüber und hämmerte an die Tür.

Die Tür ging auf und Benjamin fiel in die Diele. Er sah auf und geradewegs in Grandma Bones grimmiges Gesicht.

„Was in aller Welt willst du denn hier, Benjamin Brown?“, sagte Grandma Bone.

„Ich will zu Mr Paton“, keuchte Benjamin, während er sich aufrappelte. „Mr Paton Darkwood.“

„Der ist nicht zu sprechen“, sagte Grandma Bone.

„Aber er muss“, schrie Benjamin voller Verzweiflung. „Mr Paton! Mr Paton!“

„Sch-sch!“, zischte Grandma Bone.

Oben gingen mehrere Türen auf, und Maisie und Charlies Mutter guckten übers Geländer.

„Benjamin, was ist passiert?“, fragte Amy Bone.

„Mein Hund ist angefallen worden und ich will Charlies Onkel Paton sprechen“, rief Benjamin.

Als die beiden Frauen gerade zu Benjamin hinunterlaufen wollten, erschien Paton in einem roten Samtmorgenrock am oberen Ende der Treppe. „Wer will mich sprechen?“, fragte er.

„Ich! Ich, Mr Darkwood!“, sagte Benjamin. „Mein Hund ist verletzt. Er will nicht wieder aufwachen. Bitte, können Sie mir helfen?“

Paton kam herunter und marschierte schnurstracks zur Haustür.

„Paton, du bist nicht angezogen“, sagte Grandma Bone.

„Pfff!“, sagte Paton.

„Aber die Sonne ist schon aufgegangen“, murmelte Maisie.

„Pfeif auf die Sonne“, sagte Paton. „Komm, Benjamin.“ Er öffnete die Haustür und marschierte mit Benjamin die Stufen hinunter.

Der übliche Berufsverkehr strömte bereits durch die Filbert Street in Richtung Zentrum, aber Paton beachtete die Autos gar nicht. Ohne nach links und rechts zu gucken, marschierte er geradewegs zu Nummer zwölf hinüber. Reifen quietschten, Fahrer hupten und beschimpften den Mann im leuchtend roten Morgenrock und den kleinen Jungen im blau gestreiften Schlafanzug.

Als Paton Nummer zwölf betrat, fand er sich Auge in Auge mit seiner Schwester.

„Ach, du hier, Eustacia“, sagte Paton. „Das hätte ich mir denken können.“

„Was bitte soll das heißen?“, fragte Eustacia kalt.

„Wo sind deine Eltern, Benjamin?“, fragte Paton.

„Ich glaube, die sind in Schottland und suchen einen verschwundenen Fensterputzer."

„Das klären wir später", sagte Paton. „Also, wo ist der Hund?"

Benjamin führte Paton durch den Gang zu Runnerbeans Korb. Der große Hund lag da wie ein Häufchen Elend, die aufgerissene Nase auf den Pfoten. Er hatte die Augen geschlossen und atmete kaum noch.

„Grundgütiger!", rief Paton aus, als er sich über den Hund beugte. „Ein wildes Tier hat deinen Hund attackiert, Benjamin. Irgendetwas mit riesigen Klauen und Zähnen."

„Das ist meine Schuld", schluchzte Benjamin. „Ich hab ihm befohlen, den Keller zu bewachen. Das war total blöd, weil da in Wirklichkeit gar nichts ..."

Er biss sich auf die Zunge, weil ihm – zu spät – wieder einfiel, dass Tante Eustacia an der Vordertür herumlungerte.

„Wie konnte denn ein wildes Tier hier reinkommen?", rätselte Benjamin. „Nachts sind doch alle Türen abgeschlossen."

„Jemand hat es hereingelassen", sagte Paton und warf einen Blick zu seiner Schwester hinüber. „Wir müssen Runnerbean zum Tierarzt schaffen", erklärte er Benjamin. „Und zwar schnell. Ich habe das Gefühl, dass diesem armen Hund nicht mehr viel Zeit bleibt."

Benjamin kam eine Idee. Ihm fiel wieder ein, dass Mr Onimous gesagt hatte, er habe ein Händchen für Tiere. „Ich weiß jemanden, der bestimmt herkommt", sagte er. „Mr Onimous, der Mäusemann. Ich habe seine Karte. Er hat diese komischen Katzen, die aussehen wie Flammen." Benjamin sprang auf und rannte in die Küche.

„Ohne mich", sagte Eustacia und schlüpfte so schnell zur Haustür hinaus, dass sie es kaum mitbekamen.

„Was soll das alles, Mr Darkwood?", fragte Benjamin. „Warum tut jemand Runner so was an? Und warum sind Ihre Schwestern so böse und gemein?"

„Es ist Krieg, Benjamin", sagte Paton. „Das steht schon lange an. Bisher ist immer alles nach ihrem Willen gegangen, aber jetzt haben sie den Bogen überspannt, und einige von uns lassen sich das einfach nicht mehr bieten!"

Die Tochter des Erfinders

„Olivia gibt wirklich ihr Bestes“, sagte Fidelio zu Charlie.

Es war Freitag, und sie drehten zusammen eine Runde durch den eisigen Garten. Ein Stück vor ihnen gingen Olivia und Emilia, ins Gespräch vertieft. Oder besser gesagt Olivia redete, während Emilia zuzuhören schien.

In ein paar Stunden würden sie alle zu Hause sein. Selbst Olivia hatte es geschafft, eine ganze Woche keinen größeren Ärger zu kriegen. Jetzt kam sie auf die Jungen zugeflitzt oder vielmehr zugestapft, da sie immer noch die riesigen Stiefel trug.

„Es hat geklappt“, sagte sie gedämpft. „Morgen Nachmittag besuche ich Emilia. Rechnet also um die Teezeit mit uns.“

„Wie willst du sie denn von den Moons weglotsen?“, fragte Charlie.

„Mir fällt schon was ein.“ Olivia stapfte davon.

Es klingelte und sie wanderten wieder zum Gebäude zurück. In der Tür zwängte sich Billy Raven an ihnen vorbei.

„Bis nachher, Billy. Vergiss nicht, du kommst mit zu mir.“

„Nur für eine Nacht“, sagte Billy. „Ich muss am Samstag wieder zurück.“

Charlie war verdutzt. „Ich dachte, du bleibst das ganze Wochenende“, sagte er.

„Nein, ich muss zurück. Hat die Hausmutter gesagt.“ Billy sah ihn seltsam verlegen an und rannte davon.

„Er ist schon die ganze Woche so komisch“, bemerkte Fidelio. „Letzte Nacht ist er aus dem Schlafsaal geschlichen und stundenlang weggeblieben. Der Gestank von diesem schrecklichen Köter – Benedikt, oder wie er heißt – hat mich geweckt. Ich konnte nicht wieder einschlafen.“

„Vielleicht ist Billy ja Schlafwandler“, sagte Charlie. „Er sieht ganz schön müde aus.“

Beide dachten nicht mehr an Billy.

Um halb vier packten sie ihre Sachen und um vier saßen sie schon in einem der Internatsbusse, die ebenfalls blau, lila und grün waren, je nach Schulzweig.

Charlie bemerkte, dass es Olivia gelungen war, sich mit Emilia in einen grünen Bus zu mogeln. Olivia hatte einen großen grünen Hut auf und trug ihren lila Umhang mit der Innenseite nach außen; das Futter war schmutzig grün.

„Olivia ist echt genial!“ Charlie grinste vor sich hin.

„Was hat sie denn gemacht?“, fragte Billy neben ihm.

„Ach, nichts. Sie ist einfach nur lustig.“

„Ah“, sagte Billy.

Maisie umsorgte Billy mit Hingabe. Sie hatte extra einen Schokoladenkuchen gebacken und ihm ein bequemes Bett in Charlies Zimmer gebaut. „Armes Kerlchen“, murmelte sie die ganze Zeit, während sie um den Teetisch herumschwirrte, Orangensaft eingoss, Kuchen schnitt und Billy mit Zuckergussplätzchen und gefüllten Törtchen fütterte. Billy genoss das alles sehr. Er hatte noch nie so viele gute Sachen gesehen.

„Wir hatten diese Woche einige Aufregung", sagte Charlies Mutter, während sie Tee eingoss. „Benjamins Hund wurde angefallen, und dein Onkel Paton hat das Heft in die Hand genommen. Ich habe ihn noch nie so aktiv gesehen. Er ist am helllichten Tag nach draußen gegangen."

„Im Morgenrock", setzte Maisie hinzu.

„Runnerbean ist angefallen worden?", fragte Charlie beunruhigt. „Wo ist Onkel Paton jetzt? Und wo ist Grandma Bone?"

„Sie haben sich beide in ihren Zimmern verschanzt", sagte Maisie. „Es gab ordentlich Streit, jeden Abend. Mit Gebrüll und Fußaufstampfen und Türenknallen. Ich weiß nicht, wie viele Glühbirnen uns das gekostet hat."

Gleich nach dem Tee ging Charlie mit Billy zu Benjamin hinüber. Eine Frau mit kurzem Blondhaar und einer Brille öffnete die Tür. Sie trug ein graues Kostüm und obwohl sie ziemlich geschäftsmäßig aussah, war ihr Lächeln warm und herzlich.

„Hallo, Charlie", sagte sie. „Du erkennst mich wohl nicht mehr? Ich bin Mrs Brown, Benjamins Mum."

Charlie war verblüfft. Er hatte Mrs Brown schon ewig nicht mehr gesehen. Er hätte schwören können, dass sie früher langes, dunkles Haar gehabt hatte. „Das ist Billy", sagte er.

„Kommt rein! Nur hereinspaziert! Runnerbean wird gerade behandelt."

„Behandelt?“, sagte Charlie und betrat die Diele. Da waren Koffer auf der Treppe, Gummistiefel auf dem Fußboden, warme Jacken und Regenmäntel über Stühlen und Geländern. Was zum Teufel war hier geschehen?

„Benjamin ist im Wohnzimmer, Charlie. Er wird sich freuen, dich zu sehen.“

Charlie führte Billy nach hinten zu einem Raum, den er kaum je betreten hatte. Normalerweise hielt sich Benjamin lieber in der Küche auf.

Als Charlie die Tür öffnete, schlugen ihm lautes Fauchen und ein langes, warnendes Miauen entgegen. Er traute seinen Augen kaum. Aries, der kupferfarbene Kater, stand auf der Rückenlehne eines Sessels, Sagittarius auf der eines anderen und Leo thronte auf der Armlehne des Sofas. Sie starrten Charlie grimmig an, entspannten sich dann aber. Aries gab sogar ein leises Schnurren von sich.

Benjamin saß neben Leo auf dem Sofa. „Komm rein, Charlie“, flüsterte er. „Mr Onimous behandelt gerade Runner.“

Runnerbean lag auf dem Fußboden und Mr Onimous kniete neben ihm. Er hatte eine Flasche mit einer grünen Flüssigkeit in der einen Hand und einen Wattebausch in der anderen. Runnerbean hatte einen Verband auf der Nase und ein genähtes Ohr. Seinen Körper überzogen hässliche Narben, umgeben von kahlen Stellen, wo die Haare herausgefetzt oder ausgefallen waren.

„Es geht ihm schon besser“, flüsterte Benjamin.

Charlie schlüpfte ins Zimmer und ließ sich neben Benjamin nieder, aber sobald Billy einen Fuß über die Schwelle setzte, stießen die drei Katzen ein tiefes, warnendes Grollen aus.

Mr Onimous sah auf. „Was soll das?“, fragte er. „Ich brauche Ruhe.“

Billy drückte sich an die Wand. Er schien völlig verängstigt.

„Wer ist das?“, fragte Benjamin.

„Billy Raven“, flüsterte Charlie. „Vom Bloor. Er hat kein Zuhause, deshalb ist er übers Wochenende mit zu mir gekommen.“

„Hallo, Billy“, sagte Benjamin leise. „Setz dich!“

Mr Onimous wechselte jetzt den Verband auf Runnerbeans Nase. Der Hund wimmerte leise. In dem Moment trat Billy einen Schritt vor, und alle drei Katzen sprangen grollend und fauchend auf den Boden.

„Sie mögen mich nicht“, piepste Billy.

Mr Onimous sah ihn stirnrunzelnd an. „Warum bloß?“, sagte er. „Ihr Jungs geht wohl besser raus. Der alte Runner regt sich sonst zu sehr auf.“

Charlie, Benjamin und Billy gingen in die Küche, die ungewöhnlich ordentlich und blitzsauber war.

„Was ist passiert?“, fragte Charlie.

„Viel“, sagte Benjamin. Er begann mit dem schrecklichen Abend, als er Tante Eustacia im Haus vorgefunden hatte, und schilderte dann den mysteriösen Angriff auf Runnerbean. Er erzählte, wie er hinübergelaufen war, um Charlies Onkel zu Hilfe zu holen, und wie seither alles anders geworden war, weil Paton irgendwie seine Eltern aufgespürt und nach Hause beordert hatte.

„Ich glaube, er hat sie von der Polizei suchen lassen“, sagte Benjamin. „Mum trägt manchmal so einen knallgelben Regenmantel, damit ist sie leicht zu erkennen. Na, jedenfalls, wutsch, waren sie wieder da. Dein Onkel hat gesagt, jemand hat sie hereingelegt und mit Absicht auf eine falsche Fährte gelockt. Er glaubt, dass deine Grandma da die Finger im Spiel hatte. Jedenfalls, als sie zurückkamen, hat dein Onkel Paton lange mit ihnen geredet, und seitdem sagt Mum, sie will nur noch arbeiten gehen, während ich in der Schule bin, aber nie mehr abends oder am Wochenende.“

Charlie konnte es kaum fassen. Onkel Paton war endlich doch aus der Deckung gekommen. Offenbar konnte er, wenn er wollte, eine Menge bewirken.

Mr Onimous steckte den Kopf durch die Küchentür. „Wir gehen jetzt, Jungs“, sagte er. „Runnerbean macht sich prima, in Anbetracht der Umstände. Ich komme am Montag wieder.“ Er verschwand wie üblich blitzartig, und die drei Katzen zischten hinter ihm her wie der Feuerstrahl einer Rakete.

„Komischer Typ“, murmelte Billy. „Ein bisschen wie eine Maus.“

Die anderen stimmten ihm zu, wenngleich Benjamin erklärte, Mr Onimous besitze Wunderkräfte. „Ich dachte, Runnerbean wäre tot“, sagte er, „aber Mr Onimous hat einfach nur seine komischen Hände auf Runners Körper gelegt, und schon ging es ihm besser. Und die Katzen haben ihn warm gehalten, indem sie immer um ihn herum gelaufen sind, obwohl sie Hunde gar nicht leiden können.“

„Mich konnten sie auch nicht leiden“, sagte Billy leise. „Alle Tiere mögen mich, aber sie nicht.“

Charlie kam eine Idee. „Billy kann Tiere verstehen“, erklärte er Benjamin. „Soll er mal mit Runner reden? Vielleicht kann er ihm ja sagen, was passiert ist.“

Benjamin wusste nicht recht. Er beäugte Billy misstrauisch.

„Ist er auch so einer wie du?“, fragte er Charlie leise.

„Ja“, sagte Charlie. „Du könntest es doch, oder, Billy?“

Billy nickte.

„Okay.“ Benjamin führte sie wieder ins Wohnzimmer, wo Runnerbean gerade eine seiner verletzten Pfoten leckte. Er schien ein bisschen nervös wegen Billy, aber als der kleine Junge seine komischen Grunz- und Brummgeräusche machte, entspannte sich der Hund. Er stellte die Ohren auf und hörte zu.

Als Billy schwieg, begann Runnerbean zu reden oder, besser gesagt, zu grunzen. Dann seufzte er erschöpft und fiel auf die Seite.

„Und?“, sagte Charlie. „Was hat er gesagt?“

„Er sagt, es war ein Wolf“, sagte Billy.

„Was?“, rief Benjamin.

„Kein normaler Wolf“, fuhr Billy fort. „Es war ein Junge und ein Wolf. Ich glaube, er meint, dass sich der Junge in einen Wolf verwandelt hat.“

„Puh!“ Benjamin sackte in einen Sessel. „Ein Wolf!“

„Es war einer von uns“, murmelte Charlie. „Ganz sicher. Einer von den Jungen im Internat kann sich nämlich in einen Wolf verwandeln – so eine Art Werwolf – und

Tante Eustacia hat ihn reingelassen, um Runnerbean von der Kellertür wegzukriegen. Weil sie dachte, Dr. Tollys seltsamer Kasten wäre immer noch dort unten."

„Ist er da nicht mehr?", fragte Billy.

Die beiden sahen ihn an. Konnten sie Billy trauen? Sie würden wohl müssen, ging Charlie auf, denn morgen würden sie alle zusammen zu den Gunns gehen. Sie konnten Billy nicht einfach zu Hause lassen.

„Dr. Tollys Kasten ist jetzt woanders", sagte Charlie. „Ich erzähl's dir, wenn wir zu Hause sind."

Benjamin wirkte ganz fröhlich, als er ihnen von der Haustür aus hinterherwinkte. Seine Mum kam heraus und winkte ebenfalls. Dann legte sie den Arm um Benjamins Schulter, und sie gingen zusammen nach drinnen.

„Mein Onkel Paton ist ein Genie", sagte Charlie stolz. „Bisher hat Benjamin seine Eltern kaum gesehen. Ich hatte schon ganz vergessen, wie seine Mum aussieht."

„Ich kriege neue Eltern", platzte Billy heraus.

„Echt? Ist ja toll! Seit wann weißt du's?", fragte Charlie.

„Ach, erst ein paar Tage", sagte Billy. „Ich muss nur ... brav sein."

„Ich helfe dir, keinen Ärger zu kriegen", versprach ihm Charlie.

Am Abend, vor dem Einschlafen, erklärte Charlie Billy, was morgen hoffentlich passieren würde.

„Aber was wird Emilia tun, wenn sie aufwacht?", fragte Billy.

„Wissen wir nicht“, gab Charlie zu. „Wir wissen noch nicht mal, ob sie wirklich Emma Tolly ist und ob sie überhaupt zu den Gunns kommt. Das hängt jetzt alles an Olivia.“

Olivia hatte sehr zuvorkommende Eltern. Als sie ihnen sagte, sie müsse zu einem Mädchen namens Emilia Moon, das meilenweit weg in der Washford Road wohne, fuhr ihre Mum sie hin und erklärte sich bereit, sie und Emilia um siebzehn Uhr bei den Gunns abzuholen.

„Soll ich wirklich nicht mit reinkommen?“, rief Mrs Vertigo durchs Seitenfenster.

Olivia stand am Gartentor des Hauses, das sich *Mondschein* nannte. „Nein, Mum.“ Sie winkte. „Ich komme schon klar.“

Dennoch wartete Mrs Vertigo, bis Olivia geklingelt hatte. Eine grauhaarige Frau öffnete die Tür. Mrs Vertigo rief: „Tschü-üss!“, und fuhr davon.

„Was willst du?“, fragte die grauhaarige Frau.

„Ich möchte zu Emilia. Sie hat mich eingeladen.“

„Davon hat sie gar nichts gesagt.“ Die dünne, säuerlich dreinschauende Frau machte keinerlei Anstalten, Olivia hineinzulassen.

„Na ja, dann hat sie's wohl vergessen“, sagte Olivia. „Sie können mich aber nicht einfach wieder wegschicken, meine Mum ist schon losgefahren, und ich wohne meilenweit weg.“

„Tsss!“, schüttelte die Frau den Kopf. „Emilia!“, rief sie. „Komm her!“

Emilia erschien. Sie machte ein ziemlich trübseliges Gesicht.

„Hast du dieses Mädchen hier eingeladen?“, fragte die Frau.

Olivia winkte Emilia und lächelte sie an, bis Emilia schließlich Ja sagte.

„Wer gibt dir das Recht dazu?“, sagte die Frau. „Hm, dann komm eben rein“, brummte sie.

Olivia betrat ein kaltes, extrem ordentliches Haus. Emilia lächelte matt und führte sie nach oben in ihr Zimmer. Es war ein ziemlich trister Raum. An den Wänden hingen keine Bilder und alles, was Emilia besaß, musste wohl in den vielen Schränken und Kommoden verstaut sein. Überm Bett lag eine makellos weiße Decke und auf dem Kopfkissen saß ein äußerst proper aussehendes Plüschentchen.

„Hübsch“, sagte Olivia, weil ihr nichts Besseres einfiel.

Emilia lächelte.

„Sollen wir rausgehen?“, fragte Olivia. „Im Garten können wir vielleicht mehr anfangen.“

Emilia war einverstanden.

Der Garten bestand aus einem ordentlichen Rasen, umrahmt von hohen Büschen. Hinter einem Schaukelgerüst am anderen Ende erspähte Olivia eine verheißungsvoll aussehende Mauer.

„Was ist hinter der Mauer da?“, fragte Olivia.

„Nur ein Durchgangsweg“, sagte Emilia. „Er führt zur großen Straße.“

„Komm, wir klettern drüber.“

„Warum?“

„Weil ich dir was zeigen will", sagte Olivia. „Was ganz Besonderes. Ich kann dir nicht sagen, was, aber es ist bei Fidelio Gunn zu Hause."

„Ist das ein Trick?" Emilia guckte misstrauisch.

„Vertrau mir, Emilia", sagte Olivia. „Ich bin doch deine Freundin."

Olivias Ton war so sanft und überzeugend, dass Emilia gleich darauf hinter ihr herkletterte.

„Wir sind wieder hier, eh deine Mum was merkt", versprach ihr Olivia.

Indes machten sich Fidelio, Charlie, Benjamin und Billy auf dem Dachboden der Gunns bereits über die zweite Platte mit belegten Broten her. Sie saßen auf Kartons und Instrumentenkästen und der Fußboden unter ihnen vibrierte von all der Musik im Haus.

Charlie stellte fest, dass er nur aß, weil er so nervös war. Tat er das Richtige? Würde Olivia das Haus finden? Würde Emilia aufwachen? Und wenn ja, würde sie schreien und durchdrehen oder in Ohnmacht fallen ... oder sich in irgendetwas anderes verwandeln? In einen Vogel vielleicht? Er nahm sich lieber noch ein Sandwich.

„Für eine Sängerin macht deine Mum echt tolle Brote", erklärte er Fidelio, während er genüsslich eine Kombination aus Bananenscheiben, Schokostreuseln und Zitronenaufstrich mampfte.

„Fidelio!", trällerte Mr Gunns Stimme unten in der Diele. „Da sind zwei junge Damen für dich."

„Schick sie hoch, Dad!", rief Fidelio.

„Immer schön die Treppe rauf, aber passt auf eure Köpfe auf!", sang Mr Gunn.

Olivia prustete los, aber Emilia gab keinen Pieps von sich – soweit Charlie es bei dem ganzen Lärm beurteilen konnte.

„Da sind wir", sagte Olivia, als sie hereinmarschierte.

Emilia folgte ihr. Sie wirkte erstaunt, aber nicht ängstlich.

„Hat Olivia dir erklärt, was Sache ist?", fragte Charlie.

„Ihr wollt mir was zeigen", sagte Emilia langsam.

„Ja. Es ist was, was dein Vater hergestellt hat."

Emilia runzelte die Stirn. „Mein Vater ist Buchhalter. Er stellt nichts her", sagte sie.

„Na ja, in Wirklichkeit war er Erfinder", erklärte Fidelio. „Aber er ist gestorben und hat dir diesen Kasten da hinterlassen." Er zeigte auf den Metallkasten, der mitten im Raum lag.

„Wie kommt ihr darauf?", fragte Emilia und ihre Stirnfalten vertieften sich.

Fidelio sah Charlie an, und Charlie sagte: „Es hat alles angefangen, als ich bei deiner Tante war."

„Ich habe eine Tante? Davon weiß ich ja gar nichts."

„Sie ist sehr nett und sie wartet seit Jahren drauf, dich wiederzusehen", erklärte Charlie. „Sie hat mir den Kasten gegeben, und dann hab ich rausgefunden, was drin ist und wie er dich – na ja – aufwecken kann."

Emilia guckte noch verwirrter.

Olivia setzte sich auf einen mächtigen Koffer und zog Emilia neben sich.

„Geht schon in Ordnung. Dir passiert nichts, wir passen auf", sagte sie.

„Ich wusste gar nicht, dass ich nicht wach bin", murmelte Emilia.

„Ich finde, wir sollten jetzt anfangen", entschied Fidelio. „Wir haben nicht viel Zeit. Mach schon, Charlie."

Charlie trat vor. Er fuhr mit den Fingern fest, aber sorgfältig über die Buchstaben in der Seitenwand des Kastens. Tolly Schlag-Zwölf. Beim letzten Buchstaben sah er sich um. Alle starrten ihm auf die Finger. Er bemerkte, dass Billy Ravens Augen jetzt ganz groß und dunkel waren und die runden Brillengläser vollkommen ausfüllten. Das gab ihm etwas Starres und Undurchschaubares.

Als Charlie auf den letzten Buchstaben gedrückt hatte, hob sich der Deckel langsam. Charlie trat zur Seite und beobachtete Emilias Gesicht, aber es war Olivia, die überrascht aufschrie. Emilia guckte einfach nur verdutzt.

Als der Ritter das Schwert hob, sprangen alle auf und wichen zurück, sogar Emilia. Und dann begann die Glocke zu schlagen und der Chorgesang erfüllte den Raum.

Einen Moment lang sah Emilia aus, als hätte sie heftige Schmerzen. Sie krümmte sich und schlug sich die Hand vor den Mund. Sie schloss die Augen und ließ sich wieder auf den Koffer sinken. Tränen kullerten ihr über die Wangen.

Die anderen sahen ängstlich zu, wie die Tränen zu einem regelrechten Strom wurden und Emilia hilflos zu schluchzen begann. Sie schaukelte mit dem Oberkörper und seufzte und stöhnte, bis der Ritter das Schwert wieder senkte und in den Kasten zurückschrumpfte.

Als der Gesang endete und die Glocke den letzten Schlag tat, verstummte Emilia. Sie saß reglos da, beide Hände vor dem Gesicht.

Niemand sagte etwas. Charlie klappte den Kasten zu und fragte sich, was er jetzt tun sollte.

Schließlich sagte Emilia mit piepsiger Stimme: „Ich wusste gar nicht, dass ich so unglücklich bin. Mein ganzes Leben hab ich bei Leuten verbracht, die mich nicht lieb haben.“

Olivia nahm sie in die Arme und sagte: „Jetzt wird alles gut, Emilia. Jetzt wirst du glücklich. Du wirst schon sehen. Erklär's ihr, Charlie.“

Und so erzählte Charlie Emilia von ihrer armen toten Mutter und ihrem Vater, Dr. Tolly, dem Erfinder.

Und dann beschrieb er ihr Julia Ingledew, die in einem Buchladen wohnte und sich so danach sehnte, Emilia zu sehen, ja, nicht nur zu sehen, sondern für immer zu sich zu nehmen.

Und schließlich eröffnete ihr Charlie das Seltsamste von allem: „Dein Vater hat gesagt, du kannst fliegen, Emilia. Deshalb wollten sie dich am Bloor unbedingt haben.“

„Ich? Ich kann nicht fliegen.“

„Na ja, einmal hast du's gekonnt“, sagte Charlie. „Vielleicht geht es ja nur, wenn's unbedingt sein muss.“

„Wenn du zum Beispiel große Angst hast“, schlug Olivia vor.

„Morgen bringe ich dich zu deiner Tante“, erklärte Charlie Emilia.

„Aber wie denn?“, fragte sie.

„Mir fällt schon was ein", sagte er zuversichtlich. „Du kannst doch jederzeit von den Moons weggehen. Jetzt wo du weißt, wer du bist."

Plötzlich rief eine Stimme durch die Flöten- und Geigenklänge, den Schlagzeuglärm und die Klavieretüden: „Da ist eine Mrs Vertigo!"

„Tolles Timing, Mum", sagte Olivia begeistert. „Komm, Emilia."

Emilia folgte Olivia nach unten, wo Mrs Vertigo und Mrs Gunn sich bestens unterhielten. Auf Olivias Drängen brach ihre Mutter das interessante Gespräch über Atemübungen ab und fuhr die beiden Mädchen zu dem kleinen Durchgangsweg hinter der Washford Road. Mrs Vertigo staunte nicht schlecht, als sie Olivia und Emilia über die Mauer klettern sah, aber sie tat, wie ihr geheißen, fuhr zur Vorderseite des Hauses herum und wartete, dass Olivia aus der Haustür käme. Was zwei Minuten später geschah.

„Du bist die absolute Starmutter", sagte Olivia beim Einsteigen. „Es hat alles super geklappt."

„Du führst wirklich ein sehr aufregendes Leben, Olivia", sagte Mrs Vertigo, die tatsächlich ein Star war. Ein Filmstar nämlich.

Als die Mädchen gegangen waren, saßen die vier Jungen erst mal ein paar Minuten schweigend da. Charlie war unendlich froh, dass ihr Plan aufgegangen war. Jetzt war es an ihm, dafür zu sorgen, dass Emilia ein echtes Zuhause fand.

„Was soll ich mit dem Kasten machen?", fragte Fidelio schließlich.

„Kannst du ihn hier behalten?", bat Charlie. „Ich schätze, ich brauch ihn noch mal."

„Bei mir ist er sicher", versprach Fidelio.

Billy Raven stand auf. „Ich muss jetzt wieder zu dir nach Hause", erklärte er Charlie. „Sie schicken einen Wagen, um mich abzuholen." Seine Stimme war ein bisschen zittrig und beim Reden guckte er auf den Boden.

Charlie fragte sich, ob ihm nicht gut war. Er erklärte sich bereit, Billy sofort in die Filbert Street zu bringen. Fidelio musste Geige üben und als die drei Jungen die Gunn-Villa verließen, hörten sie ihren Freund bereits zu dem allgemeinen Getöse beitragen.

Auf dem Rückweg zur Filbert Street hingen Charlie und Billy ihren jeweiligen Gedanken nach, während Benjamin pfeifend und schwatzend dahinhüpfte und es kaum erwarten konnte, wieder bei seinen zurückgewonnenen Eltern und seinem geliebten Hund zu sein.

Vor Nummer neun stand ein schwarzer Wagen. Als die Jungen durch die getönten Scheiben zu spähen versuchten, ging eine der Wagentüren auf, ein eleganter Krückstock schoss heraus und hieb Charlie genau aufs Knie.

„Autsch!" Er sprang zurück. „Wer sitzt da drin, Billy?"

„Muss der alte Mr Bloor sein", wisperte Billy.

Irgendetwas war Charlie nicht geheuer. „Billy, du erzählst doch keinem von der Sache mit Emilia? Das darf niemand wissen, ehe wir so weit sind."

Billy schüttelte den Kopf.

Charlie begleitete ihn nach oben, seine Tasche holen. Nachdem sich Billy kurz bei Grandma Maisie und Mrs

Bone bedankt hatte, rannte er hinaus und sprang in den schwarzen Wagen.

„So ein merkwürdiger Junge“, sagte Maisie, als der schwarze Wagen anfuhr.

Emilia Moon lag in dem blütenweißen Bett in ihrem ordentlichen, weißen Zimmer.

„Emma Tolly“, sagte sie sich vor. Sie wiederholte den Namen und befand, dass er ihr viel besser gefiel als Emilia Moon.

Das Telefon in der Diele klingelte mehrmals. Das war ungewöhnlich. Die Moons bekamen spätabends nie Anrufe. Aber Emma dachte sich nichts dabei. Sie war viel zu aufgeregt. Noch nie war ihr etwas so Aufregendes widerfahren. Ihr Leben war eintönig, kalt und durchorganisiert gewesen. Nichts hatte sie je überrascht oder entzückt. Aber das würde jetzt alles anders werden. „Jetzt bin ich Emma“, murmelte sie.

Plötzlich ging die Tür auf und Mrs Moon guckte herein. „Zieh dich an und pack deine Sachen“, sagte sie. „Wir fahren.“

„Wohin denn?“, fragte Emma beunruhigt.

„Zurück in die Akademie. Sie haben gerade angerufen.“

„Warum?“, fragte Emma. Konnten sie denn von der Sache bei den Gunns erfahren haben?

„Du hast gegen die Regeln verstoßen, Emilia“, sagte Mrs Moon kalt. „Los jetzt, beeil dich.“

Mit zitternden Händen zog Emma sich an und ging dann nach unten. Mrs Moon packte sie am Arm und schleppte sie hinaus zum Auto, wo Mr Moon, ein dünner Mann mit Brille, wartend hinterm Lenkrad saß. Emma und ihre Tasche wurden auf den Rücksitz verfrachtet und sie fuhren los.

Von außen wirkte das Bloor riesig und abweisend. Ein einzelnes Licht brannte ganz oben in dem hohen, finsteren Gebäude, aber ansonsten schien alles verlassen und tot.

Mr und Mrs Moon führten Emma über den Hof und die breite Treppe hinauf. Mr Moon zog an einer Kette, die neben dem schweren Portal herabhing und irgendwo tief im Inneren des Gebäudes läutete es dumpf.

Emma verließ endgültig der Mut, als Manfred Bloor die Tür öffnete. Sie wich seinen kohlschwarzen Augen aus, weil sie wieder mit diesem schrecklichen, betäubenden Blick rechnete. Aber er versuchte nicht mal, sie dazu zu bringen, ihm in die Augen zu schauen. „Danke", sagte er zu den Moons. „Komm rein, Emilia!"

„Auf Wiedersehen, Emilia", sagte Mrs Moon. Sie stellte die Tasche neben Emilia auf den Boden. „Sei brav."

Die schwere Tür ging zu und Emma war mit Manfred allein. „Warum mussten sie mich herbringen?", fragte sie. „Mitten in der Nacht?"

„Du hast gegen die Regeln verstoßen, oder nicht, Emilia? Das muss bestraft werden."

Plötzlich fühlte sich Emma mutig. Das war ein ganz neues Gefühl. Außerdem spürte sie, dass sie wütend war. „Ich bin nicht Emilia", sagte sie. „Ich bin Emma Tolly."

Manfred lachte. Ein gemeines, gehässiges Lachen. „Diesen Unsinn werden wir dir schnell austreiben. Emma Tolly!

Hat man je solchen Quatsch gehört? Nimm deine Tasche und komm mit.“

Etwas in Emma wollte sich wehren, aber sie wusste nicht wie. Soweit sie feststellen konnte, war da niemand außer Manfred und ihr. Vielleicht würde sie ja später eine Fluchtmöglichkeit entdecken.

Manfred führte sie durch Gänge, die sie noch nie gesehen hatte, gefährlich enge und steile Wendeltreppen hinauf und durch leere, spinnwebverhangene Räume. Er hielt in jeder Hand eine Laterne, aber Emma sah kaum, wo sie hintrat.

In diesem Teil des Gebäudes gab es offenbar keinen Strom. Fledermäuse flatterten unter dem bröckelnden Deckenputz umher und der Wind pfiff durch kaputte Fenster. Schließlich gelangten sie in einen kleinen Raum, wo an der einen Wand ein schmales Bett stand. Da waren ein Kopfkissen und eine Decke, sonst gar nichts. Der Fußboden war nackt, die Wände aus mächtigen Steinquadern.

Manfred stellte eine Laterne ab. „Gute Nacht!“, sagte er. „Schlaf gut, Emilia Moon.“

Er schloss die schwere Tür hinter sich, und Emma hörte ein lautes Klicken, als sich der Schlüssel im Schloss drehte.

Als sich Manfreds Schritte entfernt hatten, versuchte Emma die Tür zu öffnen. Natürlich war sie abgeschlossen.

Emma setzte sich aufs Bett. Sie weinte nicht. Für heute hatte sie genug geweint. Sie saß einfach nur da und dachte an all die wunderbaren Dinge, die sie jetzt doch nie haben würde. Die nette Tante, die Freunde, die Abenteuer und das verblüffende Gefühl, glücklich zu sein.

„Sie werden einfach sagen, ich bin verschwunden“, sagte sie zu sich selbst. „Und niemand wird mich je finden.“

Sie sah sich in dem finsteren, schmuddeligen Raum um. Würde man sie für immer hier einsperren? Bis sie uralt war?

„Nein“, sagte sie zu sich selbst. „Ich bin jetzt Emma Tolly und Emma lässt sich das nicht gefallen. Emma gibt nicht so schnell auf.“ Und damit sprang sie auf und schrie, so laut sie konnte: „Hilfe! Hilfe! Hilfe!“

Sie hörte ihre eigene Stimme durch die leeren Gänge jenseits der Tür hallen. Aber es kam keine Antwort.

Also rief Emma wieder um Hilfe und diesmal hämmerte sie außerdem gegen die Tür. Sie rüttelte an der Klinke und schlug und trat gegen das dicke Holz, bis ihr die Zehen wehtaten und ihre Fingerknöchel ganz rot und wund waren. Dann gab sie auf und sank, erschöpft von der Anstrengung, auf das schmale Bett.

Als sie gerade die Augen schließen wollte, hörte sie draußen ein leises Knarren. Emma setzte sich auf. Der Schlüssel drehte sich im Schloss, die Klinke wurde gedrückt und die Tür schwang auf.

Emma rannte zur Tür und guckte hinaus. Niemand zu sehen. Sie holte die Laterne und leuchtete den Gang ab. Niemand, nichts – außer einer Fledermaus, die von einem Balken hing. Fledermäuse können keine Türen öffnen, dachte Emma.

Sie hielt die Laterne so hoch sie irgend konnte und ging den Gang entlang. „Wer ist da?“, flüsterte sie. „Wer hat mich rausgelassen?“

Sie wagte nicht, laut zu sprechen, aus Angst, Manfred könnte angerannt kommen.

Am Ende des Gangs gelangte sie an eine Treppe. Vorsichtig stieg sie hinunter. Am Fuß der Treppe führte ein Gang nach rechts und links. Emma zögerte, wandte sich dann nach rechts. Hier roch es ziemlich übel. An den Wänden flackerten Gaslichter und sie fragte sich, ob der Geruch daher kam.

Und dann sah sie das Monster. Oder war es ein Hund? Das Wesen war kurzbeinig und fett wie ein Sofakissen auf Stummelbeinen, und vom Gesicht war nichts zu erkennen, außer der Schnauze mit den hängenden Lefzen.

Emma schnappte nach Luft und drückte sich an die Wand. Aber der Hund hatte sie nicht gesehen. Sie wollte gerade in die Gegenrichtung davonschleichen, als eine Stimme krächzte: „Stehen bleiben. Du da! Komm zurück!"

Ehe sie losrannte, sah Emma sich kurz um. Da war ein Mann im Rollstuhl, ein Greis, so alt, dass das Gesicht fast wie ein Totenkopf aussah. Er trug eine karierte Wolldecke um die Schultern und das lange weiße Haar tropfte wie Wachs unter einem kleinen Samtkäppchen hervor.

„Es ist entwischt!", kreischte er. „Das Erfinderbalg! Fang es ein, Manfred!"

Emma unterdrückte einen Schrei und stürzte davon. Sie rannte so schnell die Treppe hinauf, dass die Laterne an die Wände schlug, sauste durch den Gang in das zellenartige Zimmer und warf die Tür hinter sich zu. Dann wartete sie, in der Gewissheit, dass gleich etwas Grässliches geschehen würde.

Es dauerte nicht lange, bis Manfreds gemeines Gesicht zur Tür hereinguckte.

„Ah, da bist du", sagte er grimmig. „Versuch das nicht noch mal."

Er knallte die Tür zu, schloss sie ab und rief: „Ich nehme den Schlüssel mit, es ist also sinnlos, sie wieder rauslassen zu wollen. Noch irgendwelche Sperenzchen, und es gibt eine Woche keine Marmelade." Offenbar sprach er nicht mit Emma. Etwas krachte laut gegen eine Wand und Manfred schrie: „Aufhören!"

Eine Tür knallte zu, dann war Stille.

Emma schlich an ihre Tür. „Wer sind Sie?", fragte sie.

Keine Antwort.

„Tut mir Leid, dass Sie meinetwegen Ärger gekriegt haben", sagte sie.

Auch diesmal keine Antwort. Wer immer dort draußen war – derjenige hatte sich entweder davongeschlichen oder aber Marmelade war ihm so wichtig, dass er den Entzug nicht riskieren wollte.

„Na ja, trotzdem danke für den Versuch", sagte Emma.

Sie ließ sich wieder aufs Bett fallen. Die Kerze in der Laterne war fast heruntergebrannt und sie konnte die Vorstellung kaum ertragen, im Stockfinsteren in diesem kalten, unheimlichen Raum zu sitzen.

Sie starrte die mächtigen, grauen Wände empor und bemerkte plötzlich ein kleines Fenster in der Wand über dem Kopfende des Betts. Wenn sie auf ihr Kopfkissen stieg, kam sie dran. Aber sie wusste, das Fenster war viel zu hoch droben. Viel zu hoch zum Springen.

„Charlie hat gesagt, ich kann fliegen“, murmelte sie. Als sie diese Worte aussprach, begannen ihre Finger zu kribbeln und durch ihre Arme ging ein seltsames Pulsieren, das sie fast schwerelos machte.

Paton Darkwood unternahm gerade seinen Mitternachtsspaziergang. Er schritt zügig aus, als hätte er ein ganz bestimmtes Ziel, aber in seinem Inneren war ein einziges Chaos.

Einerseits fühlte er sich ganz toll: Endlich fing er an, Dinge gerade zu rücken, und seine Schwestern wussten jetzt, auf welcher Seite er stand.

Als er an einem Laternenpfahl vorbeikam, explodierte eine Glühbirne. Da war das übliche Klirren herabfallender Glasscherben, aber dann noch ein anderes Geräusch, leichte, schnelle Schritte.

Paton seufzte laut, drehte sich aber nicht um. Wenn ihm jemand folgte – bitte sehr! Sie konnten ihm schließlich nichts beweisen. Er begann, vor sich hin zu murmeln.

„Wenn ich doch nur nicht darauf bestanden hätte, zum Essen auszugehen. Wenn wir zu Hause geblieben wären und nur bei Kerzenschein gegessen hätten ... Sie hält mich für ein Monstrum. Vergiss sie, Paton. Sie wird dir nie verzeihen.“

Paton bemerkte, dass die Schritte aufgeholt hatten. Ein Mädchen ging neben ihm her; sie hatte ein blasses Gesichtchen und langes, fransiges blondes Haar.

„Entschuldigung“, sagte das Mädchen. „Können Sie mir sagen, wie ich zur Buchhandlung Ingledew komme?“

„Das kann ich allerdings“, sagte Paton erstaunt. „Ich glaube, ich bin selbst gerade auf dem Weg dorthin.“

„Oh, gut“, sagte das Mädchen. „Ich heiße Emma Tolly.“

Der Rote König

Es war halb ein Uhr nachts, als Paton bei der Buchhandlung Ingledew klingelte.

Natürlich machte niemand auf. Aber Paton wusste ja, dass Julia Ingledew sehr spät zu Bett ging. Sie hatte ihm selbst gestanden, dass sie oft bis zwei Uhr morgens las.

Ein Fenster über der Tür flog krachend auf und Julia Ingledew guckte heraus. „Wer ist da?“, fragte sie ärgerlich. Dann sah sie Paton. „Ach Sie sind’s. Feine Zeit für einen Besuch.“

„Julia ... äh, Miss Ingledew, eigentlich bin’s nicht ich. Ich meine, natürlich bin ich’s, aber da ist noch jemand für Sie.“ Paton trat ein Stück zurück und zog Emilia sachte mit. „Ihr Name ist Emma Tolly.“

„Was? Ich ... Das kann doch nicht ...“ Das Fenster knallte zu. Hastige Schritte kamen eine knarrende Treppe herunter, und die Ladentür flog mit einem lauten Klimpern auf.

„Tag!“, sagte Emma.

„Nancy? Oh, du siehst Nancy ja so ähnlich“, rief Miss Ingledew. „Komm rein, komm rein, und Sie auch, Paton. Oh, ich kann’s nicht glauben. Ich ... ach du meine Güte, mir fehlen die Worte.“

Julia zog Emma in den Laden. Sie starrte sie an, berührte ihr Haar, ihr Gesicht, drückte sie dann an sich.

„Du bist es wirklich. Oh, Emma, wie kommst du hierher?"

„Ich bin aufgewacht", sagte Emma. „Charlie Bone und seine Freunde haben mir geholfen, und dann hat mich dieser nette Mann hergebracht."

„Danke, Paton", sagte Julia inbrünstig. „Kommen Sie, trinken sie eine Tasse Tee oder ein Glas Whisky oder was auch immer. Das ist ein Grund zum Feiern."

Sie führte sie in das gemütliche Zimmer hinterm Ladenraum, und Emma starrte auf die Regale voller pastellfarbener Buchrücken, deren goldene Lettern im weichen Licht funkelten. Sie atmete den Geruch von altem Papier, Leder und Druckerschwärze ein und erklärte mit einem tiefen Seufzer, das hier sei das tollste Zimmer auf der ganzen Welt.

„Es könnte dein Zuhause sein, Emma", sagte Miss Ingledew glücklich. „Wenn alles gut geht. Es sei denn, du möchtest bei deinen Adoptiveltern bleiben."

„Nein, nein, nein!", rief Emma. „Ich will nie wieder in dieses schreckliche Haus."

„Du musst mir ganz genau davon erzählen", sagte Miss Ingledew. „Ich will alles wissen. Und Sie, Paton, haben bestimmt großen Anteil an diesem Wunder. Setzen Sie sich, bitte, setzen Sie sich doch."

Sie eilte im Raum umher, nahm Bücher und Papiere von den Sesseln, schlug Polsterkissen auf und schnippte Staub von den Lampenschirmen.

Eine Stunde später machte sich Paton auf den Heimweg. Er pfiff eine fröhliche Melodie vor sich hin, während über ihm die Laternen flackerten und knisterten. Seit er sieben geworden war, war er nicht mehr so glücklich gewesen.

Am Sonntagmorgen wachte Charlie früh auf und sah seinen Onkel am Fußende seines Betts stehen.

„Große Neuigkeiten, Charlie", sagte Onkel Paton. „Ich habe die ganze Nacht kein Auge zugetan. Emma Tolly ist bereits bei ihrer Tante, und wir werden dafür sorgen, dass sie dort bleibt."

Charlie setzte sich auf. „Was ist passiert?"

Paton berichtete ihm, wie die Moons Emma mitten in der Nacht ins Bloor gebracht hatten. Und wie Manfred sie eingesperrt hatte.

„Aber sie ist rausgekommen", sagte Charlie.

„Ja", sagte Paton langsam, „und im Moment will sie nicht sagen, wie. Aber, Charlie, sie haben Wind von eurem kleinen Experiment bekommen, jemand hat euch verraten, und ich meine, ihr solltet herausfinden, wer."

Charlie hatte das scheußliche Gefühl, es bereits zu wissen. Benjamin oder Fidelio war es bestimmt nicht gewesen und auch nicht Olivia. Den dreien würde er sein Leben anvertrauen.

Dann blieb also nur noch Billy Raven.

„Billy Raven war's", sagte er. „Er tut mir Leid, Onkel Paton. Er hat doch gar kein Zuhause, und ich glaube, er hat vor irgendwas Angst. Hast du das Auto gesehen, das ihn abgeholt hat? Es hatte getönte Scheiben, und jemand hat einen Krückstock herausgestreckt und mich damit geschlagen."

„Der Alte", murmelte Paton.

„Welcher Alte? Meinst du Manfreds Großvater?"

„Ich muss dir nachher ein paar Sachen zeigen, Charlie. Komm nach dem Frühstück zu mir."

Charlie zog sich an und rannte nach unten, um zu frühstücken. Er war verblüfft, als er Grandma Bone in der Küche vorfand, und noch verblüffter, als sie doch tatsächlich lächelte, während er sein Spiegelei mit Würstchen verputzte. Charlie war misstrauisch. Er hatte mit einer Standpauke gerechnet, weil er gegen die Regeln verstoßen hatte. Aber vielleicht wusste sie ja noch gar nichts von Emma Tollys Flucht.

Als er mit Frühstücken fertig war, ging Charlie schnurstracks nach oben und klopfte an Patons Tür.

„Komm rein, Charlie!" Patons Stimme klang jetzt gar nicht mehr mürrisch und genervt.

Charlie kriegte die Tür kaum auf. Auf dem Fußboden lagen überall Bücher. Er musste vorsichtig auf die wenigen freien Fleckchen treten, während ihn sein Onkel dirigierte: „Nicht da! Ja, gut … Pass auf, Charlie! Nicht dass du mir die Seite verblätterst."

„Was ist das alles, Onkel Paton?", fragte Charlie, während er sich auf einem freien Inselchen inmitten der Papiere auf Patons Bett niederließ.

„Du hast mich nach dem Roten König gefragt, Charlie, und ich habe Fortschritte gemacht – gewaltige Fortschritte. Mit Miss Ingledews Hilfe habe ich einige Bücher gefunden.“ Er zeigte auf die mächtigen, uralt aussehenden Bände neben seinem Schreibtisch.

„Sie sind unbezahlbar, wahre Schätze. Ich muss sie erst noch übersetzen, aber auch so ist schon eine Menge zu Tage gekommen. Ich habe mir Notizen gemacht. Hör zu.“

„Sie sind in einer anderen Sprache?“, fragte Charlie interessiert.

„In vielen verschiedenen Sprachen. Also, hör zu. Der Rote König kam vor neunhundert Jahren auf diese Inseln, womit die Britischen Inseln gemeint sind. Es heißt, er kam aus Afrika, wenn man auch nicht genau weiß, aus welcher Gegend. Den Beinamen ‚der Rote König‘ erhielt er wegen seines scharlachroten Umhangs und der flammend roten Sonne auf seinem Schild. Einer seiner Gefährten war ein Ritter aus Toledo, der Stadt der Schwertschmiede. Der Rote König heiratete die Tochter dieses Ritters, die aber leider bei der Geburt ihres zehnten Kindes starb.

Der Rote König verließ sein Schloss, zog durchs Land und trauerte um seine tote Gemahlin. Es gibt viele Geschichten über seine erstaunlichen Taten in jener Zeit, über die Stürme, die er heraufbeschwor, über seine wundersamen Heilkräfte und seine exakten Zukunftsprophezeiungen. Hier steht“ – Paton hievte ein Buch auf seinen Schoß – „der Rote König vermochte mit seinem schwarzen Auge jedweden Feind zu entmachten. Mit anderen Worten, er konnte die Leute hypnotisieren.“ Paton legte das Buch weg. „Ich könnte dir hunderte von Berichten über mysteriöse Vorfälle zitieren, aber was unterm Strich herauskommt, ist, dass der Rote König ein Magier war.“

„Und wir mit unseren außergewöhnlichen Gaben stammen alle irgendwie von ihm ab?“, fragte Charlie.

„Ja. Aber das ist noch nicht alles.“ Paton beugte sich vor, stützte das Kinn in die Hand und sah Charlie ernst an. „Der König blieb seinem Schloss fünfzehn Jahre fern. Er vernachlässigte seine Kinder, die alle etwas von seinen vielen Gaben geerbt hatten, jedes einen Teil, aber keines alles. Bei seiner Rückkehr musste der König feststellen, dass seine Kinder Krieg führten.“

„Krieg?“

„Krieg gegen ihre Nachbarn. Sie nutzten ihre Gaben zum Stehlen, Betrügen und Plündern, zum Metzeln und Töten. Die Leute ringsum lebten in Furcht und Schrecken.“

„Aber waren denn alle diese Kinder böse?“, fragte Charlie.

„Das nicht. Nur fünf strebten nach Macht um jeden Preis. Die übrigen fünf verließen das Schloss und zogen ins Land hinaus. Einige, die ihre seltsamen Gaben nur mit Vorsicht gebrauchten, segelten sogar in fremde Länder, um ihren schrecklichen Geschwistern zu entkommen. Doch sie entkamen nicht, denn einige ihrer Kinder wurden ebenfalls böse, während die Kinder der Bösen oft von Geburt an gut waren. So waren die Nachkommen für immer miteinander verkettet, war keine Familie je in der Lage, die Vergangenheit abzuschütteln, und so ist es bis heute. Wenn eine Familie gerade glaubt, frei von Bosheit zu sein, taucht prompt ein Böser auf, der seine Gabe nutzt, um Unheil zu stiften.“

Paton schüttelte den Kopf. „So viele zerstrittene Familien, so viel Kummer, so viel Unglück.“

„Bin ich froh, dass ich ein Einzelkind bin“, sagte Charlie.

Paton lachte. „Wenn wir zusammenhalten, werden wir am Ende siegen, Charlie!“ Er drehte sich wieder zum Schreibtisch.

„Genau!“ Charlie stand auf und machte sich an die schwierige Wanderung durchs Zimmer. An der Tür angelangt, drehte er sich um und fragte: „Was wurde aus dem Roten König, Onkel Paton? Konnte er denn nicht wieder Ordnung schaffen, wo er doch all die vielen Zauberkräfte hatte?“

„Er hatte die Zügel zu lange schleifen lassen“, sagte Paton düster. „Er hätte seine Kinder töten müssen, und das konnte er nicht. Mit seinen drei Leoparden verließ der König das Schloss und ward nicht mehr gesehen. Wenn es auch Berichte über eine unsichtbare Präsenz in verschiedenen Teilen des Landes gibt.“

„Von Leoparden hast du bisher gar nichts gesagt“, sagte Charlie.

„Ach, nein? Na ja, hab ich vergessen.“ Onkel Paton sah Charlie mit einem merkwürdigen Lächeln an. „Heute Nachmittag gehe ich in die Buchhandlung und helfe Julia, alles Nötige zu tun, damit sie Emma behalten kann.“

„Meinst du, es klappt? Dass Emma für immer dort bleiben kann?“

„Wir werden dafür sorgen, dass es klappt. Die Bloors wollen bestimmt nicht, dass alle Welt erfährt, was sie getan haben. Sie werden Emma wohl hergeben müssen. Und die Moons – ich finde, es klingt nicht gerade so, als ob ihnen die Elternrolle Freude gemacht hätte.“ Onkel Paton wirkte höchst optimistisch und selbstsicher. Ja, er schien ein völlig neuer Mensch.

Charlie überließ ihn seinen Büchern und ging zu Benjamin hinüber. Zu seinem Erstaunen war in Nummer zwölf niemand zu Hause, nicht mal Runnerbean. Allmählich dämmerte Charlie, dass die Browns wohl einen Ausflug gemacht haben mussten. Alle zusammen. So etwas war noch nie vorgekommen. Benjamin war immer da gewesen, wenn Charlie ihn hatte sehen wollen.

Charlie wanderte zum Park, nur für den Fall, dass Benjamin den Hund erstmals seit dem Wolfsüberfall ausgeführt hatte. Aber auch dort keine Spur von den beiden.

Als er nach Hause zurückkam, saß Maisie in dem Schaukelstuhl beim Herd. „Mir geht's nicht so gut, Charlie“, sagte Maisie. „Ich glaube, ich lasse das Kochen heute mal ausfallen und lege mich ein bisschen hin.“

Das war noch nie da gewesen. Maisie war nie krank. Charlie sah seine Großmutter durch die Küche schlurfen. Was war mit ihr los?

Beim Mittagessen redeten er und seine Mutter ausführlich über Emma Tolly.

„Das klingt ja wie ein Märchen“, seufzte Mrs Bone. „Ich hoffe, es geht gut aus.“

„Sie gehört nicht zu diesen Moons“, sagte Charlie. „Sie kann sie nicht ausstehen. Sie gehört zu Miss Ingledew.“

„Aber kann sie's denn auch beweisen?“ Amy Bone schüttelte den Kopf. „Wer glaubt denn so eine Geschichte –

von Hypnose und ... funkelnden Rittern und Glockenschlägen ... und Dr. Tollys Botschaft."

„Das braucht doch keiner zu wissen. Onkel Paton sagt, die Bloors wollen bestimmt nicht, dass die Leute erfahren, was sie gemacht haben, also werden sie Emma kampflos hergeben."

„Das glaube ich nicht", sagte Amy Bone. „Jemand wird für das alles bezahlen müssen. Sei vorsichtig, Charlie."

„Mach dir um mich keine Sorgen, Mum."

Nach dem Mittagessen musste Mrs Bone in den Gemüseladen. Sie hatte versprochen, dort beim Verpacken zu helfen. „Es geht bestimmt nicht lange, Charlie", sagte sie. „Maisie ist oben, wenn du was brauchst."

Es war sehr still im Haus. Onkel Paton war schon losgegangen. Als Charlie in Maisies Zimmer linste, schlief sie tief und fest. Er schlich an Grandma Bones Tür vorbei. Sie zu wecken, hatte er ganz und gar keine Lust.

Er rannte zu Nummer zwölf hinüber und musste feststellen, dass die Browns immer noch weg waren. Es war sehr kalt und windstill, und als Charlie wieder über die Straße ging, landeten winzige Schneeflöckchen auf seinem Kopf.

Und da sah er sie: drei dunkle Gestalten, die Schulter an Schulter die Straße entlangkamen. Die drei Darkwood-Schwestern marschierten stur geradeaus, sodass die Leute auf die Fahrbahn ausweichen mussten. Charlie dachte, er könnte vielleicht noch ungesehen in den Park entwischen. Aber es war schon zu spät, sie hatten bereits einen Schritt zugelegt.

Vor Nummer neun trafen sie aufeinander.

„Charlie, so ein Zufall", sagte Tante Lucretia. „Wir wollten ein wenig mit dir plaudern."

„Gewissermaßen unter acht Augen", setzte Tante Eustacia mit einem gemeinen Lächeln hinzu.

„Oh", sagte Charlie. Als er die Treppe hinaufstieg, hörte er sie hinter sich wispern.

Sie traten in die Diele und drückten Charlie ihre nassen Mäntel in die Arme.

„Böser, garstiger Schnee", sagte Tante Venetia und schnippte mit ihren langen Fingernägeln durch Charlies Haar.

„Kommt rein", rief Grandma Bone aus dem hinteren Zimmer. „Beeil dich, Charlie. Wir haben nicht den ganzen Tag Zeit."

„Klar", sagte Charlie, „wo doch Tante Lucretia Hausmutter ist und Tante Eustacia beim sozialen Dienst."

Die beiden Tanten warfen ihm stechende Blicke zu, sagten aber nichts.

Charlie schoss durch den Kopf, dass er ja einfach nach oben rennen und sich in seinem Zimmer einschließen könnte, aber er beschloss, diese „Plauderei" lieber hinter sich zu bringen. Also hängte er folgsam die Englischledermäntel auf und setzte sich auf seinen Platz am Tisch, den vier Darkwood-Schwestern gegenüber.

„Tja, mein lieber Charlie", begann Tante Lucretia. „Du warst ja in letzter Zeit ganz schön beschäftigt, was?"

„Damit, deine Nase in Dinge zu stecken, die dich nichts angehen", setzte Tante Eustacia hinzu.

„Du machst dir das hoffentlich nicht zur Gewohnheit", sagte Grandma Bone.

„Das tut er bestimmt nicht", flötete Tante Venetia mit einem ekelhaft süßlichen Lächeln. Sie stützte die verschränkten Arme auf den Tisch und reckte den langen Hals in Charlies Richtung.

„Du wolltest nur einer Freundin helfen, stimmt's, Charlie? Wir wissen alles über Emma Tolly. Und wir wissen auch, wo Schlag-Zwölf zu finden ist. Er gehört nämlich Dr. Bloor, musst du wissen."

„Gar nicht wahr", sagte Charlie. „Er gehört Miss Ingledew, und ihr kriegt ihn nicht."

„Gottchengottchen!" Tante Venetia hob in gespieltem Entsetzen die Arme. „So ein grimmiger Junge. Schlag-Zwölf kann bleiben, wo er ist. Er interessiert uns nicht mehr, stimmt's, Schwestern?"

„Nicht im Geringsten", stimmten die anderen ein.

Charlie glaubte ihnen nicht. Schlag-Zwölf hatte die Funktion Emma aufzuwecken erfüllt, und es schien keinen Grund zu geben, ihn noch länger zu behalten. Aber irgendwo tief drinnen wusste Charlie, dass es doch einen Grund gab. Da war noch jemand, den es aufzuwecken galt.

Plötzlich hörte er sich sagen: „Mein Vater ist gar nicht tot."

Grandma Bone wurde ganz weiß im Gesicht. „Was redest du da?", rief sie. „Natürlich ist er tot."

„Nein, ist er nicht. Eines Tages werde ich ihn finden."

„Hat das dein Onkel gesagt?", fragte Tante Lucretia. „Paton ist verrückt, weißt du, total plemplem. Er weiß nicht, was er redet. Du darfst dich nicht mehr mit ihm abgeben."

„Versprich es", sagte Tante Eustacia.

„Nein", sagte Charlie.

Grandma Bone hieb heftig mit der Faust auf den Tisch. Für ein paar Sekunden war es totenstill. Charlie dachte, dass es Zeit war, zu verschwinden. Er schob seinen Stuhl zurück und stand auf.

„Warte!", sagte Tante Venetia. „Ich habe ein Geschenk für dich, Charlie." Sie beugte sich hinab und zog etwas aus der großen Tasche, die neben ihr stand. „Bitte sehr."

Etwas in Packpapier Gewickeltes schlidderte über den blank polierten Tisch. Charlie starrte es an. „Was ist das?"

„Mach's auf!" Tante Venetia zwinkerte ihm zu.

Charlie schluckte. Das war bestimmt etwas Fieses. Er zog die Schnur auf, das braune Packpapier öffnete sich und gab einen zusammengefalteten, blauen Umhang frei.

„Ein Umhang", brummte Charlie. „Aber ich hab doch einen."

„Ja, ein altes, grässliches, verschlissenes Ding", sagte Grandma Bone. „Dr. Bloor sagte, du brauchtest einen neuen, und Tante Venetia war so nett, dir einen zu nähen."

„Sie ist sehr geschickt mit den Händen", sagte Tante Lucretia.

Tante Venetias Lächeln war jetzt so breit, dass Charlie Lippenstift an ihren Zähnen kleben sah.

„Danke", sagte er unsicher.

„War mir ein Vergnügen." Tante Venetia wedelte mit der Hand. „Du kannst jetzt gehen, Charlie."

Charlie ging hinaus, den neuen Umhang fest an sich gedrückt. Er rannte nach oben in sein Zimmer und stellte fest, dass das schäbige blaue Teil aus seinem Schrank verschwunden war. Er inspizierte Tante Venetias Geschenk genauer, aber es schien ganz normal und in Ordnung.

Als seine Mutter kam, um ihm packen zu helfen, erzählte er ihr von dem Geschenk.

„Das ist wirklich nett von Tante Venetia“, sagte sie nachdenklich, „aber es sieht ihr gar nicht ähnlich. Ich habe noch nie erlebt, dass sie jemandem etwas schenkt, nicht mal zu Weihnachten.“

„Vielleicht wollten sie sich nicht für mich schämen müssen“, sagte Charlie. „Wo doch Tante Lucretia Hausmutter im Internat ist.“

„Das muss es sein“, sagte seine Mutter. „Die Darkwoods sind ein stolzes Völkchen.“

Aber komisch fand Charlie es doch.

Das Ruinenspiel

Als Charlie am nächsten Morgen ins Bloor kam, herrschte in der Halle eine seltsam aufgeregte Stimmung. Alle Kinder tuschelten miteinander, stießen sich gegenseitig an und zeigten auf den langen Tisch, der an einer der getäfelten Wände aufgestellt worden war. Darauf standen lauter kleine Glaslaternen.

„Heute Abend ist das Ruinenspiel", erklärte ihm Fidelio. Sie waren jetzt in der Garderobe, wo alle durcheinander schnatterten.

„Was passiert da?", fragte Charlie, der an das Mädchen denken musste, das nie wieder herausgekommen war. „Ich weiß nicht, wie das Spiel geht."

„Es ist eigentlich kein Spiel", sagte Fidelio. „Eher so eine Art Jagd. Mitten in der Ruine ist eine Medaille versteckt. Sieger ist, wer die Medaille findet und in weniger als einer Stunde wieder aus der Ruine herauskommt. Die verschiedenen Schulzweige treten einzeln an. Heute ist Schauspiel dran, morgen Kunst, und wir starten dann am Mittwoch. Es ist nicht leicht. Letztes Jahr hat gar niemand die Medaille gefunden, und im Jahr davor hat es zwar jemand geschafft, war aber erst nach drei Stunden wieder draußen, deshalb hat es nicht gegolten."

„Lohnt sich das denn?“, fragte Charlie. „Ist doch nur eine Medaille.“

„Der Sieger kriegt ein ganzes Jahr lang keinen Arrest – es sei denn, er stellt was Superschlimmes an. Außerdem kriegt man auch noch Extra-Ferientage und kostenlos Sachen wie Instrumente, Farbkästen oder Theaterkostüme. Und es ist einfach ein tolles Gefühl.“

„Ah“, sagte Charlie. Ihm war ganz flau. Er sagte sich, dass das albern war. Es würden ja hundert Kinder in der Ruine sein. Wie konnte da jemand verloren gehen? Und doch waren dort drinnen Schüler verschwunden. Und wenn sich nun jemand in ein wildes Tier verwandelte und in der Ruine auf eine andere Art von Jagd ging?

„Guck nicht so grimmig, Charlie“, sagte Fidelio. „Heute Abend werden wir von der Galerie des Kunstzweigs aus zugucken. Da überblickt man den ganzen Garten. Es wird dir Spaß machen, ich versprech's dir.“

Nach dem Abendessen stellten sich die Schüler des Schauspielzweigs in der Halle an, um ihre Laternen in Empfang zu nehmen. Die Galerie auf der Gartenseite füllte sich allmählich mit Zuschauern, während die Kinder mit den lila Umhängen nacheinander ins Freie traten. Charlie war froh, dass Olivia sich entschlossen hatte, vernünftige Schuhe anzuziehen – solche, in denen sie rennen konnte, wenn etwas hinter ihr her war.

Die lange Reihe flackernder Laternen glitt wie eine Schlange über den Rasen. Und dann verschwand die Schlange ganz allmählich vom Kopfende her, weil die dunklen Mauern der Ruine die ersten Kinder verschluckten.

„Und jetzt?“, flüsterte Charlie.

„Heißt es warten“, sagte Fidelio.

Sie brauchten nicht lange zu warten. Ein paar jüngere Schüler kamen, kaum dass sie die Ruine betreten hatten, schon wieder herausgerannt. Sie fürchteten sich entweder vor dem Dunkel oder hatten Angst, sich zu verirren. Wer in die Halle zurückkam, wurde aus einer Liste gestrichen. Laternen wurden mit zittrigen Händen zurückgegeben, und verlegene Kinder gingen bereitwillig ins Bett.

Olivia kam als eine der Letzten zurück. Fidelio und Charlie warteten auf der Treppe zu Olivias Schlafsaal.

„Hat mir gar nicht gefallen da draußen“, sagte sie. „Da war irgendwas Unheimliches hinter den Mauern. Ich hab immer wieder diesen Schatten gesehen, er war kurz da und dann wieder weg.“

„Was für ein Schatten?“, fragte Fidelio.

„Ein Tier“, sagte Olivia. „Ein Hund vielleicht – weiß nicht. Ich bin nicht bis in die Mitte gekommen. Niemand hat's bis dorthin geschafft.“

„Na ja, gut, dass du wieder da bist“, sagte Charlie mit einem Blick auf Olivias vernünftiges Schuhwerk.

„Ich hab mich die ganze Zeit an Bindi gehalten“, sagte Olivia. „Bei ihr fühle ich mich sicher, weil sie sonderbegabt ist. Als Manfred die Laternen ausgegeben hat, hat er mich so komisch angeguckt, dass ich schon dachte, jetzt bin ich dran.“

„Du doch nicht, Olivia“, sagte Charlie.

Am nächsten Abend trat der Kunstzweig an. Diesmal stand Olivia mit Fidelio und Charlie auf dem Balkon. Es erleichterte Charlie sehr zu wissen, dass Emma Tolly nicht zu den Medaillenjägern gehörte. Ob sie wohl immer noch bei Miss Ingledew war? Wenn sein Onkel die Finger im Spiel hatte, bestimmt. Onkel Paton war auf seine unauffällige Art ganz schön stark.

Auch das zweite Ruinenspiel verlief ziemlich ereignislos. Niemand fand die Medaille. Und alle kamen heil wieder heraus.

Und dann kam der Mittwochabend. Als die Kinder in den blauen Umhängen anstanden, um ihre Laternen entgegenzunehmen, fegte ein eisiger Luftzug durch die Halle.

Diesmal stand Dr. Bloor persönlich am Tisch und gab die Laternen aus. Er nickte Charlie verkrampft zu, als sich ihre Hände berührten, und plötzlich wusste Charlie mit ziemlicher Sicherheit, dass er Dr. Bloor nicht zu fürchten hatte. Im Gegenteil, der hünenhafte Mann schien geradezu Angst vor ihm zu haben.

Die Tür zum Garten wurde geöffnet, und die ersten Kinder traten in die Nacht hinaus. Da waren weder Mond noch Sterne, nur schwarzer Himmel über ihnen. Der Boden dagegen schimmerte hell, und als Charlie die Laterne hob, sah er, dass Schnee gefallen und zu einer dünnen Kruste gefroren war. Er knirschte unter ihren Füßen wie Glas.

„Ich bin direkt hinter dir, Charlie“, flüsterte Fidelio. „Geh nur weiter.“

Charlie drehte sich um und sah Fidelios fröhliches Gesicht im Laternenschein.

„Viel Glück!“, flüsterte Charlie. „Hoffentlich findest du die Medaille.“

„Ruhe“, sagte eine strenge Stimme. „Reden oder Flüstern wird bestraft.“

Sie waren jetzt am Eingang der Ruine. Manfred stand neben dem Torbogen und hakte jeden, der an ihm vorbeikam, auf einer langen Namensliste ab. Über seinem Kopf baumelte eine große Laterne, und Charlie erkannte, dass Zelda Dobinski hinter Manfred stand und den Laternenstiel hielt. Sie bedachte Charlie mit einem eisigen Blick, als er durch den Torbogen trat.

Er fand sich in einem gepflasterten Innenhof, der von hohen, dichten Hecken umgeben war. Gegenüber waren fünf bogenförmige Durchgänge, mit jeweils einer steinernen Sitzbank dazwischen. Fidelio stieß Charlie an und deutete mit dem Kinn auf den mittleren Bogen. Sie marschierten los. Zuerst schien es, als wären sie die Einzigen, die sich für den mittleren Durchgang entschieden hatten, aber nach und nach stießen sie auf Kindergrüppchen, die eilig ihren Weg kreuzten oder in dieselbe Richtung trabten. Einige Kinder kamen ihnen sogar entgegengerannt.

„Meinst du, das ist der richtige Weg?“, flüsterte Charlie.

„Wer weiß?“, entgegnete Fidelio.

Sie bogen um eine scharfe Ecke und arbeiteten sich durch einen Gang, der so eng war, dass ihre Ellbogen die Wände streiften.

Gelegentlich kamen sie auf einen freien Platz, wo ein Brunnen Wasser in ein vereistes Becken spie. Ein großer steinerner Fisch gefiel Charlie besonders gut, und Fidelio musste ihn am Umhang weiterziehen. Manchmal stolperten sie gegen eine halb zerbröckelte Statue oder eine bemooste steinerne Riesenvase, und nach und nach senkte sich tiefe Stille auf sie herab. Sie hörten jetzt kein eiliges Huschen und Trappeln mehr und auch kein gedämpftes Gemurmel.

„Woran merken wir, wann wir in der Mitte sind?", flüsterte Charlie.

„Da ist ein Grabmal", sagte Fidelio. „Mehr weiß ich auch nicht."

„Ein Grabmal? Von wem denn?"

„Charlie!", sagte Fidelio laut. „Bleib mal stehen. Mit deinem Umhang stimmt was nicht."

„Was?" Charlie verrenkte den Hals und musterte sein Cape. Es leuchtete. Winzige Glitzerfäden zogen sich durch den Stoff, sodass es aussah wie eine hell schimmernde Wolke.

„Meine Tante hat's mir genäht", sagte Charlie. „Aber warum hat sie diesen Stoff genommen?"

„Vielleicht, damit dich jemand im Dunkeln verfolgen kann", sagte Fidelio. „Oder jagen."

Charlie riss sich den Umhang herunter und warf ihn auf den Boden. „Aber derjenige wird mich nicht kriegen", erklärte er. „Und wenn ich erfriere – mich erwischt keiner."

„Du kannst mit unter meinen Umhang kriechen, wenn's dir zu kalt wird", sagte Fidelio.

Der nächste Gang, den sie wählten, war eher ein Tunnel. Sie mussten sich bücken, um sich nicht die Köpfe an der niedrigen Decke zu stoßen. Die Enge nahm Charlie regelrecht den Atem. Er hastete weiter und gelangte auf einen kleinen runden Platz. In der Mitte standen drei Statuen, aber Charlie konnte jetzt kaum noch erkennen, was sie darstellten. Er merkte, dass seine Kerze fast heruntergebrannt war.

Da er seinen Freund direkt hinter sich vermutete, rief er „Hey, Fidelio, guck mal!"

Keine Antwort. Charlie spähte in den niedrigen Gang. Da war kein Licht, kein Fidelio.

„Hey, komm schon. Lass die blöden Witze!" Charlie stürzte in den Tunnel zurück. Mit der freien Hand tastete er die Wände und das Dunkel vor sich ab. War sein Freund hingefallen oder versehentlich in einen anderen Gang geraten?

„Fidelio! Fidelio!", rief Charlie ohne Rücksicht auf mögliche Strafen.

Zurück kam nur Schweigen. Und dann erlosch seine Kerze.

Irgendwie hatte er schon die ganze Zeit gewusst, dass es so kommen würde. Er hatte gegen die Regeln verstoßen wie schon sein Vater vor ihm. Er hatte Emma Tolly gerettet, und jetzt wurde er dafür bestraft. Aber er würde sich nicht kampflos ergeben.

Charlie schmiss die nutzlose Laterne hin und tastete sich durch den Tunnel zurück. Irgendwo musste ein offener Gang abgezweigt sein, denn er roch jetzt wieder frische Luft, wenn „frisch" auch übertrieben war – es war eher eine Mischung aus vergammeltem Laub und modrigem Stein.

Als er um eine scharfe Ecke bog, konnte er sein Glück kaum fassen: Da war ein Licht. Er lief darauf zu. Die Laterne stand auf einem mächtigen Grabstein. Jemand tauchte hinter dem Stein auf, und Charlie erkannte Billy Ravens weißen Schopf. Die runden Brillengläser schimmerten wie winzige Monde.

„Ich hab sie gefunden“, rief Billy. Er hielt etwas Rundes, Goldfunkelndes an einer Kette hoch.

„Gut gemacht“, sagte Charlie. „Ich hab keine Laterne mehr, Billy. Kann ich mit dir gehen?“

„Sie gehört mir“, kreischte Billy. Er ergriff seine Laterne und stürzte davon.

„Ist ja okay. Ich nehm sie dir nicht weg, Billy!“

Charlie sah das Licht davontanzen, dann war es plötzlich verschwunden. Er hatte keine Ahnung, wo Billy abgeblieben war. Er konnte nicht mal die Richtung erraten. Da war kein Geräusch, dem er hätte folgen können.

Und dann *war* da plötzlich ein Geräusch – das Trappeln von Pfoten – vier Pfoten. Und das Hecheln eines Tiers. Charlie stürzte los. Stolpernd und taumelnd floh er vor dem Pfotengeräusch und dem sauren Tiergeruch.

Fidelio hatte die Suche nach Charlie aufgegeben. Er dachte, sein Freund hätte vielleicht schon aus der Ruine herausgefunden. In dem engen Tunnel war etwas Seltsames passiert. Er war durch eine Öffnung in einen anderen Gang geschubst worden, hatte aber nicht erkennen können, von wem. Er fragte ein paar Kinder, ob sie Charlie gesehen hätten. Nein, hatten sie nicht. „Billy Raven hat die Medaille gefunden", sagte jemand. Hm, dachte Fidelio. Möchte wissen, wie.

Er schien der Letzte zu sein, der aus der Ruine kam. „Ist Charlie Bone schon draußen?", fragte er Manfred, der jetzt die Namen auf der Liste ausstrich.

„Schon ewig", sagte Manfred.

„Bist du sicher?"

„Klar bin ich sicher", fauchte Manfred.

Fidelio lief ins Gebäude. Er fragte jeden, den er traf, ob er Charlie Bone gesehen habe. Alle, die Charlie vom Sehen kannten, schworen, ihm nicht begegnet zu sein.

„Was ist?", fragte Olivia, als sie Fidelios finsteres Gesicht sah.

„Charlie ist noch in der Ruine", erklärte er ihr.

„Nein! Aber das Spiel ist doch schon ewig zu Ende. Sie haben gesagt, alle sind wieder draußen."

„Stimmt aber nicht", sagte Fidelio. Er lief zum Schlafsaal hinauf.

Billy Raven saß auf seinem Bett. Mehrere Jungen standen um ihn herum und bewunderten die Medaille, die an einer Kette um seinen Hals baumelte.

„Habt ihr Charlie Bone gesehen?", fragte Fidelio.

„Nein", sagte die Jungen.

Billy Raven schüttelte nur den Kopf.

„Gratuliere", sagte Fidelio. „Wie ich sehe, hast du gewonnen." Er ließ sich auf sein Bett fallen. Er wusste nicht, was tun.

Eine halbe Stunde später rief eine Stimme: „In fünf Minuten Licht aus!"

Fidelio stürzte auf den Gang hinaus. „Miss Darkwood", sagte er. „Charlie Bone ist noch nicht zurück."

Die große Frau in der gestärkten blauen Uniform drehte sich nicht einmal um. „Na, so was", sagte sie und ging weiter.

Fidelio raufte sich die Haare. „Kümmert Sie das denn gar nicht?", rief er.

Sie reagierte nicht. „Du bist zu spät dran", blaffte sie Gabriel Silk an, der hastig den Gang entlanggerannt kam.

„Tut mir Leid, Miss Darkwood", murmelte er. „Also, echt", sagte er zu Fidelio, „nachdem ich stundenlang in dieser dreckigen Ruine herumgetappt bin, haben sie noch drauf bestanden, dass ich meine Hausaufgaben fertig mache." Dann bemerkte er Fidelios verzweifeltes Gesicht. „Was ist denn?"

„Charlie ist noch in der Ruine", erklärte Fidelio.

„Was?" Mit Gabriel Silk ging eine Veränderung vor. In seinen Augen war plötzlich ein entschlossenes Blitzen und er wirkte aufrechter und größer als vorher. „Das übernehmen wir", sagte er ernst und marschierte los, den Gang entlang.

Fidelio ging hinterher und fragte sich, was Gabriel wohl vorhatte. An der Treppe drehte Gabriel sich um und sagte: „Geh wieder in den Schlafsaal, Fidelio. Du kannst da nichts tun."

„Ich will mitkommen", sagte Fidelio. „Charlie ist mein Freund."

„Nein", sagte Gabriel fest. „Das ist nichts für dich. Zu gefährlich. Überlass das uns."

Gabriels Blick war plötzlich sehr gebieterisch. Fidelio trat einen Schritt zurück. „Was heißt ‚uns'?", fragte er.

„Den Kindern des Roten Königs", sagte Gabriel und lief die Treppe hinunter.

Die Kinder des Roten Königs

„Was soll das? Wo willst du hin!“, rief Mr Paltry, als Gabriel die Halle durchquerte. „Du solltest längst in deinem Schlafsaal sein.“

Gabriel beachtete ihn gar nicht. Er lief durch einen Türbogen, eine Treppe hinauf und durch den Gang zum Königszimmer. Als Gabriel in den Raum stürmte, waren dort nur zwei Schüler: Lysander und Tancred.

„Charlie Bone ist noch in der Ruine!“, verkündete Gabriel.

Lysander und Tancred sahen auf.

„Manfred und Zelda sind dort“, bemerkte Gabriel.

„Und Asa?“, fragte Lysander.

„Der hat sich, glaube ich, schon verwandelt“, sagte Gabriel. „Er ist bestimmt auch in der Ruine.“

„Dann wird's Zeit“, verkündete Lysander.

Sie waren ein seltsames Trio: der fröhliche Lysander, Tancred mit seinem elektrischen gelben Haar und der hagere Gabriel mit dem langen, ernsten Gesicht. Schulter an Schulter passierten sie Dr. Bloor, der gerade sein Büro abschloss, Dr. Saltweather, der einen Notenständer trug, und Mr Paltry, der die Laternen wegräumte. Keiner der Lehrer konnte die drei Jungen aufhalten.

Sie traten in die kalte Nacht hinaus und marschierten über den gefrorenen Boden in Richtung Ruine.

Hinter ihnen hatten sich Kinder an den breiten Galeriefenstern versammelt. Ungehorsam griff jetzt um sich wie eine Epidemie. Olivia Vertigo hatte die Nachricht verbreitet: Ein Schüler war nicht wieder aus der Ruine herausgekommen. Wider alle Regeln und die Befehle der Hausmutter schlüpften Kinder aus ihren Betten, rannten durch dunkle Gänge und tuschelten aufgeregt.

Fidelio fand sich neben Olivia an einem der Fenster.

„Spürst du's?", fragte sie.

Wind kam auf. Er umwehte die drei Gestalten, die auf die hohen Steinmauern zumarschierten, und blähte ihre Umhänge wie dunkle Segel. Keiner der drei hatte eine Laterne dabei, und Fidelio sah, dass die schwarzen Wolken weggefegt worden waren und der Vollmond den Garten in silbriges Licht tauchte.

„Das war Tancred", murmelte Olivia. „Ich hab rumgefragt. Tancred kann Wind heraufbeschwören und sogar Sturm."

„Und Lysander?", fragte Fidelio.

„Das weiß niemand genau", sagte Olivia. „Aber er hat mächtige Kräfte. Jemand hat gesagt, er kann Geister rufen. Aber in einem waren sich alle einig. Asa Pike kann sich verwandeln, allerdings nur nach Einbruch der Dunkelheit."

„Dann war er es also", sagte Fidelio. Was Manfred konnte, wusste er ja schon, und er hatte gehört, Zelda Dobinski könne Dinge per Gedankenkraft bewegen. Aber was für Dinge? Auch Menschen?

Tief im Inneren der Ruine kauerte Charlie an einer Mauer. Er hatte geglaubt, dem Untier entronnen zu sein, aber jetzt kam es wieder näher. Er hörte Steinchen prasseln, als die Bestie durch die halb verfallenen Innenhöfe hetzte.

Charlie raffte sich wieder auf. Er ging ein paar Schritte weiter, und plötzlich krachte etwas vor ihm auf den Weg. Er bückte sich und ertastete die rauen Konturen einer Statue. Fast hätte sie ihn erschlagen. Er kroch über die Statue hinweg und schlich weiter. Dann ein lautes Knacken und ein mächtiges Spritzen, als eine Brunnenfigur in ihr Brunnenbecken stürzte. Eine gewaltige Wasserwelle warf Charlie um, und Steine des zerborstenen Brunnens hagelten auf ihn ein.

Er rollte sich auf den Bauch und schützte seinen Kopf mit den Händen.

„Ich geb nicht auf, nein! Nein!“, murmelte er. Aber wie lange würde er durchhalten? War denn niemand stark genug, ihm zu helfen?

Wie zur Antwort raschelte ein Lüftchen durchs Gesträuch. Es schwoll an und wurde zu einem mächtigen Sturm, der durch das alte Gemäuer heulte und über die Ruine hinwegtoste. Er brachte die große Glocke der Kathedrale ins Schwingen, sodass sie in einem fort läutete, als wollte sie die ganze Stadt vor einer drohenden Katastrophe warnen. Als Charlie hochguckte, sah er den Vollmond aus den Wolken hervorkommen. Sein helles Licht erfüllte die Ruine und machte jede Gefahr sichtbar. Einige riesige Steinbrocken brachen aus den Mauern, sodass Charlie geradewegs durch die Öffnungen marschieren konnte. Aber in welche Richtung?

Das Untier konnte jetzt leider auch besser sehen. Es geriet in Wut. Sein Knurren schien von allen Seiten zu kommen, und plötzlich stand es da, nur wenige Meter vor Charlie. Seine Augen glühten gelb und die hochgezogenen Lefzen entblößten lange, leuchtend weiße Fangzähne.

Charlie stand reglos da und wartete, dass ihn die Bestie ansprang, aber plötzlich schob sich etwas geisterhaft Helles zwischen sie. Charlie erkannte einen Speer und einen Schild. Eine weitere Gestalt tauchte auf, dann noch eine. Sie umstellten das Untier. In die Enge getrieben, stieß es lautes Furchtgeheul aus.

Als Charlie vor den gespenstischen Gestalten zurückwich, stolperte er über einen grasüberwachsenen Stein und fiel seitwärts in ein Dornengestrüpp. Als das Untier seine Beute hilflos daliegen sah, setzte es zum Sprung an, aber zwei glänzende Speere senkten sich herab, versperrten ihm den Weg und zerschnitten ihm beinah die schwarze Schnauze.

Das Untier grollte und funkelte Charlie grimmig an, weil es ihn nicht erreichen konnte. Es fürchtete sich vor den glitzernden Speeren und traute sich nicht weiter.

Charlie kam auf die Beine und stolperte davon. Die Dornen hatten ihm Gesicht und Hände aufgerissen; er schmeckte Blut auf seinen Lippen, fühlte es über seine Finger rinnen.

Er merkte, dass er am ganzen Leib zitterte. Seine Füße wurden taub, und er war so benommen, dass er kaum denken konnte. „Ich muss hier raus, bevor ich erfriere“, murmelte er, vor Kälte schnatternd.

Etwas Warmes streifte seine Beine. Als er hinunterguckte, sah er den kupferfarbenen Kater Aries. Sagittarius erschien von der anderen Seite, und direkt vor Charlie schlüpfte Leo hinter einer Statue hervor. Nase an Schwanz umkreisten ihn die Katzen und die Wärme ihres glühenden Fells drang durch seinen Körper bis in seine schmerzenden Knochen.

Als er schneller ging, setzten sich die Katzen in einer Reihe vor ihn. Wie eine einzige leuchtende Flamme führten sie ihn durch das verfallene Schloss.

Nach und nach kamen Charlie die Statuen am Weg bekannt vor; viele waren umgestürzt, aber zu seiner Erleichterung stand der Brunnen mit dem steinernen Fisch noch.

Endlich erreichten sie den Hof mit den fünf bogenförmigen Durchgängen. Der Wind legte sich und die fernen Glocken hörten auf zu läuten. Die drei Katzen sprangen auf eine Steinbank und begannen sich zu putzen.

„Kommt ihr nicht mit?“, fragte Charlie.

Sie sahen ihn an und schnurrten.

„Na, jedenfalls vielen Dank“, sagte Charlie.

Er sah jetzt bereits die weiß überfrorene Rasenfläche hinter dem letzten Torbogen. Aber wer oder was war da draußen? War er wirklich frei? Charlie zögerte, holte tief Luft und marschierte durch den Torbogen.

Plötzlich war jemand neben ihm.

„Hallo, Charlie“, sagte Gabriel Silk. „Du bist in Sicherheit.“

Vor lauter Erleichterung hatte Charlie das Gefühl, in Ohnmacht zu fallen. Doch starke Arme packten und stützten ihn und Tancred und Lysander sahen ihn besorgt an.

„Boah!“, sagte Tancred.

„Alles klar?“, fragte Lysander.

„Ja“, stammelte Charlie. „Danke.“ Er bemerkte, dass der Boden mit Ästen und Zweigen übersät und der überfrorene Schnee zu eisigen Wällen geweht war.

„Da war plötzlich so ein Sturm“, sagte er.

„Und noch einiges mehr“, lachte Lysander.

„Zu viel für manche Leute“, setzte Tancred hinzu und lachte noch lauter als sein Freund.

Charlie sah zwei Gestalten am Boden knien. Er erkannte Manfred und Zelda.

„Komm“, sagte Gabriel. „Die Köchin bereitet ein Mitternachtsfestmahl.“

„Festmahl?“, sagte Charlie. „Ist das erlaubt?“

„Das ist eine besondere Nacht“, erklärte Lysander. „Da ist alles erlaubt.“

Als sie sich dem dunklen Gemäuer des Bloor näherten, bemerkte Charlie, dass einige der Fenster hell erleuchtet waren. Ganz vorn in einer dicht gedrängten Schülerschar sah er Fidelio und Olivia hüpfen und winken.

Charlie winkte zurück. „Da sind meine Freunde. Scheinen ganz schön ausgeflippt.“

„Fidelio hat mir gesagt, dass du noch nicht zurück warst“, sagte Gabriel. „Sonst wärst du jetzt wohl immer noch in der Ruine.“

Charlie schauderte.

Tancred öffnete die Tür vom Garten zum Gebäude, und sie fanden sich vor einer Wand von Kindern, die alle gleichzeitig auf sie einredeten.

„Wie bist du rausgekommen, Charlie?"

„Was ist dort drinnen passiert?"

„Hast du das Untier gesehen?"

„Wieso hast du dich verlaufen?"

„Macht Platz", sagte Lysander und zwängte sich durch die Menge.

„Kommt schon, Leute", drängte Tancred. „Lasst Charlie durch."

Folgsam wich die Menge vor Lysander und Tancred auseinander, und Charlie ging jetzt durch eine enge Gasse zwischen den Schülerreihen.

Als er schließlich in die Halle gelangte, sah er auf dem langen Tisch, wo die Laternen gestanden hatten, lauter Platten mit belegten Broten, Kuchen, Würstchen und Pommes.

Die Köchin hantierte geschäftig an dem Büfett herum und gab gefüllte Teller aus.

„Ah, der Ehrengast", sagte sie, als sie Charlie erblickte. „Na dann, du armes durchgefrorenes Kerlchen, was möchtest du haben?"

Charlie war überwältigt. „Äh – tja", stotterte er und beäugte das Essen. „Ich – ähm ..."

„Von allem", kam ihm Lysander zu Hilfe. „Er möchte was von allem."

„Einmal von allem", sagte die Köchin und häufte einen Teller voll.

Charlie erspähte Fidelio und Olivia, die sich durch die Menge zu zwängen versuchten.

„Können meine Freunde jetzt was haben?“, fragte er die Köchin. „Sie sind da drüben …“

„Nein“, sagte die Köchin, während sie ihm den Teller reichte. „Erst mal die drei hier.“ Sie zeigte auf Charlies Retter. „Ohne sie wärst du jetzt vermutlich nicht hier, oder?“

„Hm, nein, vermutlich nicht“, murmelte Charlie kleinlaut. „’tschuldigung.“

Die Köchin zwinkerte ihm zu und bediente zuerst Gabriel und Tancred, die auch von allem wollten, dann Lysander, der nur Pommes bestellte.

Charlie sah alle Lehrer des Musikzweigs in der Halle. Sie versuchten, die Schüler in Gruppen aufzuteilen. Mr Paltry wirkte erregt und ärgerlich, aber Dr. Saltweather schien das Ganze eher Spaß zu machen. Er schmetterte zwischendurch ein paar fröhliche Liedtakte, während er eine kleine Kinderherde zum Büfett dirigierte. Miss Chrystal strahlte Charlie an und gab ihm das Daumen-hoch-Zeichen. Sie half gerade Mrs Dance, eine Horde jüngerer Schüler aus der Halle fern zu halten. Außer Tancred und Lysander waren nur Schüler des Musikzweigs zu dem Festmahl zugelassen.

Olivia hatte es geschafft, einen blauen Umhang aufzutreiben, und bisher hatte noch kein Lehrer gemerkt, dass sie hier eigentlich nichts zu suchen hatte. Sie kam mit zwei Tellern Würstchen auf Charlie zu.

„Ich hab für dich auch eine Portion ergattert. Du Armer, du bist ja ganz zerkratzt und grün und blau. Und deine Haare!“

Charlie fasste sich an den Haarschopf, in dem sich so viele Blätter und Zweigstücke verfangen hatten, dass er sich jetzt wie ein echtes Gestrüpp anfühlte. „Oh, hab ich gar nicht gemerkt“, sagte er. Er war ziemlich satt, brachte es aber nicht fertig, Olivias Gabe zurückzuweisen.

„Komm, wir teilen“, sagte er und fragte dann mit gesenkter Stimme: „Wie bist du denn an den blauen Umhang gekommen?“

„Der gehört Billy“, erklärte sie. „Er war zu müde, um runter zu kommen, der arme Kerl. Er hat nämlich die Medaille gefunden.“

„Ja, ich weiß“, sagte Charlie.

Fidelio sah ihn kurz an und zog eine Augenbraue hoch. Sie würden mit Billy reden müssen, befand Charlie. Aus irgendeinem Grund benahm er sich äußerst seltsam.

„Ich kann's nicht fassen, dass sie das ganze tolle Essen auffahren, nur weil ich mich in einer Ruine verirrt habe“, murmelte er.

„Das war die Köchin“, sagte Fidelio. „Wenn die Köchin sich was in den Kopf setzt, kann sie kein Lehrer davon abbringen. Nicht mal Dr. Bloor. Letztes Jahr war ein Junge namens Ollie Sparks drei Tage verschwunden. Er hatte sich im alten Teil des Gebäudes verlaufen und war nicht mehr zu finden. Schließlich kroch er dann durch ein Loch im Dielenboden wieder heraus. Er war voller Kratzer und Schürfwunden, hatte lauter Spinnen im Haar und konnte eine Zeit lang nicht mal mehr sprechen. Na, jedenfalls, die Köchin fuhr ein großes Mitternachtsmahl für ihn auf, und danach fuhr er nach Hause. Er kam nicht mehr wieder.“

„Kann ich ihm nicht …" Der Rest des Satzes erstarb Charlie auf den Lippen, denn plötzlich flog die Tür zum Garten auf und Dr. Bloor und Tante Lucretia erschienen. Zwischen ihnen hing Manfreds schlaffe Gestalt. Er wirkte jetzt ganz und gar nicht bedrohlich. Der Kopf hing ihm auf die Brust und die schrecklichen Augen waren halb geschlossen. Tante Lucretia warf Charlie einen vernichtenden Blick zu, ehe sie durch die Tür zum Westflügel verschwand.

Stille senkte sich auf die Halle herab, als Mr Carp und ein weiterer Lehrer erschienen, zwischen sich die ebenso leblose Zelda Dobinski.

Obwohl keiner Zelda und Manfred leiden konnte, dämpfte der Anblick der beiden halb toten Gestalten die ausgelassene Partystimmung doch etwas. Bald schon verzogen sich die meisten Kinder ins Bett.

Als Charlie, Gabriel und Fidelio in den Schlafsaal schlichen, schien dort schon alles zu schlafen, aber von Billys Seite kam ein leises Schniefen. Im Dunkeln tastete sich Charlie zu Billys Fußende vor.

„Billy", flüsterte er. „Bist du noch wach?"

„Tut mir Leid, dass ich dich einfach in der Ruine zurückgelassen hab", murmelte Billy. „Ich wollte doch nicht, dass dir was passiert."

„Ist schon okay", sagte Charlie. „Aber du hast Emilia verpetzt, stimmt's? Du hast jemandem erzählt, dass wir sie aufgeweckt haben. Warum hast du das getan, Billy?"

Keine Antwort.

„Hat dich vielleicht jemand dazu gezwungen?", fragte Charlie.

Langes Schweigen, ehe Billy schließlich murmelte: „Ich will doch nur adoptiert werden. Ist das denn so schlimm?"

Darauf wusste Charlie keine Antwort.

Am nächsten Tag herrschte wieder normaler Alltagsbetrieb. Der einzige Unterschied bestand darin, dass die meisten Lehrer außergewöhnlich verständnisvoll waren. Sie sahen weitestgehend über Charlies Gähnen und seine Zerstreutheit hinweg. In Englisch schlief er sogar ein. Nur Mr Paltry war so übel gelaunt wie immer.

Und dann, beim Tee, kam Fidelio an Charlies Tisch, um beunruhigende Neuigkeiten loszuwerden. Sein Bruder Felix war vorbeigekommen, unter dem Vorwand, eine reparierte Geige abzuliefern, in Wahrheit jedoch, um Fidelio mitzuteilen, was in der Außenwelt vor sich ging.

„Emma und Miss Ingeldew haben sich im Buchladen eingeschlossen", sagte Fidelio. „Sie lassen niemanden rein. Die Moons hämmern die ganze Zeit an die Tür und verlangen Emma zurück. Sie sagen, Dr. Tollys Tonband beweist gar nichts. Ohne offizielle Papiere glauben sie nicht, dass Emma die Tochter des Erfinders ist."

Charlie richtete sich auf. „Heißt das, nach allem, was wir getan haben, kriegt Miss Ingledew Emma doch nicht zurück?"

„Scheint fast so", sagte Fidelio. „Es sei denn, die Papiere fänden sich."

„Was für Papiere?", fragte Charlie.

„Du weißt schon, der ganze Kram, der beweist, wer man ist – Geburtsurkunde, Adoptionspapiere – solche Sachen."

Charlie stöhnte. „Die haben *sie*, oder? Die Bloors. Ich wette, sie haben sie irgendwo versteckt."

„Garantiert", stimmte ihm Fidelio zu. „Das ist unsere nächste Aufgabe – das Zeug zu finden."

Charlie hatte schreckliche Visionen, wie er beim Herumstöbern auf finsteren Dachböden erwischt wurde und etliche Jahre Arrest aufgebrummt kriegte. „Das wird nicht leicht", murmelte er.

Aber wie sich herausstellte, brauchten Charlie und Fidelio gar nichts zu tun. Jemand anderes erledigte es für sie. Auf höchst spektakuläre Weise.

Die Explosionen setzten eine halbe Stunde vor dem Lichtausmachen ein. Die erste war kaum zu bemerken. Die Laterne über dem Hauptportal erlosch mit einem leisen *Paff* und ein paar Stückchen Glas fielen heraus. Die nächste war schon lauter. Eine Fensterscheibe im Westflügel zersprang und zerschellte auf dem Pflaster des Hofs.

Kinder hopsten aus Betten oder ließen Handtücher und Zahnbürsten fallen und stürzten aus Waschräumen, um zu gucken, was da los war.

Charlie öffnete das Fenster seines Schlafsaals, und zwölf Köpfe spähten über den Sims. Drunten sahen die Jungen einen hoch gewachsenen Mann im dunklen Mantel. Er trug schwarze Handschuhe und einen langen weißen Schal und sein üppiges schwarzes Haar glänzte wie Rabenflügel.

„Wow!"

„Wer ist das?"

„Was macht er da?"

Geflüster schwirrte um Charlies Kopf, und er sah, dass noch mehr Fenster aufgerissen worden waren und überall Kinder in den Hof hinabschauten.

„Das ist mein Onkel“, sagte Charlie mit leisem Stolz.

„Dein Onkel?“

„Was will er denn?“

„War er das mit der Scheibe?“

„Wie hat er das gemacht?“

„Er sieht nicht aus wie jemand, der Scheiben einschmeißt.“

Das Geflüster wurde lauter, und man hörte jetzt die Hausmutter durch Gänge marschieren und rufen: „Fenster zu! In die Betten! Licht aus! Licht aus!“

Ein paar Kinder huschten wieder in ihre Betten, aber die meisten beobachteten weiter den Mann im Hof.

Er drehte sich jetzt langsam im Kreis und schaute zu den Kindern hinauf. Als er Charlie entdeckte, grinste er. Charlie hielt gespannt den Atem an. Er spürte das seltsame Vibrieren, das den Glühbirnenunfällen vorauszugehen pflegte.

„Bloor!“, schrie Paton plötzlich. „Du weißt, weshalb ich hier bin. Lass mich rein.“

Die bronzebeschlagene Tür blieb geschlossen. Das Flüstern erstarb. Alle wollten sehen, was jetzt passieren würde.

„Na, gut!“, brüllte Paton. Er drehte den Kindern jetzt den Rücken zu und guckte zu den Privaträumen der Bloors im Westflügel hinauf. Es knallte und die Scheibe eines erleuchteten Fensters flog heraus. Dann eine zweite und eine dritte. Es knallte jedes Mal lauter und das Glas zerschellte mit immer mehr Wucht auf dem Pflaster.

Charlie war verblüfft. Er hatte gar nicht gewusst, welche Wirkungskraft die Gabe seines Onkels entfalten konnte, wenn er sie wirklich anwenden wollte.

„Darkwood!“, bellte eine Stimme. „Hör auf oder ich rufe die Polizei!“

„Ach, das glaube ich nicht“, brüllte Paton zurück. „Hier gehen Dinge vor sich, die du bestimmt nicht an die große Glocke hängen willst. Also gib mir jetzt Emma Tollys Papiere, ehe ich jede einzelne Lampe in diesem Gebäude hochgehen lasse.“

Charlie sah, wie ein Fenster im Westflügel hastig geschlossen wurde. Der Raum dahinter war dunkel, aber Sekunden später zerbarst eine weitere Scheibe. Und jetzt wandte sich Paton dem Ostflügel zu, wo ein paar Lehrer, nicht ahnend, dass das elektrische Licht die Ursache der Explosionen war, eifrig ihre Klassenzimmer aufräumten.

PENG! PENG! PENG! Drei Fenster des Chemiesaals zerbarsten. Doch diesmal waren die Folgen ernster. Irgendetwas in dem Raum hatte Feuer gefangen. Schwarzer Rauch und der Gestank brennender Chemikalien stiegen zu den gaffenden Kindern empor.

„Aufhören!“, rief Dr. Bloor. „Paton, ich flehe dich an!“

„Her mit den Papieren“, forderte Paton.

Schweigen.

Dann ging plötzlich ein bunt glitzernder Regen auf den ohnehin schon scherbenübersäten Schulhof nieder. Irgendjemand hatte vergessen, das Licht in der Kapelle auszumachen, und die schönen Buntglasfenster waren jetzt nur noch Erinnerung.

„Also gut!“, schrie eine Stimme.

In der darauf folgenden Stille schwebte aus einem der Fenster eine Wolke von Papieren herab. Sie kreiselten und schaukelten in der Luft, ehe sie wie verspielte Riesenschneeflocken langsam zu Boden sanken.

Als Onkel Paton losrannte, um die Papiere einzufangen, gluckste er vergnügt vor sich hin. Das Glucksen wurde zu einem kehligen Lachen, dann zu einem schallenden, triumphierenden HA! HA! HA!

Die zuschauenden Kinder konnten sich der ansteckenden Wirkung nicht entziehen, und bald schon erfüllte den Hof des Bloor ein Gelächter, das noch bis Weihnachten widerhallte.

Die längste Nacht des Jahres

Die Presse bezeichnete den Vorfall mit den zerborstenen Fensterscheiben als „äußerst mysteriöse Explosionen in alter Schule“. Die Wahrheit hätte sowieso niemand geglaubt, auch wenn sie publik geworden wäre.

Paton brachte Miss Ingledew Emmas Papiere, und als zweifelsfrei feststand, dass Emilia Moon in Wirklichkeit Emma Tolly war, gaben die Moons nach. Sie hatten zwar eine gewisse Zuneigung zu Emma gefasst, aber was sie vor allem vermissen würden, war das Geld. Dr. Bloor hatte sie gut dafür bezahlt, dass sie sich um das Mädchen kümmerten.

Es war ganz klar, dass Dr. Tollys Unterschrift auf den Adoptionspapieren gefälscht war, aber in diesem Punkt unternahm Miss Ingledew nichts weiter. Sie wollte einfach nur Emma, und Emma wünschte sich nichts mehr, als bei ihrer Tante zu wohnen, in dem wunderbaren Haus voller Bücher.

Am Morgen nach den Explosionen bot der Hof des Bloor einen bemerkenswerten Anblick. Der ganze Boden war mit Glas übersät. Große, glänzende Scheiben, diamanten funkelnde Splitter und bunt glitzernde Scherben waren mit feinem silbrigem Staub bedeckt, der in der Morgensonne glimmerte und gleißte.

Die Arbeiter, die die Bescherung wegräumen sollten, trauten ihren Augen kaum. Sie starrten auf die alten Steinmauern und die dunklen, klaffenden Fensterhöhlen und kratzten sich die Köpfe. Was in aller Welt war in der Bloor-Akademie vor sich gegangen?

„Also, ich würde meinen Jungen nicht auf diese Schule schicken", sagte einer.

„Ich auch nicht", stimmte ein anderer zu.

„Unheimlicher Kasten", bemerkte ein dritter.

In der Filbert Street Nummer neun war Maisie eifrig mit der Weihnachtsbäckerei beschäftigt. Der Krieg zwischen Onkel Paton und seinen Schwestern war vorbei. Für den Moment jedenfalls. Paton hatte eine Schlacht gewonnen, aber Charlie wusste, dass es nicht die letzte gewesen war. Paton war endlich aus der Deckung gekommen, und die Darkwood-Schwestern waren beunruhigt. Früher oder später würden sie Revanche suchen.

Das ganze Wochenende über blieb der Schaukelstuhl am Herd leer. Charlie sah Grandma Bone kein einziges Mal. Aber er spürte, wie sie in ihrem Zimmer vor sich hin kochte und brodelte. Es kümmerte ihn nicht weiter. Er fühlte sich ganz sicher. Er hatte gute Freunde und einen Onkel, der allem Bösen und Gemeinen entgegentreten würde. Er dachte sogar daran, Grandma Bone ein paar dicke Wollsocken zu Weihnachten zu schenken. Die konnte sie nämlich dringend brauchen.

Als seine Mutter meinte, es sei vielleicht besser, wenn Charlie nicht weiter aufs Bloor ginge (die ganzen Schrammen und blauen Flecken waren ein Schock für sie gewesen), hörte er sich widersprechen.

„Ich muss wieder hin, Mum“, sagte er. „Wegen des Gleichgewichts.“

Sie guckte verdutzt.

„Ist schwer zu erklären“, sagte Charlie. „Ich weiß, am Bloor laufen wirklich schlimme Sachen, aber es passieren auch gute Dinge. Und ich glaube, sie brauchen mich vielleicht zur Unterstützung.“

„Verstehe“, sagte sie.

In diesem Augenblick sah seine Mutter so traurig aus, dass er nichts lieber getan hätte, als ihr zu sagen, eines Tages werde sie vielleicht seinen Vater wiedersehen. Aber er hielt seine Zunge im Zaum. Es war noch zu früh, ihr Hoffung zu machen. Also fragte er sie stattdessen, was sie sich zu Weihnachten wünsche.

„Oh, das hab ich ganz vergessen“, rief sie. „Miss Ingledew macht ein Fest und wir sind alle eingeladen. Es ist eine Willkommensparty für Emma. Ist das nicht toll?“ Jetzt lächelte sie wieder.

Die Zeit bis zu den Weihnachtsferien verging mit fieberhafter Aktivität. Alle waren damit beschäftigt, Theaterstücke zu proben, Ausstellungen aufzubauen, Lieder einzustudieren und für Konzerte zu üben. Wo man auch hinging, dem Gewusel, Gewirbel, Geklapper und Getöse entkam man nicht.

Manfred und Zelda brauchten eine ganze Woche, um sich von dem zu erholen, was ihnen Tancred, Lysander und Gabriel angetan hatten – was immer es gewesen sein mochte. Die beiden waren immer noch nicht wieder sie selbst. Manfred hob den finsteren Blick nicht vom Boden und Zelda hatte so grimmige Kopfschmerzen, dass sie nicht einmal „Stiftekasten bewegen" spielen konnte. Asa dagegen war ganz der Alte. Nichts an ihm verriet etwas Wölfisches, außer vielleicht die Augen.

Am letzten Tag vor den Ferien führte der Schauspielzweig *Schneewittchen* auf. Maisie und Charlies Mutter saßen im Publikum, aber Onkel Paton war zu Hause geblieben. Er fürchtete, nicht gerade willkommen zu sein. Charlie musste ihm Recht geben.

Olivia spielte die böse Stiefmutter. Sie war fantastisch. Niemand wäre drauf gekommen, dass sie erst elf war. Als sie für den letzten Vorhang auf die Bühne kam, war der Applaus ohrenbetäubend.

Als Charlie ihr Auf Wiedersehen sagen wollte, fand er sie von Bewunderern umringt. Doch Olivia erspähte ihn ganz am Rand des Gedränges und rief ihm zu: „Wir sehen uns auf der Party, Charlie!"

Miss Ingledews Party fand in der längsten Nacht des Jahres statt – drei Tage vor Weihnachten. Charlie und die seinen kamen als Letzte, weil Maisie sich fünfmal umgezogen und sich dann endlich für ein malvenfarbenes Satinkleid mit Rüschen entschieden hatte. Grandma Bone, die immer noch schmollte, war nicht eingeladen.

Es war erstaunlich, wie viele Menschen Miss Ingledew in ihrem kleinen Wohnzimmer untergebracht hatte. Fidelio war mit seinem hünenhaften Vater da und Olivia mit ihrer Filmstar-Mutter. Benjamin kam in Begleitung von Runnerbean, der jetzt wieder gänzlich genesen war, und seinen Eltern. Mr Onimous hatte die drei Flammen dabei. Die Katzen hatten sich geweigert, zu Hause zu bleiben, als sie erst einmal eine Party gewittert hatten. Und schließlich hatten sie ja eine wichtige Rolle bei Emmas Rettung gespielt.

Flaschen, Gläser und jede Menge Platten und Schüsseln mit köstlich aussehendem Essen standen auf dem Ladentisch. Onkel Paton häufte sich im Vorbeigehen den ganzen Teller voll, und da war so ein Glänzen in seinen Augen, als er sagte: „Julia, meine Liebe, Sie sind ja eine hervorragende Köchin."

„Ach, das sind doch nur Kleinigkeiten", wehrte Miss Ingledew ab und wurde ein wenig rot.

Ihr gemütliches Wohnzimmer erhellten unendlich viele Kerzen, lange und kurze, dicke und dünne; sie leuchteten und flackerten auf allen waagrechten Flächen. Charlie bemerkte, dass alle Glühbirnen herausgedreht waren. Miss Ingledew wollte kein Risiko eingehen.

Nach einer Weile beschlossen die Kinder, im Ladenraum ihre eigene Party zu machen, weil das Wohnzimmer so voll von geschwätzigen, aufgedrehten Erwachsenen war. Doch kurz vor Mitternacht rief Miss Ingledew sie wieder hinein. Sie wolle eine kleine Rede halten. Es ging nicht lange. Mit Tränen in den Augen, dankte sie allen, die mitgeholfen hatten, die Tochter ihrer geliebten Schwester Nancy zu finden.

„Das war der schönste Tag meines Lebens – als Mr Darkwood – äh – Paton mit Emma vor meiner Tür stand“, sagte sie, und dann musste sie sich hinsetzen und sich die Nase schnäuzen, weil die Tränen jetzt nur so strömten.

Die Reaktion waren mitfühlendes Gemurmel und verhaltene Gratulationen, aber dann wurde die Verlegenheit von Mr Onimous durchbrochen, der in seinem Kunstfellwestchen einfach todschick aussah. Er sprang auf einen Stuhl und sagte, wie sehr er sich freue, derjenige gewesen zu sein, der die Suche nach Emma in die Wege geleitet habe. Und wie stolz er auf seine drei Katzen sei.

An diesem Punkt kam es zu einer kleinen Zwistigkeit zwischen Runnerbean und den Flammen. Aber es war im Grund nur ein bisschen Geknurre und Gefauche, das ein Wort von Mr Onimous rasch beendete.

Emma Tolly hielt die letzte Rede des Abends. Sie hatte überhaupt nichts mehr von Emilia Moon. Ihr langes blondes Haar war zu einem wippenden Pferdeschwanz zurückgebunden und ihre Wangen glühten vor Aufregung. Ja, es war fast, als sei Emilia Moon überhaupt kein Mensch aus Fleisch und Blut gewesen, sondern nur eine traurige Gestalt aus einem Märchen.

„Ich bin ja so glücklich“, begann sie. „Ich kann immer noch nicht glauben, dass ich hier bin. Ich muss mich die ganze Zeit kneifen. Bevor ich noch mehr sage, will ich erst mal allen mitteilen, dass ich im nächsten Halbjahr wieder aufs Bloor gehe.“

Miss Ingledew sah erschrocken auf. Sie erhob sich halb und sagte „Nein …“, aber Paton bremste sie sanft.

„Tut mir Leid, Tantchen", fuhr Emma fort. „Ich weiß, ich hab gesagt, ich würde es nicht tun, aber ich hab's mir anders überlegt. Ist doch schließlich eine gute Schule und ich hab dort eine tolle Zeichenlehrerin. Und Fidelio und Olivia sind ja auch noch da und natürlich Charlie. Sie fürchten sich vor gar nichts, und außerdem ..." Sie runzelte die Stirn und sagte mehr zu sich selbst: „... sind da noch andere Sachen ... ich meine, andere Kinder, die mich vielleicht brauchen. Also bleibe ich dort." Sie lächelte strahlend in die Runde. „Und jetzt möchte ich mich bei allen bedanken, die mir geholfen haben herauszufinden, wer ich wirklich bin – vor allem bei Charlie, der das Ganze in Gang gebracht hat."

„Auf Charlie", sagte Miss Ingledew und hielt ihr Glas zum Nachschenken hin.

„Auf Charlie!", riefen alle und erhoben ihre Gläser und irgendwo begann eine Uhr zu schlagen.

Es dauerte ein paar Minuten, bis Charlie merkte, dass ihn alle im Raum ansahen. Er war in Gedanken weit weg gewesen, bei jemandem, der ebenfalls beim zwölften Glockenschlag in den Hypnoseschlaf gefallen war.